KB254065

Tess of the D'urbervilles
테 스

T. 하디 지음
봉현선 옮김

惠園出版社

인생의 가치란 눈에 보이는 아름다움이 아니라,
그 속에 숨겨진 애처로움이라는 것이다.
또한 도덕적인 인간이란 그 행실에만 달린 것이 아니라,
그 목적과 동기에도 달렸다.

테 스

———

차 례

제1부 순 결

1

오월 하순의 어느 날 저녁이었다. 중년의 한 사나이가 무엇인가 골똘히 생각하며 오솔길을 걷고 있었다. 사나이는 샤스톤에서 자신의 집으로 가는 중이었다. 그의 집은 블랙무어라고 불리우는 골짜기에 있었다.

걸을 때마다 그는 양쪽 다리를 몹시 흔들었는데, 그것은 그의 독특한 버릇인 듯싶었다. 또한 혼자 무엇인가 열심히 지껄이다가 고개를 끄덕거리곤 하였다. 그럴 때마다 머리 위에서 낡아빠진 모자가 함께 끄덕거렸다.

얼마쯤 가다가 사나이는 나이 든 한 목사와 마주치게 되었다. 목사는 잿빛 말을 탄 채 콧노래를 흥얼거리고 있었다.

"안녕하십니까, 목사님."

사나이는 목사를 지나치며 무심히 인사를 했다.

"네, 안녕하시오, 존 경(卿)."

목사는 목례를 하며 인사를 받았다. 그러자 두어 발자국 나아가던 사나이가 갑자기 걸음을 멈추고 뒤돌아 섰다.

"잠깐만요. 목사님께서는 지난 번 장날에도 제게 '존 경'이라고 하셨던 것 같은데요?"

"그랬지요."

"또 한 달 전쯤에도 그러셨구요."

"그런가요?"

"도대체 목사님께서는 이 보잘것없는 행상인에게 '존 경'이라고 부르는 이유가 뭡니까?"

사나이의 물음에 목사는 잠시 망설였다.

"나는 스텍푸트 레인에 사는 트링엄 목사인데, 고고학에 관심이 있어 얼마 전에 이 마을의 역사에 관해 조사를 한 적이 있다오. 그런데 그때 아주 새로운 사실을 발견한 것이 있소. 바로 더비필드 당신이 더버빌 기사 가문의 직계 자손이라는 사실이오. 배틀 교회의 고문서에는 당신이 정복왕 윌리엄을 따라 노르망디에서 건너온 기사 페이건 더버빌의 자손으로 나와 있던데, 모르고 있었소?"

"글쎄요, 전혀 들어본 적이 없는데요. 목사님."

"하지만 이건 틀림없는 사실이라오. 바로 당신의 코와 턱이 더버빌 집안의 특성을 말해주고 있소. 당신의 조상은 노르망디의 에스트레 머빌러 경이 글래머간셔를 정복할 때 공을 세운 열두 명의 기사 중 한 분이라오. 한때 당신 집안은 각지에 장원을 갖고 있었고, 스티븐 왕 때에는 국고 문서에도 이름이 올라 있었소. 또 존 왕 때에는 십자군 기사단에 장원을 기증할 만큼 부자였고, 에드워드 2세 때는 브라이언이라는 당신의 선조가 웨스트민스터까지 가서 종교 회의에 참석한 적도 있었다오. 그러다 올리버 크롬웰 때에는 집안이 약간 기울었지만 찰스 2세 때에는 다시 공을 세워 로열 오우크라는 기사 칭호까지 받았지요. 당신 집안은 이렇게 몇 대를 내려오면서 존 경 신분으로 지냈다오. 만약 기사 신분이 남작과 같이 세습되었다면 아마 당신은 오늘날 존 경으로 불리었을 거요."

"설마 그럴 리가요!"

더비필드는 전혀 믿기지 않는 눈치였다. 그러나 목사는 채찍으로 자신의 다리를 내리치며 고개를 저었다.

"영국 전체를 통해 더버빌 가문만큼 좋은 가문은 거의 없을 것이오."

"하지만 목사님, 저는 이 교구에서 가장 보잘것없는 천민이 아닙니까. 대체 저에 대해 알려진 것이 얼마 전부터입니까?"

더비필드가 목사에게 물었다. 그는 새로운 희망에 부푸는 듯하였다. 그러나 목사는 이 일이 사람들에게 거의 알려진 바가 없다고 하였다. 다만 목사 자신이 우연히 존의 짐마차에서 더비필드라는 이름을 발견하고 더버빌의 가문에 대해 조사하였을 뿐이라는 것이다.

"사실 처음에 나는 이 일을 당신에게 알리는 것을 무척 망설였소. 공연히 당신 마음만 어지럽히는 것이 아닌가 했기 때문에 말이오. 그러나 인간이란 이따금씩 충동적이 되는가 보오."

"지금 와서 이런 말을 한들 무슨 소용이 있겠습니까마는, 그리고 보니 저희 집안이 블랙무어에 오기 전에는 잘살았다는 얘기를 들은 적이 있습니다. 전해오는 얘기로는 증조부님께서는 비밀이 꽤 많았다고 하더군요. 무슨 말못할 사정이 있으신지 여기에 어떻게 이사오게 되었는지조차 말씀을 안 하셨다는군요. 그러니 집에 오래된 은 스푼과 도장이 있지만 거기에 대한 내력은 통 알 수가 없었습지요. 혹시 저희 집안 사람들이 어디에 살고 있는지 알고 계신지요?"

"아무 데도 살고 있지 않소. 이미 오래 전에 혈통이 끊어졌으니까 말이오."

"그럼 저희 조상들은 어디에 묻혀 있는지는 알 수 있지 않겠습니까."

"킹스베리 서브 그린힐이라는 곳에 있는 납골당에 묻혀 있소."

"장원과 유산 따위는 좀 남아 있습니까?"

"아무것도 없소. 예전에는 이 고장에도 킹스베리나 셔튼, 밀폰드, 웰브리지 등지에 땅이 많이 있었지만 지금은 아무것도 남아 있지 않소."

"그걸 다시 찾는 방법은 없을까요?"

"아마 어려울 거요. 지금 당신이 할 수 있는 일이라곤 오직 가문에 먹칠하지 않도록 열심히 살아가는 길밖에 없소. 당신 집안같이 몰락한 가문은 지방의 역사가들이나 족보 학자들에게 꽤 흥미 있는 이야깃거리니까 말이오. 그럼 잘 가시오."

"잠깐만요, 목사님. 저와 맥주라도 한 잔 안 하시렵니까? 퓨어 드롭에 아주 좋은 생맥주 집이 하나 있는데요."

"고맙지만 오늘은 사양하겠소. 그리고 당신은 벌써 꽤 취한 거 같은데 그냥 돌아가시지요."

목사가 사라지자 더비필드는 몇 발짝 가다가 갑자기 길 옆의 풀숲으로 갔다. 그리고 그곳의 둑 위에 주저앉아 무엇인가 골똘히 생각하기 시작하였다. 그때 한 젊은이가 더비필드가 온 방향에서 오는 것이 보였다. 더비필드는 그를 향해 손을 들었다.

"여보게, 내 심부름 좀 해 주게."

"심부름을 해 달라고요? 존 더비필드, 당신이 뭐길래 내게 심부름을 시키는 거요? 그리고 왜 이름을 안 부르고 여보게라고 부르는 거죠? 당신은 내 이름을 알고 있잖소."

"물론 알고 있지. 하지만 자네는 내가 귀족 출신이라는 건 몰랐을걸? 이건 비밀인데 말야, 자네에게만 살짝 알려주는 걸세. 사실 나도 오늘 처음으로 알게 된 사실이지만 말일세."

더비필드는 거만한 목소리로 말하곤 들국화가 흐드러지게 피어 있는 둑 위에 드러 누웠다. 젊은이는 멀거니 서서 더비필드를 내려다 보았다.

"존 더버빌 경, 이것이 바로 나의 정식 호칭이란 말일세. 나에 관한 모든 것이 역사에 올라 있다는 말이라네. 자네, 혹시 킹스베리 서브 그린힐이라는 데를 아나?"

"알죠. 그린힐 장날에 가 보기까지 했는데요,"

"바로 그 읍내 교회당 밑에 우리 조상들이 묻혀 있단 말씀이네."

"읍이라고요? 제가 갔던 곳은 읍이 아니라 아주 보잘것없는 마을이던
데요?"

"그건 상관없는 일일세. 아무튼 우리 조상들이 갑옷을 입고 보석을
휘감은 채 그 교회당 밑에 누워 있단 말이야. 이 말은 곧 남부 웨섹스
일대에서 나만큼 훌륭한 혈통을 이어받은 사람은 없단 말일세."

"그래요?"

"자아, 그러니까 이 바구니를 들고 말로트 마을로 가게. 가서 퓨어 드
롭 주막에 들러 내게 마차를 보내라고 이르게. 럼 주도 작은 병에 넣어
보내라고 하고. 또 내 마누라에게 가서 빨래 따위는 집어치우고 내가 돌
아갈 때까지 가만히 기다리라고 하게."

젊은이가 미심쩍어 하자 더비필드는 호주머니에서 1실링짜리 은화를
꺼내었다.

"자, 이건 수고비네."

은화를 내밀자 젊은이는 당장 태도를 바꾸어 공손하게 말했다.

"알겠습니다, 존 경. 더 시키실 일은 없으신지요?"

"아, 우리 집사람에게 저녁은 양고기 튀김으로 푸짐하게 차리라고 이
르게."

"알겠습니다."

젊은이는 씩씩하게 대답하고는 돌아섰다. 그 순간 마을 쪽에서 악대
의 연주 소리가 들려 왔다.

"저건 무슨 소리지? 나를 위해 연주하는 건 아닐 텐데."

"저건 부인회에서 들놀이 때 하는 연주 소립니다. 아마 존 경의 따님
도 있을 걸요?"

"아, 그렇군. 큰 일에 정신을 팔다보니 깜박 잊었군. 자, 빨리 말로트로 가서 마차를 보내주게. 그 동안 난 부인회를 시찰해야겠어."

젊은이가 떠나자 더비필드는 들국화가 우거진 풀숲에 누워 자신을 모시러올 마차를 기다렸다. 저녁 햇살이 부드럽게 쏟아지는 푸른 언덕에는 악대의 연주 소리가 은은하게 들려오고 있었다.

2

말로트 마을은 아름다운 블랙무어 골짜기의 동북쪽 구릉에 자리잡고 있는 외딴 마을이다. 이곳은 런던에서 불과 네 시간 남짓한 거리였으나 사방이 산으로 둘러싸인 까닭에 아직까지 사람들의 발길이 미치지 않았다. 그러나 한번 언덕의 꼭대기에서 골짜기를 바라보게 되면 그 전경이 기가 막혀 두고두고 잊지 못할 정도였다.

이 고장의 남쪽 들판은 샘이 마른 적이 없는 아주 기름진 곳이었다. 특히 여행자가 해안 쪽에서 석회질의 언덕과 옥수수밭을 지나 북쪽으로 20마일쯤 내닫다가 갑자기 이 낭떠러지에 이르게 되었을 때, 그 비옥함에 놀랄 정도이다.

햇빛이 찬란하게 비치는 들판은 너무도 넓어서 끝없이 이어질 것 같았고, 사이사이로 이어진 오솔길은 마치 뽀얀 어린아이 속살처럼 드러나 있었다. 그러나 막상 골짜기 안으로 들어서면 아주 작은 규모의 목장들로 나누어져 있어 목장의 울타리들이 마치 마을에 영양분을 공급하는 실그물처럼 보인다.

이 고장은 역사적으로도 무척 흥미 있는 곳이다. 블랙무어 골짜기는 헨리 3세 때부터 '흰 수사슴의 숲'으로 불리우고 있었다. 헨리 3세가 이곳에서 흰 사슴을 발견하고 쫓아가다 그 아름다움에 반해 그냥 놓아두었다는데, 그때의 사연에서 비롯된 이름이었다.

부인회의 들놀이는 말로트 젊은이들에게는 더할 수 없이 흥미로운 것이었다. 놀이는 일종의 종교적인 무도회로서 여자들만 참가할 수 있었다. 수백 년간 계속해서 이어져 내려온 이 행사에 참가한 여자들은 모두 흰옷을 입었다. 이때 흰색이 상징하는 것은 즐거움과 5월이었다.

여자들은 두 사람씩 짝을 지어 교구 안을 행진하였다. 푸른 울타리와 담쟁이 덩굴로 휘감긴 집을 배경으로 그들의 얼굴을 햇빛이 환하게 비추었다. 행렬 속에는 간혹 중년 부인과 늙은이까지 끼여 있었지만 대부분은 아직 순결한 처녀들이었다. 그들은 모두 오른손에는 껍질 벗긴 버드나무 가지를, 왼손에는 흰 꽃다발을 들고 있었다.

그들이 퓨어 드롭 주막의 모퉁이를 돌아 작은 문을 빠져 나와 목장 쪽을 향할 때였다.

"얘, 테스, 저기 마차를 타고 오시는 분 혹시 네 아버지 아니시니?"

한 처녀의 외침에 다른 처녀가 머리를 돌리고 보았다. 그녀는 행렬 중에서 눈에 띠게 아름다운 처녀였다. 특히 작약빛 입술에 크고 천진한 눈매가 몹시 매혹적이었으며, 흰옷에 감춰진 몸매는 곧 터질 듯이 풍요로웠다.

그녀가 돌아보았을 때, 존 더비필드는 퓨어드롭 주막의 하녀가 이끄는 이륜 마차를 타고 행렬 쪽으로 오고 있었다. 그는 매우 흡족한 듯이 몸을 뒤로 젖힌 채 느린 곡조의 노래를 부르고 있었다.

"나에게는 킹스베리에 조상들의 납골당이 있다네. 그곳에 우리 조상들이 잠들어 계시다네."

행렬을 이루고 있는 여자들이 더비필드의 노랫소리에 키득거리기 시작하였다. 테스는 사람들의 웃음거리가 된 아버지에게 분노심이 솟구쳤다.

"피곤하셔서 저러시는 거야."

화가 치미는 중에도 그녀는 얼른 아버지를 변명해 주었다.

"그게 아니라, 네 아버지는 술에 취해서 저러시는 거야. 호호!"

친구의 말에 테스의 얼굴이 벌겋게 변했다.

"그런 식으로 아버지를 놀린다면 난 너희들과 함께 갈 수 없어!"

테스는 친구들을 향해 소리쳤다. 눈에는 금방 눈물이 맺혔다. 그녀는 당장 달려가 아버지에게 따지고 싶었다. 그러나 친구들 앞에서 그럴 수는 없는 일이었다. 친구들은 자신들이 테스를 괴롭혔음을 알고 곧 입을 다물었다. 테스도 친구들의 마음을 알고는 곧 마음을 가라앉혔다.

요즈음 테스는 한창 피어오른 한 송이 꽃봉오리와도 같았다. 특히 빨간 입술은 UR이라는 발음을 할 때마다 앞으로 불쑥 튀어 나왔는데, 그 모습이 퍽 인상적이었다. 아직까지 뺨에 있는 젖살이 다 빠지지 않아 마치 열두 살로 보이기도 하였으며, 천진한 눈동자와 입매는 아홉 살로 보이기도 했다.

더비필드의 모습은 사라지고, 부인회 회원들은 예정된 장소에 도착하여 서로 어울려 춤을 추기 시작했다. 처음에는 남자가 없기 때문에 여자들끼리 추었다. 그러나 땅거미가 지기 시작하자 일과를 끝낸 남자들이 슬금슬금 주위로 몰려들었다. 그들은 함께 춤을 출 상대를 찾기 위해 이리저리 기웃거렸다. 구경꾼들 중에는 상류 계급 출신인 듯한 청년들이 섞여 있었다. 그들은 모두 세 사람으로 생김새로 보아 형제 같았다. 제일 나이들어 보이는 청년은 차양이 좁은 모자에 목사복을 입고 있었다. 가운데 청년은 보통 대학생의 복장을 하고 있었으며, 가장 나이 어린 청년은 겉으로 보아 어떤 사람인지 판단할 수가 없었다. 다만 의욕과 모험심이 가득 담긴 눈으로 보아 사회인 같지는 않았다.

그들은 성령 강림제의 휴가를 받아 블랙무어를 도보로 횡단하는 중이라고 사람들에게 말하였다. 위의 두 형제는 이곳에서 오랫동안 지체할 뜻이 없었으나 막내는 여자들만의 행사에 몹시 흥미를 느꼈다. 그는 등에 진 배낭을 풀어 지팡이와 함께 울타리 위에 올려놓고 문을 열었다.

"에인젤, 뭐하는 거야?"

맏형이 물었다.

"저 아가씨들하고 춤추고 싶어서 그래."

"뭐, 저 아가씨들과 춤을 추겠다고? 누가 보면 어쩌려고!"

"걱정하지 말라구요. 딱 오 분만 추고 뒤따라 갈 테니. 형들 먼저 가세요."

에인젤은 말을 마치기도 전에 풀밭으로 들어갔다. 그리곤 곧 두세 명의 처녀에게 다가갔다.

"여러분은 파트너가 없나요?"

"아직 일터에서 돌아오지 않았어요. 그러나 금방 올 거예요. 그 동안 잠깐 파트너가 되어 주시지 않겠어요? 서로 껴안지도 못하고 춤을 추자니 정말 따분해서요."

에인젤이 말을 걸자 한 처녀가 아주 대담하게 대답했다.

"좋습니다. 하지만 이 많은 분들 중에 어떻게……."

에인젤은 아가씨들을 둘러보며 난처해 했다.

"직접 상대를 고르세요."

대담한 처녀가 다시 나섰다. 그러나 에인젤은 수많은 처녀들 중에 한 처녀를 고르는 것이 쉽지 않음을 깨달았다. 모두가 처음 보는 얼굴이라 분별하기가 어려웠던 것이다. 이윽고 그는 손을 내밀어 한 처녀를 선택하였는데, 그 여자는 자신을 선택하기를 바라며 말을 건넨 대담한 처녀는 아니었다. 또한 테스 더비필드도 아니었다. 아무튼 수많은 처녀들 사이에서 뽑힌 여자는 비록 그 이름은 밝혀지지 않았지만 그날 뭇여성들의 부러움과 시샘을 한몸에 받았다.

에인젤이 처녀와 어울어져 춤을 추기 시작하자 이때까지 망설이기만 하던 마을 청년들이 모두 용기를 내어 울타리 안으로 들어서기 시작하

였다. 그리하여 행사장은 활기를 띠게 되었으며 아주 못생긴 처녀까지
도 짝을 이루어 춤을 출 수가 있었다.

교회당의 시계가 울리자 에인젤은 갑자기 춤을 멈추었다. 형들과의
약속이 생각난 것이었다. 바로 그때 그는 우연히 테스 더비필드를 보게
되었다. 그는 한참 동안 그녀에게서 눈을 뗄 수가 없었다. 그는 곧 그녀
를 선택하지 않은 것을 후회하였다.

형들을 따라 언덕에 올라간 청년은 아직 울타리 안에서 처녀 총각들
이 춤을 추는 것을 보았다. 그들은 벌써 그를 까맣게 잊은 듯 빙글빙글
돌아가고 있었다. 그는 그들에게서 떨어져 나와 혼자 서 있는 아가씨를
보고 있었다. 그녀는 조금 전에 보았던 그 아리따운 처녀였다. 그는 그
녀의 풍부한 표정의 부드러운 모습을 생각해 내곤 자신의 어리석었던
선택을 다시 한번 후회하였다.

<h1 style="text-align:center">3</h1>

테스 더비필드는 조금 전의 일이 잊혀지지 않았다. 그 낯선 젊은이의
모습이 자꾸 눈앞에 아른거렸다. 그가 떠나자 그녀는 춤출 마음을 잃고
울타리 옆에서 우두커니 서 있었다. 서서히 해가 지며 땅거미가 지기 시
작했다. 테스는 문득 아버지의 이상했던 모습이 생각났다. 그러자 아버
지가 걱정되어 그대로 있을 수가 없었다. 그녀는 조금 아쉬웠지만 무리
에서 빠져나와 집으로 향해 뛰었다. 집에 가까워지자 어머니의 노랫소
리가 들려오기 시작했다.

저기 저 푸른 숲 속에 누워 있는 그녀를 보라!
그대여, 이리 오라, 내 모든 것을 가르쳐 주리!

문을 열고 들어서면서 테스는 집 안을 훑어보았다. 어머니의 노랫소리와는 달리 집안 분위기는 그녀의 마음을 서글프게 했다. 조금 전에 보았던 축제 마당의 꽃다발과 버들가지, 멋진 청년들에 비해 촛불에 비친 집 안은 참으로 초라했다.

어머니는 테스가 집을 나갈 때와 마찬가지로 동생들에 둘러싸인 채 분주하게 움직이고 있었다. 빨래통 옆에서 한 쪽 발로는 빨래통의 균형을 잡고 한 쪽 발로는 아기의 요람을 흔들고 있었던 것이다. 팔꿈치에서는 물이 뚝뚝 떨어졌다.

테스는 어머니의 모습에 가슴이 미어질 듯했다. 왜 좀더 일찍 돌아와 어머니를 도와 드리지 못했을까. 그러나 어머니는 테스가 늦게 돌아온 것을 탓하지 않았다. 가난에도 불구하고 더비필드 부인의 용모는 아직도 젊음의 싱싱함이 남아 있었다. 가만히 살펴보면 테스의 매력도 기실 어머니에게서 물려받은 듯했다. 그것은 기사의 혈통과는 아무런 관계가 없는 것이었다.

"늦어서 죄송해요. 빨래통은 제가 돌릴게요."

테스는 어머니에게 다가가며 조심스럽게 말했다.

더비필드 부인은 테스가 집안 일을 거들지 않는 것에 대해 한 번도 나무란 적이 없었다. 오히려 누가 보더라도 늘상 일을 즐기는 듯한 태도였다. 특히 오늘은 여느 때보다 기분이 훨씬 좋아 보였다. 그뿐만 아니라 흥분한 빛마저 돌고 있었다. 테스는 그런 어머니를 이해할 수가 없었다.

"오늘 오후에 아버지가 마차를 타고 오시던데 무슨 일이 있는 건가요?"

그녀는 다시금 마차를 타고 뽐내던 아버지가 생각나 조금 토라진 목소리로 물어보았다.

"그래, 아주 좋은 일이 있단다. 얘기를 들으면 너도 기뻐할 거다."

"무슨 일인데요?"

"글쎄 우리가 이 고을에서 제일 가문이 좋은 집안이라는구나. 을리버 그럼글('올리버 크롬웰'의 잘못된 발음)이라든가? 아무튼 그때보다 훨씬 전 이교도들이 있었던 때부터 내려오는 가문이라지 뭐냐. 납골당이랑 문장이랑 없는 게 없고, 찰스 시대에는 로열 오우크 기사로도 뽑혔다는 구나. 우리 진짜 성은 더버빌이고 말야. 애야, 기쁘지 않니?"

"어머, 그래요?"

"두고 봐라. 이제부터 사람들이 너도나도 앞다투어 찾아올 거다."

"아버진 지금 어디 계신데요?"

"네 아버진 오늘 스토어 캐슬에서 진찰을 받으셨단다. 폐병은 아닌 모양인데 심장 주위에 지방층이 생겼다더라. 의사 말로는 심장 여기저 기가 막히고 딱 한 군데만 뚫려 있다는구나. 거기마저 막혀버리면……."

더비필드 부인은 잠시 말을 잇지 못했다. 어머니 말에 테스는 무슨 말을 해야할지 갈피를 잡지 못하였다.

"앞으로 네 아버지는 십 년을 살지, 열 달을 살지 아무도 모른다는구 나. 경우에 따라서는 열흘을 넘기지 못할 수도 있고……."

"아버진 지금 어디 계세요!"

테스는 버럭 소리를 지르고 말았다. 그녀는 지금 어머니가 무슨 말을 하고 있는지 도무지 알 수가 없었다. 죽음이라니, 방금 전까지 들뜬 표 정으로 기쁜 소식을 전한 것은 무엇이고, 이제 와서 아버지의 죽음을 이 야기하는 것을 또 뭐란 말인가.

"네 아버진 목사님에게 그 사실을 전해 듣고는 어찌나 흥분하셨던지 얼마 전에 롤리버네 술집으로 가셨단다."

"술집이요? 세상에 맙소사!"

황당해 하는 테스의 모습에 어머니는 물론 아이들까지 모두 겁에 질 려 아무 말도 하지 못했다.

“애야, 흥분하지 마라. 나도 걱정이 돼서 네 아버지를 데리러 가려던 참이었단다.”

더비필드 부인은 어느 새 웃도리와 모자를 집어들면서 말했다.

“이 책은 광에 갖다 둬라.”

더비필드 부인은 《운명 통감》이라는 책을 가리키곤 옷을 챙겨 입었다. 부인은 마치 좋은 곳에라도 가는 듯 갑자기 밝은 얼굴이 되며 외출을 서둘렀다. 테스는 그러한 어머니의 얼굴을 물끄러미 바라보았다.

어머니의 모습이 시야에서 완전하게 사라지자 테스는 《운명 통감》을 들고 광으로 갔다. 《운명 통감》이란 책은 더비필드 부인이 늘 주머니에 넣었다 뺐다 한 탓으로 글자가 있는 부분까지 닳아 있었다. 그녀는 그것을 이엉 밑에 쑤셔 넣었다.

더비필드 부인은 이 책으로 점을 치면서도 한편으로는 매우 두려워하여 날이 어두워지면 반드시 집 밖으로 내놓았다. 신식 교육을 받은 테스로서는 미신을 믿는 어머니가 못마땅했지만 어쩔 수 없는 노릇이었다. 그것은 마치 제임스 1세 시대와 빅토리아 여왕 시대가 나란히 공존하는 것과 같은 것이었다. 테스는 어머니가 그 책으로 무엇을 알아보았을까 가만히 생각해 보았다. 분명히 새롭게 드러난 조상에 관한 것이리라. 늘 보던 책을 다시 보아야 할 일이란 그것밖에 없었기 때문이었다.

다시 집 안으로 들어온 그녀는 하던 일을 마저 하기 시작했다. 아홉 살박이 사내 동생인 에이브러햄과 열두 살박이 여동생인 엘리자 루이자가 거들어 주었다. 테스의 밑으로 태어난 동생 중 두 명이 죽었기 때문에 그녀와 동생들 사이에는 나이 차이가 많이 났다. 동생으로는 에이브러햄과 엘리자 외에도 호프와 모테스티라는 두 여동생이 있었고, 세 살박이와 첫돌이 막 지난 사내 아이들도 있었다. 따라서 그녀는 동생들에게 누이나 언니보다는 어머니와 같은 역할을 맡고 있었다.

밤이 깊어가도 어머니와 아버지는 돌아오지 않았다. 테스는 동생들을 재운 후 밖을 내다 보았다. 낮에 있었던 축제가 언뜻 생각났다. 그러나 곧 아버지에 대한 걱정에 묻혀 버리고 가슴은 답답하기만 했다.

그녀는 새벽에 떠날 아버지가, 더구나 몸도 성치 않은 분이 이토록 오랫동안 술집에 앉아 혈통을 자랑할 때가 아니라는 생각이 들었다. 마을의 집들에서 새어 나오던 촛불과 램프가 하나씩 꺼져 가고 있었다.

"에이브러햄!"

그녀는 남동생을 깨웠다.

"롤리버네 술집으로 가서 아버지와 어머니를 좀 모시고 와. 무섭지 않지?"

테스의 말에 에이브러햄은 자리에서 일어나 한 마디 불평도 없이 모자를 썼다. 그리곤 곧 어둠 속으로 사라졌다. 그러나 에이브러햄도 롤리버네 술집으로 간 지 삼십 분이 지났건만 소식이 없었다. 테스는 슬그머니 걱정이 되었다.

'안 되겠어. 내가 직접 가 봐야지.'

그녀는 잠든 동생들을 놔둔 채 집을 나섰다. 그리고 곧 그녀는 아주 오래 전에 만들어진 작은 길을 걷기 시작했다.

4

롤리버네 술집은 마을에서 단 하나밖에 없는 술집이었다. 그러나 실상은 술을 파는 것만 허가받았을 뿐 가게 안에서 술을 마시지는 못하게 되어 있었다. 따라서 손님들은 마당 울타리에 올려 놓은 판자에서 술을 마셨다. 그에 비해 단골 손님들은 위층에 있는 다락방에서 아주 편안하게 술을 마셨다. 또한 그들은 다락방에 있는 초라한 침대과 장롱, 궤짝 등 아무 곳에나 걸터앉을 수 있었다.

마을 저쪽에 있는 퓨어드롭은 술집으로 허가를 받았으나 너무 멀어서 사람들이 잘 이용하지 않았다. 그러나 거리상의 이유보다는 이 다락방에서 롤리버와 어울려 마시는 것이 그들에게는 훨씬 술맛이 나기 때문이었다. 주인은 이 불법적인 시설을 가리려고 두꺼운 숄을 창문에 대어 놓고 있었다.

더비필드 부인은 이곳에서 부인회의 회원들과 함께 술을 마셨다. 롤리버 부인이 한턱 내려고 부인회에서 친밀하게 지내는 몇몇 사람들을 초대한 자리였다. 그 모임 바로 옆에서 더비필드는 낮은 소리로 콧노래를 흥얼거리고 있었다.

"나는 아주 훌륭한 가문 태생이라네. 킹스베리 서브 그린힐에 우리 조상들이 묻힌 납골당이 있다네. 그곳에는 웨섹스 지방에서 가장 훌륭한 뼈가 묻혀 있다네."

연신 노래를 부르는 더비필드에게 부인이 다가갔다.

"여보, 금방 생각한 건데요, 내게 아주 기가 막힌 계획이 있어요."

더비필드 부인은 정신없이 창밖을 내다보고 있는 남편을 쳤다.

"당신한테서 우리 가문에 대해 듣고 줄곧 생각해 봤는데요, 저 숲 끝에 있는 트랜트리지라는 곳에 더버빌이라는 돈 많은 부인이 있잖아요."

"뭐라고!"

돈 많은 부인이라는 말에 더비필드는 눈이 번쩍 뜨이는지 소리를 질렀다.

"그 부인은 틀림없이 우리 집안일 거예요. 그래서 하는 말인데, 나는 테스를 그 집에 보내 우리가 친척이라는 것을 내세울 참이에요."

"당신 말을 듣고 보니 생각나는군. 그래, 그런 부인이 있지. 트링엄 목사님도 그분에 대해서는 미처 몰랐던 모양이군. 하지만 우리 가문에다 대면 그 집안은 아무것도 아니지. 분명히 노르만 왕 훨씬 이전에 분가해 나간 집안이 틀림없어."

더비필드 부부는 에이브러햄이 밤길을 온 것도, 이 집 안주인이 눈살을 찌푸리는 것도 모른 채 정신없이 이야기를 했다. 안주인은 행여 말소리가 새어 나가 허가장이라도 빼앗길까 걱정이었다.

"그 부인은 부자고, 우리 딸애는 그 부인의 마음에 꼭 들 거야."

"그러면 좀 좋을까요. 헤어진 집안끼리 서로 오갈 수도 있고."

더비필드 부인이 남편의 말에 맞장구를 쳤다.

"야, 신난다! 누나가 그 아줌마네 집에서 살게 되면 우리 모두 초대할 거야. 그리고 그 아줌마 마차를 타고 여기저기 구경다닐 수도 있고!"

침대 밑에서 기다리고 있던 에이브러햄이 갑자기 끼여들며 소리쳤다. 더비필드 부부는 깜짝 놀랐다.

"아니, 너 언제 왔니?"

더비필드 부인은 그제사 에이브러햄을 발견한 것이었다.

"그런데 어린애가 어른들 말에 참견하면 못 쓴다고 했지? 얼른 저기 가서 엄마 아빠가 일어설 때까지 기다리고 있어라."

손가락으로는 구석을 가리키며 눈동자는 남편을 향한 채 부인이 말했다.

"그러니 테스는 꼭 그 집에 가야 한다구요. 그렇게만 된다면 그 애는 틀림없이 지체 높은 사람하고 결혼하게 될 거예요. 아까 《운명 통감》에서 그 애 운수를 봤더니 그렇게 될 거라고 나왔더라니까요."

"테스는 뭐래?"

"아직 물어보지 않았어요. 하지만 훌륭한 집안으로 시집가게 될 거라는데 설마 싫다고야 하겠어요? 오늘 그애가 얼마나 예쁘던지, 살결이 마치 공작 부인처럼 부드럽더라니까요."

두 사람의 대화는 조용히 진행되었지만 주위에 있는 모든 사람들은 대강 그 내용을 눈치챌 수 있었다. 그리고 그들은 더비필드 집안의 맏딸인 테스의 앞날에 좋은 일이 있다는 것을 짐작했다.

"테스는 참으로 쾌활하고 어여쁜 아이지. 오늘 친구들하고 다니는 것을 보니 무척 사랑스럽더군."

"그래요. 하지만 더비필드 부인이 그 아이를 잘 돌봐야 할 텐데."

사람들은 테스에 대해 한 마디씩 하였다.

이야기의 주인공인 테스가 나타난 것은 바로 이때였다. 하지만 낡고 지저분한 술집과 테스는 너무 어울리지 않았다. 특히 더비필드 부인의 눈에는 딸의 모습이 마치 쓰레기 속에 핀 한 송이 장미 같았다. 그들 부부는 그 장미에 더러움이 묻기 전에 서둘러 자리에서 일어났다.

"제발 살살 좀 걸어요. 허가장을 뺏기면 책임질 거예요!"

롤리버 부인의 책망을 뒤로 하며 그들 가족은 술집을 빠져 나왔다. 테스는 한 쪽 팔로는 어머니를 잡고 다른 쪽 팔로는 아버지를 잡았다. 다행히도 아버지는 술을 많이 마신 것 같지는 않았다. 사실 더비필드는 술에 약해 조금만 마셔도 실수를 저질렀다. 그러나 지금 그의 걸음걸이는 몹시 위태로워서 테스와 더비필드 부인까지 비틀거렸다.

"킹스베리에 우리 집안의 납골당이 있다네!"

더비필드는 테스에게 의지한 채 큰 소리로 외쳤다.

"좀 조용히 하세요."

부인이 질색을 하며 남편의 입을 막았다.

"당신 집안만 훌륭한 집안이 아니잖아요. 엔크텔 집안이나 호시 집안, 트링엄네 집안도 훌륭하잖아요. 당신네 집안처럼 다들 망했지만 말예요. 하지만 난 비천한 집안에서 태어났기 때문에 못살아도 부끄럽지는 않아요."

"아냐, 당신 성품으로 봐선 당신 집안도 분명히 훌륭한 집안이었을 거야. 다만 우리들보다 더 형편없이 망해버렸을 뿐이지."

가문에 정신이 팔려 있는 어버지와 어머니에 비해 테스는 당장 내일 길 떠날 일이 걱정이었다.

“아버진, 내일 아침에 벌통을 갖고 떠나셔야 하잖아요. 괜찮으시겠어요?”

“내 걱정하지 말아라. 한두 시간이면 거뜬해질 테니.”

더비필드는 큰소리를 쳤다.

토요일 장이 열리기 전에 캐스터브리지에 있는 소매상에 도착하려면 적어도 새벽 두시에는 떠나야 했다. 그런데도 더비필드 가족이 잠자리에 든 것은 열한시가 훨씬 지나서였다.

새벽 한시 반이 되자 더비필드 부인이 테스에게로 왔다.

“아무래도 아버지는 못 가시겠다.”

부인은 근심에 찬 얼굴로 말했다. 테스는 아직 잠에 취한 채 어머니의 소리를 들었다. 그녀는 힘겹게 일어나 앉았다.

“그럼 누구든지 가야지요. 벌통을 가르기엔 이미 철이 늦었잖아요. 다음 주까지 미루면 아마 살 사람이 하나도 없을 거예요.”

“혹시 누가 대신 가 줄 사람이 없을까? 어제 너하고 춤추고 싶어하던 젊은이 중에서 말이다.”

더비필드 부인은 눈치를 보며 은근히 테스의 의중을 떠보았다.

“안 돼요. 절대 그럴 수 없어요! 그렇게 되면 사람들이 아버지가 못 가신 이유를 다 알게 되잖아요. 그럴 바에는 차라리 제가 에이브러햄과 같이 갈래요.”

테스의 말에 어머니도 고개를 끄덕였다. 듣고 보니 테스의 말이 옳았던 것이다. 어린 에이브러햄은 세상 모르고 자다가 엉겁결에 일어나 입혀주는 옷을 걸쳤다. 그리곤 테스의 손에 이끌려 마구간으로 갔다. 마구간의 짐마차에는 이미 짐이 실려 있었다. 테스는 이 짐마차에 딱 어울리는 프린스라는 초라한 말을 끌어냈다. 말 역시 에이브러햄과 마찬가지로 아직 잠에서 덜 깨었는지 멍한 눈으로 주위를 두리번거렸다. 말을 수레에 묶은 후 그들은 밖으로 나왔다.

처음 오르막길을 오르는 동안에는 말을 생각해서 옆에서 함께 걸었다. 되도록 서글픈 생각을 떨쳐버리려고 그들은 빵을 꺼내 먹었다. 에이브러햄은 이제사 잠에서 깨는지 어두운 하늘에서 구름의 움직임을 보며 성난 호랑이 같다느니, 거인의 머리 같다느니 하며 수다를 떨었다.

적막감이 도는 스토어캐슬이라는 작은 거리를 지나자 약간 높은 지형이 시작되었다. 왼편으로는 더 높이 벨베로우 산이 솟아 있었으며, 그 밑의 길쭉한 길은 테스가 서 있는 부근에서부터 한참 동안 완만하게 경사진 내리막길이었다. 그들은 이곳까지 와서 비로소 마차에 올랐다.

"누나!"

에이브러햄이 갑자기 테스를 불렀다.

"우리 집 지체가 높아진 거 누나는 기쁘지 않아? 엄마가 그러는데 이제 누나는 신사하고 결혼할 거라던데."

"뭐라고?"

"정말이야. 우리 친척 중에 굉장한 부자가 있는데 그 사람이 누나를 신사한테 시집보낸데."

"굉장한 부자라니? 우리 친척 중엔 그런 사람이 없는데."

"아냐, 어제 분명히 엄마 아빠가 롤리버네 주막에서 하는 소릴 들었단 말야."

그러나 테스는 에이브러햄의 말을 알아들을 수가 없었다. 이리저리 생각해 보아도 도무지 무슨 소리인지 이해가 되지 않았다.

에이브러햄은 피곤한지 벌통에 기댄 채 별을 보기 시작했다. 차가운 밤하늘에는 무수히 많은 별들이 금방이라도 쏟아질 듯 반짝거리고 있었다. 누나가 신사와 결혼한다면 저 별들을 가깝게 볼 수 있는 망원경을 사 줄지도 모른다고 그는 생각하였다.

"별들도 자신들의 세계가 있다고 그랬지, 누나?"

에이브러햄은 여전히 턱을 치켜든 채 물었다.

"별들의 세계도 우리들이 사는 세계와 같을까?"

"잘은 모르겠지만 아마 그럴 거야. 어쩌면 우리 집 사과나무 같은지도 몰라. 언뜻 보이기에는 전부 싱싱해 보이지만 가끔씩 벌레가 먹은 것도 있는 것처럼 말야."

"그럼 우리들은 어느 쪽에 살고 있는 거야?"

"아마 벌레 먹은 쪽일 거야."

"싱싱한 별도 많은데 왜 하필이면 벌레 먹은 거야?"

"글쎄 말이다. 만약 우리가 싱싱한 놈을 골랐다면 아버지는 기침도 하지 않으실 테고, 어머니는 늘 빨래통을 돌리면서 요람을 흔들지 않아도 되실 거야……"

"그리고 누나도 꼭 신사한테 시집가지 않아도 되고……"

"그만둬! 제발 이제 그 소리는 하지 마!"

테스가 신경질적으로 반응하자 에이브러햄은 얼른 입을 다물었다. 그리곤 잠깐 시무룩하게 있는 듯하다가 금방 잠이 들고 말았다. 테스는 동생이 깨지 않도록 벌통 앞에 둥우리 같은 자리를 마련하였다. 그리고는 혼자서 마차를 몰기 시작했다. 이제 적막한 밤길에 말발굽 소리만 요란하게 들려올 뿐이었다.

마차가 스치는 나무의 행렬은 이 세상의 것이 아닌 듯싶었다. 또한 잔잔하게 이는 바람은 슬픈 영혼의 탄식 같기도 했다. 테스는 꿈과 같은 기분으로 깊은 생각에 빠져 들었다. 아버지가 자랑하는 가문이라는 것이 얼마나 허황된 것인가. 어머니가 말하는 신사라는 신분의 결혼 상대자는 또 얼마나 오만할까. 아마도 더버빌이라는 허울뿐인 가문을 비웃고 현재의 가난을 비웃을 테지.

이런저런 생각에 잠겨 있는 사이에 테스는 갑자기 큰 충격을 느끼곤 눈을 번쩍 떴다. 마차는 생각보다 훨씬 먼 곳에 와 있었으며 멈춰진 채였다. 이때 누군가의 고함소리가 들려 왔다. 그녀는 순간적으로 엄청난 일이 벌어졌음을 알아차렸다. 당장 마차에서 뛰어내린 테스는 눈앞에 벌어진 상황에 입을 다물지 못하였다. 프린스가 가슴에서 피를 뿜으며 무서운 신음소리를 내고 있었다. 아침 우편 마차가 여느 때와 마찬가지로 이 오솔길을 달려오다가 테스의 짐마차와 부딪치며 수레채의 끝이 프린스의 가슴에 꽂힌 것이었다.

테스는 엉겁결에 피가 뿜어져 나오는 프린스의 가슴에 손을 댔다. 그러나 오히려 핏줄기가 거세게 튀며 테스의 얼굴과 옷을 붉게 물들였다. 테스와 프린스는 한참 동안 그렇게 서 있었다. 그러다 어느 순간에 프린스는 푹 쓰러지고 말았다. 그때서야 우편 마차의 마부가 다가와 프린스에게서 마차를 분리해 내기 시작하였다. 그러나 이미 프린스는 숨진 뒤였다.

"아가씨가 길을 반대쪽으로 왔어."

그는 심각하게 말을 했다.

"나는 우편물을 운반해야 하니까 여기서 기다리고 있어. 되도록 빨리 도와줄 사람을 보내줄게."

마부는 말을 마치곤 급히 마차에 올라탔다. 테스는 우두커니 서서 마부가 하는 양을 지켜보았다.

'아, 이제 어머니 아버지는 무엇으로 살아가시지?'

머리 속에는 오직 그 생각밖에 떠오르지 않았다.

프린스는 눈을 반쯤 뜬 채 누워 있었다. 에이브러헴은 아무것도 모른 채 내내 잠들어 있었다. 테스는 동생을 흔들어 깨웠다.

"에이브러헴, 일어나. 이젠 짐을 가지고 갈 수가 없게 되었어. 프린스가 죽었단 말야."

에이브러헴은 간신히 눈을 떴다. 눈을 뜨자마자 그는 한눈에 상황을 알아차렸다.

"이건 우리가 벌레 먹은 별에서 살고 있기 때문이야."

에이브러햄이 울먹이며 조그맣게 중얼거렸다. 테스는 동생 옆에 앉아 그의 어깨에 손을 얹었다. 끝없이 긴 시간이 지났다고 느끼기 시작할 즈음, 멀리서 말굽 소리가 나기 시작하였다. 그 소리를 듣고 테스는 우편 마차의 마부가 약속을 지켰음을 알았다. 테스를 도와주러 온 사람은 스토어캐슬에서 가까운 곳에 사는 농부였다. 그는 튼튼하게 생긴 작은 말을 끌고 왔다. 그 말은 프린스 대신에 테스의 벌통을 캐스터브리지 시장까지 운반하였다.

테스는 농부의 말이 프린스를 운반하기 전에 집으로 돌아왔다. 더비필드 부부는 이미 모든 사실을 알고 있었다. 테스네 집안 형편에 말을 잃었다는 것은 곧 파산했다는 것을 의미하기 때문이었다. 그러나 더비필드 부부는 테스에 대해 어떠한 책망도 하지 않았다.

가죽을 다루는 상인들은 죽은 프린스가 늙은 말이라며 겨우 2, 3실링밖에 쳐주지 않았다. 그러자 더비필드는 그대로 프린스를 끌고 왔다.

"그래, 좋아! 나는 내 말을 팔지 않겠어. 우리 더버빌 가문이 이 땅의 기사였을 때 누가 군마를 고양이 먹이로 팔았던가. 그런 푼돈은 너희들이나 가져라!"

이튿날, 더비필드는 그의 가족들과 함께 프린스의 무덤을 파기 시작했다. 그리곤 프린스의 몸뚱이에 밧줄을 묶어 무덤까지 끌고 갔다. 아이들이 그 뒤를 따르니 그 광경이 마치 엄숙한 장례 행렬과도 같았다.

프린스가 파 놓은 구덩이 속에 떨어지자 모두 주위에 몰려 들었다.

"프린스는 천당에 갔을까?"

에이브러햄이 훌쩍거리면서 물었다. 더비필드는 말없이 프린스 위에 흙을 덮기 시작했다. 아이들이 모두들 울음을 터뜨렸다.

5

짐을 도맡아 운반하던 프린스가 죽자 그날부터 당장 일하는 데 곤란을 느꼈다. 더구나 더비필드는 이름난 게으름뱅이였다. 일할 수 있는 힘이 있을 때는 게으름을 피웠고, 일거리가 있을 때에는 흐지부지하기 일쑤였다. 그런 천성을 가진 사람이 말까지 잃었으니 그야말로 집안은 가난의 구렁텅이로 빠지기 직전이었다.

테스는 이 모든 것이 자기 탓이라는 생각에 심한 자책감에 빠져 있었다. 그녀는 어떻게 하면 가난에서 가족을 구해낼 수 있을까 생각하였다. 이때 어머니가 다가와 넌지시 자신의 계획을 털어 놓았다.

"애야, 사람에게는 일평생에 몇 번의 기회가 있단다. 네게는 바로 지금이 그 기회란다. 마침 우리 혈통에 대해서도 알게 되었고, 돈 많은 마님이 우리 친척이라는 것도 알게 되었잖니. 그러니까 네가 그 집에 가서 친척이라고 밝히고 좀 도와 달라고 부탁을 하는 거야."

"전 그러고 싶지 않아요. 만약 그 분이 정말 우리 친척이라면 서로 우애있게 지내면 될 뿐이에요."

테스는 어머니의 부탁을 한 마디로 거절했다.

"너무 욕심이 없는 것도 좋은 것이 아니란다. 그 부인은 너를 좋아하실 게 분명한데 그 이상인들 못 바라겠니. 내가 들은 게 있어서 이러는 거다."

어머니의 말을 듣고 있자니 테스는 알지 못하는 부인에 대해 심한 죄책감이 들었다. 또한 선량한 부인에게 접근하여 잇속을 챙기려는 어머니가 못마땅했다.

"차라리 제가 일자리를 찾아보겠어요."

테스는 분명하게 말했다.

"여보, 당신이 한번 얘기해 봐요."

부인은 뒤에 앉아 있는 남편을 보며 응원을 요청했다. 그러나 더비필드는 고개를 저었다.

"나도 내 자식이 낯선 집에 가서 구걸하는 건 원치 않소. 더구나 우리는 문중에서 제일 높은 집안인데 채신을 지켜야지."

아버지는 이런 중에도 거드름을 피웠다.

"그분을 찾아가는 일은 어렵지 않아요. 하지만 도와 달라는 말은 하지 않을 거예요. 그러니 두 분도 그런 기대일랑 하지 마세요. 더구나 그분이 저를 좋은 집안에 시집보낼 거라는 생각은 아예 접어 두시고요."

"내가 언제 그런 생각을 했다고 그러니?"

"아니면 됐어요. 그럼 그분께 가 보기는 하겠어요."

테스의 분명한 태도에 더비필드는 점잖게 고개를 끄덕였다.

이튿날 아침, 테스는 일 주일에 두 번씩 다니는 포장마차를 타고 트랜트리지 마을에 산다는 더버빌 부인에게로 갔다. 이 잊지 못할 아침, 테스가 물어 물어 찾아간 길은 그녀가 태어나서 자란 블랙무어 골짜기를 동북쪽으로 가로지르고 있었다.

테스는 어린 시절을 잠시 떠올렸다. 그때는 세상의 모든 것이 신비롭고 경이롭게만 보였다. 그녀는 매일 자기 방의 창가에서 탑과 마을을 내려다 보았다. 특히 언덕 위에 우뚝 솟아 있는 샤스톤 마을과 저녁 햇살을 받아 등불처럼 반짝이는 집집의 창문들을 즐겨 보았다. 학창 시절에는 친구들에게 인기도 많았다. 당시 그녀는 털실로 짠 원피스를 입은 채 길바닥이나 둑 위에서 풀이나 돌멩이를 찾느라 무릎에 항상 구멍이 나 있는 귀여운 모습이었다. 또한 검은 머리는 갈고리 모양으로 곱슬곱슬하고 탐스러웠다.

집안 사정이 무척 어렵다는 것을 알게 된 것은 불과 몇 년 전이었다.

그때부터 그녀는 줄곧 어머니를 도와 동생들을 돌보아 왔다. 그러면서 한편으로는 끊임없이 아이를 낳는 어머니를 그녀는 도저히 이해할 수가 없었다. 그러나 테스는 천진한 어린아이와도 같은 어머니를 원망하지 않고 동생들을 따뜻하게 돌봤다. 뿐만 아니라 졸업한 후에는 이웃 농가에 가서 건초를 만들거나 추수하는 일을 하기도 했다. 또한 우유 짜는 일과 버터 만드는 일도 마다하지 않았다. 지금 더버빌 저택에 가는 일도 실상은 조그만 테스의 어깨에 얹혀진 짐이라는 것을 그녀는 잘 알고 있었다.

테스는 트랜트리지 네거리에서 내려 체이스라고 불리는 언덕을 향했다. 그곳에 더버빌 부인의 영지인 슬로우프 저택이 있다고 했다. 보통 장원의 저택에는 밭과 목장이 딸려 있고 이를 돌보는 소작농이 있는데 이 저택은 그렇지 않았다.

더버빌 부인의 저택은 여가를 즐기기 위한 별장에 가까웠고 지주에게 필요한 땅 이외에는 아무것도 없었다. 다만 더버빌 부인은 소일거리로 조그만 농장을 갖고 있었는데, 이것은 관리인을 두어 돌보게 하였다.

저택은 처마 끝까지 울창한 상록수가 가리고 있었다. 테스는 붉은 벽돌로 된 문지기의 옆문을 지나 건물 본채로 들어섰다. 본채는 새로 지은 것으로서 진한 붉은 색의 건물이었다. 건물의 주위에는 빨간 제라늄의 꽃들이 심어져 있었다. 그것이 저택 뒤쪽에 있는 연한 하늘빛의 체이스와 함께 아름다운 조화를 이루고 있었다. 테스는 자갈이 깔린 마찻길 한쪽에 서서 저택을 바라보았다. 상상했던 것보다 저택은 너무나도 훌륭했다. 순간 괜히 왔다는 생각이 들었다.

사실 이 저택의 소유주인 스토우크 더버빌네는 더비필드 가문이 아니었다. 처음에 트링엄 목사가 말했듯이 존 더비필드가 이 지방에 남아 있는 유일한 더버빌 집안이었다. 따라서 그때 목사는 스토우크 더버빌네는 더버빌 집안이 아니라는 사실을 덧붙이지 않은 것은 실수였는지도 모른다.

　얼마 전에 죽은 시몬 스토우크 노인은 영국 북부에서 장사를 하여 많은 재산을 모은 사람이었다. 그는 나이가 들자 전원 생활을 하고 싶은 마음이 들어 여기저기 수소문한 끝에 이곳을 발견한 것이었다. 또한 대영 박물관 자료를 구해 완전히 멸문이 되었거나 반쯤 멸문이 된 명문 집안들 중에 더버빌이라는 성을 선택하였다. 이렇게 두 가지 조건이 갖추어지자 아무도 그가 장사꾼이었다는 사실을 몰랐다. 테스의 부모들은 이러한 사실을 짐작조차 하지 못했다. 그들은 성은 오로지 태어날 때부터 정해진 것이라고 믿었을 뿐이었다.

　테스는 얼마간 저택 앞에서 머뭇거렸다. 이대로 돌아갈 것인가, 아니면 용기를 내어 들어갈 것인가, 그녀는 결정을 내릴 수가 없었다. 이때 천막에서 사람의 그림자가 어른거렸다. 테스는 주춤 한 발자국 뒤로 물러섰다. 인기척을 느꼈는지 그림자는 이내 밖으로 모습을 드러냈다. 키가 후리후리하게 큰 젊은 남자였다. 남자의 얼굴빛은 몹시 검붉었으나 인상은 부드러웠다. 그러나 두툼한 입술 위에 끝을 뾰족하게 말아 올린 수염은 약간 야비해 보였다. 나이는 대략 스물서넛 정도 되는 듯싶었다.

　"예쁜 아가씨, 무슨 일이십니까?"

　남자는 경쾌한 목소리로 물었다.

　"저어, 주인 마님을 뵈러 왔어요."

　테스는 갑자기 나타난 젊은 남자를 똑바로 보지 못하고 고개를 숙인 채 조그맣게 말했다.

　"어머니는 만나지 못할 겁니다. 편찮으셔서."

　젊은 남자가 대답했다. 그는 시몬 스토우크 노인의 외아들인 알렉이었던 것이다.

　"그런데 무슨 일로 어머니를 찾으시나요? 혹 놀러 오셨어요?"

　"그게 아니라……."

테스는 무엇을 어떻게 설명해야 할지 참으로 난감했다. 젊은 주인이 이곳에 온 진의를 알아차린다면 얼마나 비웃을까.

"너무 어처구니 없는 일이라 말씀드리기가……."

그녀는 민망함에 살짝 미소를 지어 보였다. 그러자 젊은 주인은 그만 그녀의 미소에 반하고 말았다.

"괜찮아요. 나는 워낙 어처구니 없는 일을 좋아하니까."

"사실은 어머니가 가 보라고 하셨어요. 이 댁과 우리 집이 한 가문이라는 것을 말씀드리라고 하셔서……."

"오라, 친척이란 말이군! 그렇담 스토우크 집안?"

"아니오, 더버빌 집안이오."

"참, 그렇지."

"우리 집은 성이 바뀌어 더비필드가 됐지만 우리가 더버빌 집안이라는 증거는 많아요. 가문을 연구하는 사람이 그렇게 말했어요. 또 우리 집엔 오래된 도장이 하나 있는데, 방패 모양에 사자가 뒷발로 서 있고, 그 위에는 성이 그려져 있어요. 또 은 스푼도 있는데, 그 손잡이에도 뛰어오르는 사자와 성이 그려져 있어요."

"사자가 뒷발로 서 있는 것은 우리 집안의 문장(紋章)이지요. 은으로 된 성은 문장의 윗장식이구요."

"그래서 어머니는 댁에 인사를 드려야 한다고 하셨어요."

"그러니까 아가씨는 한 집안으로서 인사를 하러 온 셈이군."

알렉은 말을 하며 테스를 뚫어질 듯 바라보았다. 그 눈길이 너무 거북하여 그녀는 얼른 그 자리에게서 벗어나고 싶었다. 그러나 알렉은 그녀에게 집안 형편이나 가족 등에 대해 이것저것 물어 보기 시작했다. 테스는 그의 질문에 따라 솔직하게 대답했다.

"그래서 아버지는 편찮으셔서 누워 계시고, 얼마 전에 우리 집안은 불행한 사고로 말을 잃었어요. 그래서 제가 어디든 일자리를 구하려고 해요."

 테스는 대충 집안 형편에 대해 설명한 후 올 때 타고온 마차 편으로 되돌아 갈 것이라고 덧붙였다.

 "마차가 다시 오자면 시간이 걸릴 테니 그 동안 집안 구경이나 하지."

 알렉의 권고에 테스는 내키지 않았지만 그렇다고 거절할 마땅한 구실도 없었다. 그녀는 알렉이 이끄는 대로 잔디밭과 화단, 온실 등을 구경했다.

 "딸기 좋아해? 여기 딸긴 벌써 익어가는데."

 알렉은 몸을 구부려 여러 가지의 딸기를 따며 말했다. 그는 특별히 잘 익은 딸기를 손질하더니 테스의 입에 갖다 대었다.

 "제가 먹겠어요."

 테스는 얼른 입술을 꼭 붙이곤 상체를 뒤로 제끼며 말했다.

 "괜찮아."

 그러나 알렉은 고집스럽게 내민 손을 거두지 않았다. 테스는 할 수 없이 꼭 다물었던 입술을 벌렸다.

 알렉은 테스의 조그만 바구니에 딸기를 가득 채워 주었다. 그리곤 장미를 꺾어 그녀의 옷과 모자에 잔뜩 꽂아 주었다.

 "이제 뭣 좀 먹고 나면 마차가 올 거야. 잠깐만 기다려. 먹을 것을 좀 내올 테니."

 알렉은 테스를 천막 안으로 데려다 놓곤 안으로 사라졌다. 그리고 그는 곧 바구니에 가볍게 먹을 수 있는 점심거리를 직접 가지고 돌아왔다. 그는 하인들이 자신을 방해하는 것을 원치 않는 것이 분명했다.

 "담배를 피워도 괜찮을까?"

 "그럼요."

 테스가 선뜻 대답하자 그는 담배를 빼어 물며 생각했다. 갑자기 친척이라고 소개하며 나타난 이 어린 아가씨의 모습이 여간 어여쁜 것이 아니라고. 사실 그녀의 얼굴은 막 피어오르는 한 송이 꽃과 같았으며, 가슴은 풍만했다. 또한 전체적으로도 매우 균형 잡힌 몸매를 하고 있었다.

"이제 그만 가야겠어요."

서둘러 점심 식사를 마친 테스가 일어서며 말했다. 알렉은 더 이상 붙잡을 수 없음을 알고 아쉬운 마음으로 그녀를 뒤따라 나왔다.

"그런데 이름이 뭐지?"

"테스, 테스 더비필드요."

"그래, 집에 있던 말이 죽었단 말이지?"

"네에, 제가……제가 그랬어요."

"너무 걱정하지 말아요. 무슨 방도가 없는지 내가 생각해 봐야겠군. 어머니도 틀림없이 일자리를 구해주실 거요. 그런데 테스, 이제 더버빌 이라는 소리는 하지 말아요. 더비필드와 더버빌은 전혀 상관이 없는 성 이니까."

"저는 아무것도 바라지 않아요."

테스는 약간 위엄을 갖추고 말했다.

두 사람은 길 모퉁이까지 함께 걸었다. 알렉은 그녀에게 키스를 하려고 하다가 이내 생각을 고쳐 먹었다. 그녀와 헤어져 돌아온 그는 아주 만족한 얼굴로 의자에 걸터앉았다.

"우스운 일이야. 그렇게 귀여운 계집애가 스스로 굴러 들어 오다니!"

그는 의자를 뒤로 제끼며 한바탕 커다랗게 웃어댔다.

6

마차를 타고 오는 동안 테스는 아무 생각도 할 수가 없었다. 그녀는 조금 전에 있었던 일이 도무지 믿기지 않았다.

"마치 꽃다발 같군요!"

같이 마차를 탄 사람들이 자신을 보고 감탄하자 그녀는 비로소 모든 사람들의 눈길이 자신을 향해 있음을 알았다. 그녀는 얼른 모자에 꽂혀 있는 장미를 떼어내 바구니에 감췄다. 그러나 너무 서두른 탓에 그녀는 가슴에 있는 장미 가시에 그만 턱을 찔리고 말았다. 블랙무어 사람들은 가시에 찔리는 것을 극히 꺼려했다. 그것은 곧 불길한 일이 일어난다는 징조로 보았기 때문이다. 테스 역시 블랙무어 사람인 만큼 장미 가시에 찔리자 몹시 기분이 언짢았다.

마차는 샤스톤 마을까지만 다녔다. 말로트 마을까지 가려면 5,6마일 이나 되는 비탈길을 더 걸어야 했다. 그녀는 몸과 마음이 지쳐 도저히 걸을 자신이 없었다. 할 수 없이 그녀는 샤스톤에서 하룻밤을 묵었다.

다음 날 오후에 집에 도착한 테스는 곧 집안에 좋은 일이 생겼다는 것을 알아차렸다.

"내가 이렇게 될 줄 알았다고 했잖니."

더비필드 부인은 의기양양하게 말했다.

"제가 없는 동안에 무슨 일이 있었나요?"

"그 집 사람들이 너한테 홀딱 반했나 보더구나! 그 집에서 벌써 이렇게 편지를 보냈지 뭐니. 더버빌 부인이 하는 양계장을 네가 돌봐 주었으면 좋겠다는 거야. 그리고 너를 친척으로 맞이하겠다는구나."

"전 그 집 부인을 만나지도 못했는걸요?"

"그럼 다른 사람을 만났나 보지?"

"네, 아들을 만났어요."

"그게 그거지 뭐냐. 그러니까 아들에게서 네 얘기를 듣고 그러는구나."

"글쎄요. 아무튼 제가 그 일을 잘 해낼지 모르겠어요."

테스는 아무래도 믿어지지가 않아 애매하게 대답했다.

“시골에서 태어났는데 왜 못 하겠니? 양계장 일이란 시골에서 자란 사람이라면 누구든지 다 잘할 수 있게 되어 있단다.”

“가든 안 가든 그건 나중에 결정하기로 하고, 먼저 편지나 좀 보여 주세요.”

테스는 피곤한 표정으로 말했다.

어머니가 건네 준 편지에는 테스가 양계장의 일을 도와 주었으면 좋겠다는 내용이 적혀 있었다. 그렇게만 한다면 보수도 넉넉히 주고 좋은 방도 주겠다고 했다.

“아무래도 저는 엄마 아빠와 함께 여기에서 사는 게 좋겠어요.”

창 밖을 보며 테스가 천천히 말했다.

“왜? 그 집에서 무슨 일이 있었니?”

“그런 건 아녜요. 사실은 저도 왜 그런지 그 까닭을 정확하게 모르겠어요. 그냥 그런 마음이 들어요.”

사실 어제 특별한 일이 있었던 것은 아니지만 그녀는 어쩐지 알렉이 막연히 싫었다. 그러나 1주일이 지나도록 테스는 아무런 일거리도 찾지 못하였다. 그녀는 한철 동안 가족이 다 같이 돈을 벌어 다시 말을 사야 한다고 생각했다. 그러나 일은 뜻대로 되지 않았다.

그러던 어느 날 저녁, 그 날도 일거리를 찾아 나섰다가 허탕을 치고 돌아오는 길이었다. 그런데 집 안에 들어서자 어머니가 몹시 흥분한 얼굴로 다가왔다.

“얘야, 조금 전에 말이다. 더버빌 부인의 아들이 이곳을 지나다 잠깐 들렀는데, 그 부인이 네가 일을 도와 주러 올 것인지 다시 한번 다짐을 받아 오랬다는구나.”

“그러나 저는 그 집 사정을 정확하게 알기 전에는 못 가겠어요.”

“가거나 말거나 그건 네 마음이겠지만, 그 아들이라는 사람은 참 인상도 좋고 잘 생겼더구나. 아주 멋진 다이아몬드 반지도 끼고 있던데.”

"나도 봤어. 그런데 그 사람은 자꾸 콧수염을 만지더라. 왜 그러지?"
창가에 있던 에이브러햄이 말했다.
"다이아몬드 반지를 뽐내고 싶어서겠지. 아무튼 나는 우리 딸애가 그 집에 가는 것은 찬성하지 않아."
의자에 앉아 있던 더비필드가 말했다.
"당신은 무슨 소리를 하고 있는 거예요! 그 청년은 우리 테스에게 홀딱 반해 있는 것 같던데. 혹시 알아요? 그 청년이 테스를 아내로 맞이한다고 할지."
"아, 그런가! 그래 맞아. 직계 후손과 결혼하여 가문을 든든하게 하려는 생각을 했을지도 모르지! 애, 테스야, 넌 어떻게 생각하니?"
부인의 말에 더비필드는 갑자기 흥분을 하며 물었다.
"전 도저히 그 남자와 한 집에서 사는 게 자신없어요."
테스는 괴로운 표정으로 말했다. 그러자 동생들이 울기 시작했다.
"이젠 근사한 말을 사기는 다 틀렸어. 번쩍번쩍하는 금화도 못 갖게 되고, 사고 싶은 것도 못 사게 되었어. 누나는 바보! 바보!"
어린 동생들은 모든 희망이 한꺼번에 무너지는 느낌이었다. 누나가 더버빌 집안으로만 가면 좋은 일이 한꺼번에 생길 텐데, 고집을 부리는 누나가 정말 야속하기만 한 것이다.
"정히 가라면 가겠어요. 어차피 말을 죽인 건 저니까. 아, 먼저 그 부인을 만나 봤더라면 좋을 텐데."
테스는 우는 동생과 낙담한 어머니를 보곤 모든 것을 포기한 듯 말했다.
"그거야 네가 결심만 하면 언제라도 만나 뵐 수 있지 않겠니?"
어머니가 반색을 하며 말했다.
"하지만 전 단지 돈을 벌기 위해 가는 거예요. 그러니까 어머니도 딴 생각은 마세요. 이런 시시한 얘길 교구 사람들에게 하지도 마시구요."
일이 이렇게 결정되자 테스는 더버빌 집안으로 가겠다고 편지를 썼다. 더버빌 집안에서도 당장 답장이 왔다. 발신자는 분명 더버빌 부인으로 되어 있으나 남자 글씨체로 쓰인 편지였다.

7

테스가 더버빌 집안으로 출발하는 아침, 더비필드 부인은 딸에게 축제 때 입었던 흰옷을 입혀 주었다. 또한 머리도 다른 때보다 두 배는 더 정성스럽게 빗겼다.

"전 일하러 가는 거지, 놀러 가는 게 아녜요."

"그러나 처음 가는 건데, 깨끗이 보여서 나쁠 건 없잖니."

어머니는 행여 테스의 마음이 변할까 조심스럽게 타일렀다. 테스는 어린아이 같이 들떠 있는 어머니를 보고 몰래 한숨을 내쉬었다.

"머리는 그만 하세요. 그보다 양말 뒤꿈치에 구멍이 났는데!"

"그거야 어떻겠니? 구두 속에 감춰질 건데."

어머니는 멀찍이 물러나 딸의 모습을 보았다.

"여보, 테스를 좀 보세요. 저러니 그 청년이 어떻게 반하지 않을 수 있겠어요. 이번 일이 잘 되기만 하면 아무래도 목사님께 사례를 해야겠어요. 그런 사실을 알려 주다니 참으로 고맙기도 하지."

더비필드 부인은 마치 테스가 결혼하러 식장에라도 가는 양 흥분했다. 부인은 언덕 아래까지 딸을 배웅하기로 하였다. 테스의 동생들도 하나같이 모두 따라 나섰다.

"이제 누나는 멋쟁이 아저씨한테 시집가게 될 거다."

더비필드 부인은 자랑스럽게 말했다.

"어머니, 왜 자꾸 이러세요! 애들한테 왜 쓸데없는 소릴 하냐구요! 애들아, 누나는 시집가는 게 아니라 일하러 가는 거란다. 일해서 돈 많이 벌면 좋은 말을 살 수 있단다. 그럼 아버지, 안녕히 계세요."

테스는 울음이 나오는 것을 꾹 참으며 말했다. 더비필드는 술이 취한 채 딸의 인사를 받았다.

"그래, 잘 가거라. 그 청년한테 가서 전하거라. 난 가문의 작위를 팔 생각이라고. 암 팔고말고……그러나 엄청난 값은 아니라고 해라."

"무슨 소릴! 1천 파운드 이하로는 안 판다고 해라!"

옆에서 부인이 소리쳤다.

"아냐, 난 조금 적어도 상관없어. 나 같은 건달이 선조의 명예를 지니고 있으니 차라리 그 청년이 갖고 있는 편이 나아. 그러니까 1백 파운드만 준다면 팔 생각이다. 아니, 오십 파운드만 준다고 해도……그것도 많으면 이십 파운드! 그 이하론 절대 안 돼!"

더비필드가 소리쳤다. 테스는 눈물이 쏟아지려 하였다. 그녀는 급히 밖으로 뛰쳐 나갔다. 동생들과 어머니가 급히 뒤따라 나왔다. 그들은 마치 그녀가 대단한 일을 하러 가는 것처럼 경이로운 눈으로 쳐다보았다.

"여기서 잠깐 기다리면 마차가 올 거다. 아, 저기 마차가 보이는구나."

언덕 아래까지 따라온 부인이 소리쳤다. 마차는 언덕을 넘어와 그들 옆에 멈춰섰다. 테스는 가족들에게 작별 인사를 하곤 천천히 마차에 오르기 시작했다. 이때 언덕의 숲 속에서 또 다른 마차가 나타났다. 그것은 이륜마차로서 테스가 타려는 마차와는 비교가 되지 않을 정도로 훌륭한 것이었다. 마차는 몰고 온 사람은 바로 알렉이었다.

"애, 그것봐라. 내 말이 맞지 않니?"

알렉을 보자 더비필드 부인은 마치 어린아이같이 좋아했다. 어머니와는 달리 테스는 알렉을 보자 더욱 불안한 생각이 들었다. 알렉의 재촉에 따라 테스는 마차를 바꿔 탔다. 그녀가 마차에 오르자 알렉은 옆에 앉아 채찍을 힘껏 휘둘렀다.

"난 누나가 귀부인이 되러 가지 않길 바랬는데……."

에이브러햄이 입을 삐죽거리며 말했다. 그 말에 따라 세 동생들은 모두 울음을 터뜨렸다. 더비필드 부인의 눈에서도 눈물이 흘렀다.

그날 밤, 부인은 저녁에 잠자리에서 탄식을 하듯 남편에게 말했다.

"뭐가 뭔지 모르겠어요. 애를 괜히 보낸 건 아닌지……."

"지금 그런 소릴 하면 무슨 소용 있어?"

"그 청년에 대해서 확실히 알아보고 보내기만 했어도……. 하지만 이젠 이미 엎질러진 물이에요. 테스가 잘만 처신한다면 당장은 아니더라도 언젠가는 그 청년과 결혼하게 되겠죠."

"처신? 그 처신이라는 게 뭔데? 더버빌 가문의 혈통에 맞는 행동 말야?"

"참, 당신도. 누가 혈통 말예요? 그 예쁜 모습에 어울리게 옷도 좀 깔끔하게 입고 머리도 잘 손질하고 하는 거 말이죠."

부인의 눈에는 벌써 귀부인이 되어 드넓은 장원에 서 있는 테스의 모습이 보이는 듯했다.

8

알렉은 마차를 쏜살같이 몰았다. 산마루에 도착하자 사방의 경치가 활짝 펼쳐졌다. 뒤쪽에는 그녀가 태어나 자란 마을이 보이고 앞쪽에는 지난 번에 사고가 났던 트랜트리지가 있었다. 이제부터는 내리막길이 시작되었다.

"내리막에선 천천히 좀 모세요."

사고 지역에 다가오자 테스는 불안한 마음이 들어 그렇게 말했다. 그러자 알렉은 그녀를 힐끗 본 후 담배를 앞니로 질끈 물었다.

"왜, 테스처럼 용감한 사람이 겁이 나나? 하지만 어쩌지, 난 내리막길에선 오히려 최고 속도를 내는데. 이보다 더 쾌감을 주는 일이 없거든. 또 탑도 나와 생각이 같고 말야."

"탑이라뇨?"

"바로 이 녀석 말야. 이 말은 아무나 다룰 수가 없지. 나 말고는 말야. 거칠기가 이만저만이 아니거든. 힘도 대단하고. 사람을 죽인 적도 있지. 나도 이 녀석을 다루다가 여러 번 죽을 뻔했지만."

마침내 알렉은 말을 몰기 시작하였다. 그의 말대로 말이 사나워서인지 마차의 속력은 점점 빨라졌다. 마차는 윙윙 소리를 내며 위로 솟구쳤다 아래로 내려 앉았고 좌석은 좌우로 기우뚱거리며 곧 뒤집어질 듯하였다. 테스의 옷자락과 머리카락도 바람에 심하게 나부꼈다. 그녀는 알렉의 팔에 매달렸다.

"팔을 잡으면 안 돼. 둘 다 한꺼번에 날아간단 말야. 허리를 잡아."

알렉이 소리쳤다. 테스는 그의 허리를 안은 채 산기슭까지 올 수밖에 없었다.

"왜 이렇게 어리석은 짓을 하는 거죠?"

테스는 감았던 팔을 풀며 말했다. 어머니가 아침에 정성스레 단장시켜 주었던 머리와 옷이 엉망이 되어 있었다. 테스는 대충 손으로 머리와 옷을 정리했다.

"그렇다고 그렇게 매정하게 손을 놓을 건 없잖아."

알렉이 능청스럽게 웃으며 말했다.

잠시 후 마차는 다시 내리막길에 다다르게 되었다.

"이제 그만 좀 하세요!"

"그만 하라고? 어림없는 소리! 어여쁜 아가씨, 아까처럼 다시 매달리기나 하시지."

"싫어요!"

테스가 외쳤다.

"키스해 주면 천천히 달리지."

알렉이 짓궂게 말하자 테스는 깜짝 놀라 몸을 움츠렸다.

그녀는 불쾌한 생각이 들어 알렉에게서 조금 멀리 떨어졌다. 그러자 알렉은 심술궂은 표정을 짓더니 다시 거칠게 말을 몰기 시작했다.

"아아, 시키는 대로 할게요……"

테스는 헐떡거리며 겨우 말했다. 그러자 알렉은 고삐를 당겨 속도를 늦추었다. 그러나 막상 알렉이 다가 앉자 그녀는 얼른 몸을 옆으로 피했다. 양손으로 고삐를 잡고 있던 알렉은 그 탓에 몸이 옆으로 기울어지고 말았다.

"이런 여우 같은 계집애! 좋아, 목이 부러지든 말든 맘대로 해보라구!"

"당신이 그렇게 나온다면 나도 순순히 나가진 않겠어요. 나는 당신이 날 친척으로서 친절하게 대해줄 줄 알았어요."

"친척은 무슨 말라 비틀어진 친척이야! 이럇!"

"이럴 줄 알았다면 애초에 오지도 않았다구요!"

테스의 눈에서 굵은 눈물 방울이 떨어졌다. 그러나 알렉은 눈도 깜짝하지 않았다. 오히려 꼼짝도 않고 앉아 있는 그녀에게 슬그머니 다가앉으며 슬쩍 뺨에 키스까지 한 것이다. 테스는 수치심에 얼굴이 달아올라 손수건으로 뺨을 닦고 또 닦았다. 그런 테스의 모습에서 알렉은 모욕감과 함께 참을 수 없는 욕정이 끓어오름을 느꼈다.

잠시 후, 또 다른 내리막길이 시작되었다. 테스는 겁에 질리지 않을 수 없었다. 그녀는 알렉을 쳐다보았다. 알렉은 그때까지 분한 마음이 가시지 않은 듯 험한 얼굴로 거칠게 채찍을 휘둘렀다.

"키스를 허락하고, 손수건도 사용하지 않는다면 천천히 내려가지."

"좋아요. 당신 말대로 하겠어요. 그 전에 먼저 모자를 집게 해 주세요."

더 이상 타협할 길이 없음을 알고 테스가 말했다. 알렉은 천천히 고삐를 당겼다. 그들이 말하는 사이에 모자가 날아간 것이었다. 테스는 얼른 마차에서 뛰어내렸다. 그러나 그녀는 모자를 주워 머리에 쓰고도 마차에는 오르지 않았다.

"혼자 가세요. 저는 타지 않겠어요."

테스는 명랑한 목소리로 말했다.

"뭐라고? 타지 않겠다고? 트랜트리지까진 아직도 5,6마일이나 남아 있는데?"

"상관없어요. 곧 짐마차가 뒤따라 올 텐데요."

"이 교활한 계집애야, 그렇다면 모자를 떨어뜨린 것도 일부러 그런 거지?"

그는 테스가 자신을 속인 것에 대해 온갖 욕설을 퍼부었다. 그러면서 마차를 울타리 쪽으로 몰아 테스가 울타리와 마차 사이에서 꼼짝도 못하도록 하였다.

"그런 욕지거리를 하다니! 난 어머니에게 다시 돌아가겠어요."

"그렇게 화를 내니까 더욱 예쁜데. 그러지 말고 아가씨, 우리 화해합시다. 내 다시는 안 그럴 테니."

집으로 돌아가겠다는 말에 알렉은 그녀를 달래기 시작했다. 잘못했다는 표정을 짓기도 했다. 그러나 테스는 경계하는 마음을 풀지 않은 채 천천히 걸었다. 그녀는 다시 집으로 돌아가야 하나 말아야 하나 여간 혼란스러운 것이 아니었다. 이제 와서 되돌아 간다면 어머니와 식구들이 얼마나 실망할까. 그녀는 착잡한 마음에 알렉의 말은 들리지도 않았다.

9

이튿날 아침부터 일을 시작한 테스는 이것저것 처리해 나갔다. 주위에는 병아리들이 모이 쪼는 소리만 들릴 뿐이었다.

오래 전, 더버빌 가문에서 정원으로 사용하던 곳이 지금은 양계장이
되어 있었다. 특히 이 농가는 마치 닭들을 위해 지은 것처럼 아래층 방
들은 모두 닭들이 차지하고 있었다. 또한 사방은 높은 돌담으로 둘러 싸
여 있었으며, 출입문은 하나밖에 없었다.

"더버빌 마님께서 닭을 갖고 오시랍니다."

어느 사이에 들어온 하녀가 말했다. 하녀는 흰 모자에 앞치마를 두르
고 있었다.

"마님께서는 앞을 못 보시니, 미리 알고 계십시오."

"앞을 못 보신다고요?"

뜻밖의 사실에 테스는 몹시 놀랐다. 하지만 하녀에게 더 이상 캐물을
수는 없는 노릇이었다. 그녀는 하녀가 시키는 대로 햄버그 종 중에서 가
장 탐스러운 걸로 두 마리를 골라 안고 안채로 들어갔다.

안채는 바깥보다 훨씬 화려하고 웅장했다. 그곳에 이집의 주인 마님
이 안락의자에 앉아 있었다. 부인은 육십 안팎의 나이로 보였다. 테스는
닭을 안고 조심스레 부인 앞으로 다가갔다.

"아, 네가 새로 온 아이로구나?"

부인은 테스의 발걸음 소리를 듣고 말했다.

"내 닭들을 잘 보살펴 다오. 우리 집 관리인이 말하는데 네가 그 일을
아주 잘 할 거라는구나. 그런데 닭은 어딨지? 오, 이건 스트렛 종이군.
이 녀석이 낯선 사람이 와서 조금 놀란 모양이지?"

부인은 테스가 안겨준 닭의 부리며 목털, 날개와 발톱 등을 만지며
말했다. 부인은 닭을 만져본 후에 닭의 상태를 파악했다. 그런데 그 정
확함이 믿지 못할 정도로 놀라운 것이었다. 가령 무엇을 먹었는지, 어디
의 깃털이 빠졌는지까지 알아맞추는 것이었다. 부인은 좋아하는 닭들을
모두 그렇게 검사했다.

테스는 부인의 모습을 보고 견신례를 생각했다. 더버빌 부인은 주교이며 닭들은 젊은 신도, 테스와 하녀는 교구의 목사와 부목사로 생각되었다.

"혹시 휘파람 불 줄 아니? 휘파람으로 노래하는 것 말이다."

검사를 모두 마친 부인이 물었다. 모든 시골 아가씨들이 휘파람을 불 줄 알듯이 테스 역시 그렇다고 상냥하게 대답했다.

"휘파람 부는 것을 매일 연습하여 피리새에게 노래를 가르쳐 주렴. 전에 있던 청년은 참으로 잘 불었는데……"

"오늘 아침엔 도련님이 가르쳤습니다."

옆에 섰던 하녀인 엘리자베스가 말했다.

"그애가 가르쳤다고? 흥!"

도련님이란 말에 부인은 이내 얼굴을 찌푸렸다. 그 이상은 아무 말도 하지 않았다. 테스는 부인과 아들 사이가 좋지 않음을 느꼈다. 그러나 그녀는 막상 자신이 이 집안과 인척 관계라는 사실에 대해서는 한 마디도 하거나, 듣지 못했다는 사실을 조금 후에 깨달았다.

테스는 자신이 맡은 일에 최선을 다하려고 노력하였다. 그녀는 부인이 시킨 대로 휘파람 연습도 하였다. 하지만 아무리 애를 써도 이전의 휘파람 솜씨는 간 데도 없었다. 예전에 자신이 정말 휘파람을 불 수 있었던가 의심스러울 정도였다.

"이봐 사촌누이, 휘파람 부는 게 잘 안 되는 모양이지? 어머니가 벌써 피리새한테 노래를 가르치라고 하셨나 보군. 나 같으면 그런 명령 따위는 거절해 버리고 말겠다."

"하지만 부인께서는 이 일을 꼭 해야 한다고 하시던데요?"

"그래? 그럼 내가 가르쳐 줄까?"

"아녜요. 안 가르쳐 줘도 괜찮아요."

"괜찮긴. 자, 이리 와 봐. 나는 철망 밖에 있으니까 염려하지 말고. 잘 보라구. 입을 이렇게 적당히 벌려야 해. 아가씬 입을 너무 오므리더라구."

알렉은 '오 키스해 줘요. 나의 이 붉은 입술에'라는 노래를 휘파람으로 불기 시작했다.

"자, 따라 해 보라구."

알렉이 재촉하자 테스는 마지못해 입술을 내밀었다. 그러다 자신의 모습이 얼마나 우스울까 생각하곤 그만 멋적게 웃어버렸다.

"다시 해 봐. 자 이렇게."

알렉이 다시 시범을 보였다. 테스도 이번에는 부끄러움을 버리고 열심히 흉내내 보았다. 그러자 자신도 모르게 아주 부드러운 휘파람 소리가 나는 것이었다.

"됐어, 됐다구!"

알렉은 테스보다 더 기뻐했다. 테스도 순간적으로 알렉에게 고마움을 느꼈다. 그러나 뚫어질 듯이 보는 그의 시선에 얼굴을 돌리고 말았다.

"차차 지내다 보면 알게 되겠지만, 어머니와 난 사이가 좋지 않아. 어머닌 성격이 조금 이상하시거든. 하지만 너무 걱정할 건 없어. 어려운 일이 생기면 관리인한테 가지 말고 나한테 직접 오라구."

알렉은 아쉬운 표정으로 손을 흔들곤 사라져 갔다. 알렉이 친근하게 대해주자 테스도 차츰 그에 대한 거부감이 사라져 갔다. 그는 우스운 얘기로 그녀를 즐겁게 해 주었고, 사촌누이라고 불러서 그녀가 자신에게 품었던 의심도 자연스럽게 없애 나갔다. 그에 따라 테스는 부인에게 의지하기보다는 알렉의 힘을 빌리는 때가 많았다.

테스는 알렉에게 배운 휘파람으로 피리새에게 노래를 가르쳤다. 그녀는 어릴 적부터 어머니의 노랫소리를 듣고 자랐기 때문에 새에게 가르칠 노래는 얼마든지 있었다. 새들은 더버빌 부인의 침대에서 함께 생활하고 있었다. 새들은 몇 시간 동안 마음대로 날아다니다가 아무 곳에나 배설하기도 했다.

　어느 날, 테스는 새들에게 노래를 가르치는 도중에 인기척을 느끼고 깜짝 놀랐다. 방 안을 둘러보니 커튼 밑에 신발 끝이 보이는 것 같았다. 그 때문에 그녀의 휘파람은 떨렸고, 만약 누군가가 숨어 있었다면 그녀의 휘파람 소리를 듣고 자기가 들킨 것을 알았을 것이다. 그 후 그녀는 매일 아침마다 커튼 뒤를 살펴보는 버릇이 생겼다.

10

　트랜트리지 마을 사람들은 사고방식이 다른 마을 사람들에 비해 퍽 퇴폐적이었다. 그들은 일을 해서 돈을 벌 생각은 하지 않고 늙어서 구제 기금 받을 생각만 하였다. 따라서 푼돈이라도 손에 쥐어지면 으레 술집으로 달려 갔다. 이 마을에서 술집은 오직 한 군데뿐이었는데, 그곳에서 파는 술은 질이 나빠 사람들의 위장을 해쳤다.

　테스는 얼마 동안 그들과 어울리는 것을 피했지만 그녀 또래의 가정주부들이 권유하는 바람에 참석하기로 하였다. 트랜트리지 마을에서는 스물한 살이나 마흔 살이나 품삯이 똑같기 때문에 이곳의 여자들은 조혼하는 풍습이 있었다.

　사람들과 어울리기 시작한 테스는 토요일에 열리는 모임에도 나갔다. 모임은 생각했던 것보다 훨씬 재미있었다. 일 주일 동안 양계장에서 쌓인 피로가 한꺼번에 사라지는 것 같았다. 그러나 그녀는 건달들의 시선을 피하기 위해 항상 친구들과 함께 움직였다.

　그러던 어느 날, 바로 장날과 축제가 겹친 9월 중의 토요일이었다. 저녁놀이 푸른 하늘과 뒤섞일 무렵 테스는 혼자서 모임에 가고 있었다. 일 때문에 늦어 친구들이 먼저 떠난 것이었다.

그날 모임은 체이스버러 장터의 건초 상인 집에서 있었다. 상인의 집은 거리의 한쪽 구석에 있었다. 그 집 가까이에 다다르자 '릴'이라는 무도곡을 켜는 바이올린 소리가 들려왔다. 테스는 열려 있는 문을 통해 안으로 들어갔다.

사람들은 창이 하나도 없는 창고에서 춤을 추고 있었다. 바닥에는 먼지와 토탄 가루가 발목까지 쌓여 있어 춤추는 소리는 밖으로 새어나가지 않았다. 그러나 활짝 열려진 문을 통해 보면 창고 안이 온통 연기에 휩싸인 것 같았다. 사람들은 그 연기 속에서 춤을 추다 기침을 하고, 기침을 하고 나서는 서로 마주 보며 웃어댔다.

그들은 가끔 밖으로 나와 신선한 공기를 들이마셨다. 밖으로 나온 사람들은 조금 전에 미친 듯이 날뛰던 모습과는 달리 순박한 농부의 모습을 하고 있었다. 그들 중에서 한 사람이 테스에게로 다가왔다.

"아가씨들은 '루스 홀'에서 춤추는 것보다 이곳에서 노는 걸 좋아합니다. 그곳은 한참 흥이 날 때 문을 닫아버리거든요."

"혹시 집에 갈 사람은 없을까요?"

"집에 가시려고요? 그럼 조금만 기다려 보세요. 이제 한 곡만 더 추면 집에 갈 사람과 더 놀 사람으로 나누어지기로 했으니까요."

그러나 농부의 말과는 달리 춤은 계속됐다. 그녀는 불안해지기 시작했으나 그렇다고 혼자 갈 수는 없는 노릇이었다. 그들은 마치 춤이 인생의 전부인 양 정열적으로 추었다. 간혹 싸우는 소리나 낄낄거리는 소리가 들려오기도 했다.

그러다 테스는 귀에 익은 웃음소리에 뒤를 돌아보았다. 바로 알렉 더버빌이 뒤에 서 있는 것이었다. 그는 손짓으로 그녀를 불렀다.

"여기서 뭘 하고 있어?"

"집에 같이 갈 친구를 기다리고 있어요."

"그래, 밤길을 어어쁜 아가씨 혼자 갈 수야 없지. 혹시 당신이 '루스 홀'로 온다면 내가 데려다 줄 수도 있지만 말야."

알렉의 말은 솔깃한 것이었다. 그러나 그녀는 아직 그에 대한 믿음이 서지 않아 늦더라도 친구를 기다리기로 했다.

11시 15분을 알리는 교회 종소리를 듣고서야 상인의 집에서 출발한 사람들은 1시가 훨씬 넘어서 농장 앞에 도착하였다.

그들은 하얀 모래땅이 3마일이나 계속 되는 길을 달빛을 받으며 걸어 왔다. 그들 중에는 얼마 전까지 더버빌과 사귀었다는 살결이 검고 욕을 잘하는 카 다치도 있었다. 그녀는 스페이드의 여왕이라는 별명으로 불리었으며, 그녀의 동생 낸시는 다이아몬드의 여왕이란 별명을 갖고 있었다. 그들은 모두 술에 취해 흐느적거렸다.

농장의 문을 여는 동안 사람들은 한군데로 몰려 있었다. 이때 스페이드의 여왕은 커다란 바구니를 머리에 이고 있었다.

"어머 카 다치, 등에 흘러내리는 게 뭐지?"

일행 중의 한 사람이 소리치자 모두들 그녀의 등을 쳐다보았다.

"이거 당밀 아냐?"

한 부인이 자세히 보고 말하자 카는 머리에서 바구니를 내려 놓았다. 부인의 말대로 바구니에 들어 있던 당밀병이 깨져 있는 것이었다. 카는 할머니를 기쁘게 해 드리려고 그것을 사 오는 길이었는데, 그것이 깨져 있자 어찌할 바를 몰라 했다.

그녀는 화가 잔뜩 나서 길 옆의 잔디밭으로 들어갔다. 그리곤 벌렁 누워서 몸을 좌우로 흔들며 웃옷의 얼룩을 지우려고 했다. 그 모습이 너무 우스워 사람들은 그만 웃음을 터뜨리고 말았다. 테스도 웃음을 참지 못하고 허리를 굽히며 웃어댔다.

테스의 웃는 모습을 발견한 카는 갑자기 미친 사람처럼 다가왔다.

"이 앙큼한 년아, 잘도 비웃는구나!"

"당신 모습이 너무 우스워서……."

테스는 당장 사과를 하면서도 웃음을 그치지 못했다. 그러자 카는 더욱 화를 내며 숨을 거칠게 몰아 쉬었다.

"네년이 지금 그 남자 사랑을 받으니까 분수도 모르고 날뛰고 있는데, 내 가만 두지 않겠어!"

카는 웃옷을 벗어 젖히며 말했다. 그녀의 검고 토실토실한 목덜미와 어깨가 달빛 아래에 그대로 드러났다. 테스는 그제사 사태의 심각함을 알아차렸다.

"난 당신과 싸움 안 해요! 이따위 사람들인 줄 알았다면 난 이곳에 오지도 않았어요!"

테스는 분명한 목소리로 말했다. 그녀의 말은 그곳에 있던 모든 사람들까지 싸잡아 모욕한 것이었다. 그러자 평소에 얌전한 여자들까지 나서서 테스를 공격하기 시작했다.

테스는 약도 오르고 부끄럽기도 하여 치맛자락을 꼭 움켜쥐었다. 한시바삐 그곳을 빠져 나가고 싶었다. 날이 밝으며 그들 중 몇몇은 자신을 공격한 것에 대해 후회하리라는 생각이 들었지만 당장은 어찌할 도리가 없었다.

이때 길 옆으로 말을 탄 사람이 나타났다.

"그만두지 못해!"

말을 탄 사람이 위엄있게 호령하였다. 그는 다름아닌 알렉이었다. 알렉은 집으로 돌아가던 길에 어디선가 떠드는 소리가 들리자 몰래 다가와 그들이 하는 짓을 지켜보고 있었던 것이다.

"자, 빨리 내 뒤에 올라타요."

알렉이 테스에게 몸을 구부리며 속삭였다.

그녀는 재빠르게 알렉의 발등을 밟고 말에 올랐다. 평상시 같으면 어림없는 짓이었다. 그러나 그녀는 극도로 당황해 있던 처지였으므로 순간적으로 판단할 능력을 잃은 것이었다.

알렉의 말이 멀리 사라질 무렵 사람들은 새롭게 웃음을 터뜨렸다. 그 중에는 스페이드의 여왕인 카의 어머니도 끼어 있었다.

"여우 굴에서 도망쳐 호랑이 굴로 뛰어 들다니, 하하하!"

카의 어머니가 의미 있는 말을 했다.

11

한참을 달린 후에야 테스는 자신이 실수한 것이 아닌가 생각하게 되었다.

"어때, 멋있게 빠져 나왔지?"

"고마워요."

"그래? 그런데 당신은 어째서 번번이 내 입맞춤을 거절하는 거지?"

"당신을 사랑하지 않으니까요. 당신이 하는 짓을 보면 이해할 수가 없을 때가 한두 번이 아녜요. 불쾌한 적도 많고요."

"내가 아가씨를 그렇게 치근거린 적은 없었던 것 같은데."

"가끔 그러셨어요."

"몇 번이나 그랬지?"

"여러 번이요."

테스는 더 이상 말을 하고 싶지 않았다. 그녀는 일 주일 동안 꼬박 서서 일했고, 지난 밤에는 저녁도 굶은 채 3마일이나 되는 체이스버러까지 걸어갔다. 또한 3시간 동안이나 밖에 서서 길동무를 기다렸으니 말할 수 없을 정도로 고단했던 것이다. 그녀는 알렉이 트랜트리지로 가는 길과는 다르게 말을 몰고 있다는 사실도 까맣게 모른채 서서히 잠이 들어갔다.

그녀가 잠에서 깨어 났을 때 그녀의 머리는 알렉의 등에 기대져 있었다. 알렉은 말을 멈추고 그녀의 몸을 받혀주기 위해 몸을 옆으로 돌려 허리를 휘감았다. 순간적으로 놀란 테스는 몸을 움찔했다.

"이건 너무 심하잖아! 난 단지 말에서 떨어지지 않게 해 주려 한 건데!"

"어머, 미안해요. 전 그만 순간적으로……."

그녀는 상냥하게 사과했다.

"미안하다면 다야! 대체 이게 무슨 꼴이람. 너같이 하찮은 계집애한테 번번이 핀잔이나 받고 말야. 이젠 도저히 참을 수가 없군."

"전 내일 집으로 돌아가겠어요!"

"흥, 누구 맘대로! 내가 널 사랑한다는 거 알잖아! 자, 그러지 말고 내 품에 한번 안겨봐."

"난 몰라요. 내가 어떻게 해야할지……."

테스는 먼 산을 보며 중얼거렸다. 그러자 알렉이 다가와 테스를 끌어 안았다. 이제 그녀도 굳이 반항하지 않았다.

"여기가 어디죠?"

알렉의 품에 안긴 채 테스는 주위를 돌아보았다. 그곳은 처음 보는 아주 낯선 곳이었다. 그녀는 와락 겁이 났다.

"체이스 숲의 일부야. 영국에서 가장 오래 된 숲이지. 어때, 이렇게 멋진 밤에 데이트 하는 게?"

"당신은 어째서 번번이 날 실망시키는 거죠? 그만 내려 주세요. 전 걸어가겠어요."

테스는 알렉의 손을 뿌리치며 그의 품에서 빠져 나오려 했다.

"좋아, 내려주지. 하지만 나도 여기가 어딘 줄은 잘 몰라. 그러니까 내가 이 근방을 살피고 올 때까지 말을 지키고 있어. 그 약속만 하면 내려줄게."

거짓말 같지 않아 그녀는 알렉의 제의를 받아들이기로 했다. 달리 뾰족한 수도 없었다. 알렉은 말에서 내려 마른 풀이 쌓인 곳에 테스가 앉을 자리를 만들었다.

"자, 여기 앉아. 가랑잎은 습기가 차지 않으니까 앉아도 돼. 그런데 말야, 오늘 당신 아버지한테 조랑말을 선사한 사람이 있더군. 애들한텐 장난감도 사 주고."

알렉이 능청스럽게 말했다.

"더버빌, 설마 당신이……."

테스는 감격하여 말을 잇지 못하였다. 알렉은 고개를 끄덕였다.

"하지만, 조금 부담스럽군요."

"부담스럽다고? 테스, 당신은 정말 나를 전혀 사랑하지 않는군."

"선물은 감사해요. 하지만……."

"됐어, 그만해. 그만하면 나도 멍청이가 아닌 이상 당신 마음을 알겠어. 가만, 몹시 추운가 보군?"

알렉은 조심스레 그녀의 몸에 손을 대었다.

"이렇게 얇은 옷을 입고 있다니! 벌써 9월인데!"

그는 자신의 외투를 벗어 그녀의 어깨에 걸쳐 주었다. 그녀는 그가 하는 대로 내버려 두었다. 모처럼 그에게 고마움을 느낀 때문이었다. 옷을 다독거려 준 알렉은 곧 안개가 짙은 숲 속으로 사라져 갔다. 그의 발걸음에 따라 나뭇가지가 부스럭대는 소리가 들려 왔다. 그 소리를 들으며 테스는 서서히 잠에 빠져 들었다.

알렉이 돌아 왔을 때, 그녀는 아주 깊은 잠에 빠져 있었다. 사방은 아직 어둠이 가시지 않은 채였고, 이따금씩 말울음 소리가 들릴 뿐 주위는 아주 고요했다.

"테스!"

알렉은 테스의 흰 옷자락을 더듬어 그녀의 곁으로 다가 갔다. 그녀는 갓난아기와 같이 곤하게 자고 있었다. 그는 몸을 구부려 그녀의 숨소리를 들었다. 쌔근거리는 숨소리가 그의 귓전을 간지럽혔다. 그는 더욱 몸을 구부렸다. 곧 그의 뺨이 테스의 뺨에 맞닿았다. 그들 주위에는 오직 어둠과 고요만이 있었다.

알렉은 포근한 잠자리에 몸을 눕히듯 비단결같이 엷은 테스의 몸 위에 몸을 실었다. 테스 더비필드의 몇 대 조상들이 갑옷을 입고 싸움터에서 개선했을 때, 시골 처녀들에게 했을 법한 행동을 지금 알렉이 똑같이 흉내내고 있는 것이었다. 물에 젖은 솜처럼 늘어져 있는 그녀의 속눈썹에 눈물이 맺혀 있었다.

12

트랜트리지에 온 지 넉 달쯤 지난 10월 하순의 어느 날이었다. 또한 이날은 체이스 숲 속에서 알렉과 밤을 지새운 지 20일 쯤 되는 날이기도 하였다. 새벽부터 테스는 무거운 보따리와 바구니를 들고 산마루를 향해 걸었다. 지금 테스가 걷고 있는 길은 지난 6월에 알렉이 그녀를 태우고 난폭하게 마차를 몰던 그 고개였다.

테스는 산마루가 눈앞에 보이자 단숨에 뛰어올라 언덕을 내려다 보았다. 고향 마을은 언제 보아도 아름다웠다. 그러나 새의 고운 노랫소리 뒤에는 슬픔이 서려 있듯이, 양지 뒤에는 반드시 음지가 있다는 것을 이제 그녀는 알고 있었다.

그녀는 고개를 돌려 조금 전에 힘들여 올라온 길을 보았다. 괴로워서 더이상 고향 마을 쪽을 볼 수가 없었던 것이다. 멀리서 이륜 마차가 올라오는 것이 보였다. 그녀는 마차가 언덕 위로 올라올 때까지 가만히 서서 기다렸다.

"왜 또 도망쳐 온 거지? 다른 사람은 아무도 일어나지도 않은 이 새벽에 말야. 누가 널 붙잡기라도 한데!"

"난 집으로 가겠어요."

"흥, 누가 말릴 줄 알아? 집에까지 태워다 줄 테니까 짐이나 실어."

알렉의 말에 따라 테스는 짐을 실었다. 이제 아무래도 좋다는 생각이었다. 그녀는 그의 옆에 나란히 앉았다. 더 이상 그가 무섭다는 생각도 들지 않았다.

말을 달리며 그들은 별 내용없는 몇 마디 대화를 나누었을 뿐이었다. 바로 몇 개월 전, 이 길에서 그토록 테스에게 입을 맞추고 싶었했던 사실을 알렉은 까맣게 잊은 듯했다. 그러나 테스는 말로트 마을에 다가올수록 서러움이 북받쳤다.

"왜 우는 거지?"

차가운 시선으로 테스를 보곤 알렉이 물었다.

"저 마을에서 지냈던 일들을 기억하고 있어요."

"시시한 소리! 그렇게 정겨운 마을을 왜 떠났지? 설마 나를 사랑했기 때문에 온 것은 아니겠지?"

"당신을 사랑했기 때문이라면 지금 이토록 내 자신이 비참하진 않았을 거예요. 난 그저 당신 속셈이 무엇인지 깨닫지 못하고……."

"여자들이란 하여튼!"

"어쩌면 그렇게 뻔뻔스러운 소리를 하죠! 여자들이 늘 하는 말을 진심으로 하는 여자도 있다는 것을 모르셨군요!"

테스는 마음 속 깊이 숨어 있는 분노를 폭발시키며 소리쳤다.

"아, 미안 미안. 내가 또 화나게 했군. 하지만 언제까지 화만 내고 있을 수는 없잖아. 나도 힘닿는 대로 책임지려고 하는데 말야."

"아무것도 바라지 않는다고 말하지 않았나요? 난 절대로 당신의 욕망을 채워주는 노예가 될 수는 없단 말예요!"

"하하, 누가 들으면 더버빌 가문의 후손이 아니라 공주라고 생각하겠군. 이봐, 귀여운 아가씨, 그렇다면 난 더 이상 할 말이 없어. 난 나쁜 놈이니까. 그렇게 태어났고, 그렇게 자랐거든. 또 그렇게 죽을 것이고. 하지만 네게는 두 번 다시 나쁜 짓을 않겠어. 그러니까 어려운 일이 생기면 연락하라고. 무슨 일이든 도와 줄 테니. 난 곧 런던으로 떠날 거니까 그곳으로 편지하면 연락이 될 거야. 난 우리 집 늙은이가 보기 싫어 죽겠거든."

조그만 숲의 나무 아래서 그들은 말에서 내렸다. 짐을 내린 알렉은 그녀를 끌어안았다. 그리곤 그녀의 볼에 입술을 갖다 대었다. 그녀는 그가 하는 대로 내버려 두었지만, 그녀 자신은 몸이 굳은 듯 꼼짝도 하지 않았다.

"끝까지 이러는군. 정말 조금도 날 사랑하지 않나?"

"몇 번이나 말씀드렸지만, 저는 조금도 당신을 사랑하지 않아요. 만약 당신을 사랑한다고 말한다면 내게 커다란 혜택이 주어진다는 것을 알지만, 난 결코 그런 거짓말은 할 수가 없어요."

"어쩔 수 없군. 하지만 너무 슬퍼할 건 없어. 가문이야 어쨌든 이 지방에서 테스만큼 아름다운 여자는 없어. 당신이 현명하다면 그 아름다움이 시들기 전에 세상에 나서서 뽐내고 싶을 거야. 그러니 지금이라도 늦지 않았으니 다시 돌아오지 않겠어? 난 정말 이렇게 헤어지고 싶지 않은데."

"전 결코 돌아가지 않아요. 절대로!"

"그래, 할 수 없군. 그럼 잘 가요. 내 사촌 누이 동생이여!"

알렉은 날쌔게 마차에 올랐다. 그리곤 곧 채찍을 휘둘러 나무들 사이로 사라져 갔다.

테스는 그의 뒷모습이 사라지기 전에 오솔길을 따라 내려왔다. 10월의 이른 아침이었지만 그녀는 추운 줄도 모르고 오로지 슬픔만을 느끼며 걸었다. 그렇게 한참을 걷고 있는데 한 남자가 빠르게 쫓아왔다.

"짐을 좀 들어 드릴까요? 일요일인데 이렇게 일찍 나오시다니, 참 부지런도 하십니다."

남자의 목소리는 유쾌하게 새벽 하늘에 퍼져 나갔다. 테스는 그에게 짐을 하나 건네 주고 나란히 걷기 시작했다.

"저는 토요일까지는 인간의 영광을 위해 노력하지만 일요일에는 신의 영광을 위해 노력하는 사람입니다."

그는 걸으며서 끊임없이 말을 했다. 그러다 목장에 도착하자 얼른 다가가 목장 난간에 페인트로 글씨를 쓰기도 했다. 테스는 그가 자신의 짐을 들고 있었으므로 그가 일을 마칠 때까지 지켜 보는 수밖에 없었다.

너의 멸망은 아직 잠들지 않았노라.
〈베드로 후서〉 제2장 3절

숲의 촉촉함과 파란 하늘에 이끼 긴 목장의 난간에 주홍색의 글씨는 어쩐지 조금 이상해 보였다. 그러나 그 글귀는 테스의 가슴에 날카로운 비수가 되어 아프게 꽂히었다.

"지금 쓰신 글을 믿으시나요?"

테스는 처음 만난 사람이 마치 자신의 비밀을 모두 아는 듯한 글을 쓰자 넌지시 물어보았다.

"그걸 믿냐고요? 차라리 내가 살아 있냐고 물어 보시지요."

"하지만 자기 잘못으로 저지른 죄가 아닐 땐 어떤가요?"

"그런 어려운 질문에는 대답을 못 하겠군요. 저는 지난 여름 내내 수백 마일을 다니며 벽이나 다리만 보이면 이 글을 썼습니다. 그러나 이 글귀를 해석하는 것은 각자 양심에 맡길 뿐입니다."

"너무 가혹하군요."

"아, 저기 벽에 빈 자리가 있군요. 이건 보통 항구나 빈민굴에 필요한 글귀인데, 이런 시골에도 당신과 같은 아가씨들을 위해 한 줄 써두는 것도 괜찮을 것 같군요."

그가 묘한 표정을 지으며 글귀를 써 내려가는 동안 테스는 그 의미를 깨닫고 어쩔 줄을 몰라했다. 그녀는 얼른 바구니를 들고 집을 향해 걸었다.

너희는 결코 간음하지 말지어다.
〈출애굽기〉 제20장

"이 글귀에 대한 설교를 듣고 싶다면 오늘 저녁에 마을 예배에 참가하십시오. 에민스터에 클레어라는 분이 자선 예배를 하기로 되어 있는데, 아주 훌륭한 분이죠. 제가 이 일을 시작한 것도 다 그분 때문이지요."

그는 멀어져 가는 테스의 뒤에 대고 소리쳤다. 테스는 땅만 내려다보며 아무 대꾸도 하지 않았다.

"그러나 난 결코 하느님이 저런 말 따위는 하셨다고 생각하지 않아."

그렇게 중얼거리고 있을 때, 테스의 집 굴뚝에서 연기가 솟아오르는 것이 그녀의 눈에 들어 왔다. 먼 발치에서 테스를 발견한 어머니는 아침 식사를 준비하다 말고 뛰어 나왔다.

"어떻게 된 일이니? 혹 결혼하게 돼서 온 거니?"

"아녜요, 휴가를 받아서 온 거예요. 아주 긴 휴가를."

"얘야, 무슨 일이 있었는지 자세하게 말 좀 해 봐라. 왜 그 사람이 결혼하자고 안 했니?"

"그 사람 얘긴 하지도 마세요. 그는 우리 친척이 아녜요. 그리고 결혼할 생각은 아예 없는 사람이구요."

테스는 어머니의 어깨에 머리를 기댄 채 모든 사실을 얘기했다.

"그런 일을 당하고도 매달리지 않았다니!"

더비필드 부인은 당장에라도 울음을 터뜨릴 듯했다.

"너와 그 사람에 대한 소문은 이미 다 퍼져 있단다. 그런데 이렇게 끝을 내고 오다니. 넌 어쩌면 니 생각만 하고 몸져 누워 있는 아버지나 노예처럼 일에만 매달려 사는 내 생각은 조금도 하지 않는 거니? 그 사람은 너를 사랑하는 것 같던데 결혼하도록 만들지 못하다니!"

어머니의 말과는 달리 알렉 더버빌은 결혼에 대해서는 한 마디도 하지 않았다. 만약 알렉이 청혼을 했다면? 그렇다면 테스로서도 자신이 어찌했을지 알 수가 없었다. 그를 죽이고 싶도록 미운 것은 아니지만 아무튼 그와 함께 있으면 무엇인가 부자연스럽고 자꾸 불쾌한 기분에 빠져들었다.

"결혼할 생각이 없었다면 몸이라도 조심하지."

어머니의 핀잔에 테스는 몸을 돌려 어머니를 보았다.

"제가 그런 걸 어떻게 알았겠어요. 넉 달 전까지 저는 아주 어린애였어요. 왜 어머니는 제게 남자들의 속성에 대해 미리 가르쳐 주시지 않았나요? 부잣집 아이라면 소설이라도 읽고 스스로 지키는 방법을 터득하겠지만 저는 그런 걸 배우지도 못하고 어머니가 가르쳐 주시지도 않았잖아요!"

"그걸 미리 가르쳐 주면 네가 너무 몸을 사릴 것 같아서 그랬단다. 그러면 모처럼의 기회를 놓치게 될 거고. 하지만 이미 엎지러진 물이니 어쩌겠니. 다 하느님이 하시는 일인데."

그녀의 어머니는 넋두리처럼 뇌까렸다.

13

테스가 집으로 돌아왔다는 소문은 순식간에 마을 전체로 퍼져 나갔다. 그 동안 마을 사람들은 테스가 신사인 더버빌과 사랑하는 사이라는 소문에 모두들 선망하고 있었다. 테스 친구들은 성공하고 돌아온 테스를 만나기 위해 다들 깨끗한 옷으로 갈아입고 그녀를 찾아왔다.

"어쩌면 저렇게 예쁠까. 좋은 옷을 입으니까 더 예뻐 보이지 않니! 그 남자가 사 준 옷인가 보지?"

친구들 중에 누군가 속삭였지만 테스는 아무 소리도 들리지 않았다. 다만 친구들이 물을 때마다 마치 선배 같은 태도로 자신의 경험을 말해 주었다.

그럭저럭 몇 주일이 지나자 마음도 안정되어 테스는 교회에 나가기 시작하였다. 갈 때는 짓궂은 청년들의 시선을 피해 종이 울리기 전에 교회에 도착하였으며, 노인들만 있는 아래층 헛간 가까운 곳에 자리를 잡았다. 비록 깊은 신앙심은 없었지만 그녀는 찬송가도 부르고 시편도 읽었다. 그러던 어느 날 예배 도중, 테스는 사람들이 자신을 보며 무엇인가 수근거리는 것을 보았다. 그 내용이 무엇이라는 것은 뻔했다. 그녀는 마음이 상하여 예배가 끝나기 전에 나오고 말았다. 그리고는 다시는 교회에 가지 않겠다고 생각했다.

그후 그녀는 침실에 숨어 밖으로 나오지 않았다. 계절이 바뀌어도 그곳에서 숨어 지냈다. 그녀는 그곳에서 바람이 부는 것, 비가 오는 것, 그리고 저녁놀이 지는 것과 둥근 보름달을 여러 차례나 보았다. 사람들은 테스가 그 집에서 살지 않는다고 생각했다.

그녀는 날이 어두워지고 나면 산책을 했다. 괴로움을 잊을 수 있는 길은 오직 숲 속을 걷는 것 뿐이었다. 이제 그녀는 어둠 따위는 두렵지 않았다. 달빛 아래에서 뛰노는 토끼를 보고 꿩의 보금자리를 보았다.

그녀는 그 모든 것에 비해 자신만이 죄인이라고 생각했다. 세상에 죄 없는 사람은 없건만 그녀는 오직 자신만이 세상의 죄인인 것처럼 생각이 드는 것이었다.

14

짙은 안개로 뒤덮인 8월이었다. 마을에서는 추수로 한참 바쁘게 돌아가고 있었다. 말로트 마을에서는 세 마리의 말이 이끄는 추수 기계가 밀 포기를 베어 뒤로 넘어뜨리면 뒤에 따라 오는 사람들이 다발로 묶는 식으로 추수를 했다. 말 위에는 한 사람이 앉아 마부 노릇을 했고, 기계에는 마부를 돕는 사람이 타고 있었다.

다발을 묶는 일은 대개 여자들이 하였다. 여자들 중에는 간혹 나이 많은 부인들도 섞여 있었으나 대부분은 젊은 처녀들이었다. 따라서 이맘 때쯤 들판을 보면 무명 모자를 쓰고 일하는 여자들의 모습이 마치 한 폭의 그림 같았다.

그들 중에서 특히 분홍색의 재킷을 입은 여자가 눈에 띄었는데, 그녀는 몸매가 아름답고 모자 밑으로 뻗어나온 짙은 갈색 머리는 참으로 탐스러웠다. 그러나 모자를 깊이 눌러 쓴 까닭에 얼굴은 잘 보이지 않았다. 그녀는 남들이 허리를 펴고 사방을 둘러볼 때도 일에만 몰두했다. 산들바람에 치마끝이 펄럭여도 손끝으로 툭 쳐 내릴 뿐이었다.

더버빌이라는 가명의 테스 더비필드였다. 이전과는 많이 달라진 모습이었다. 그녀는 고향에 살면서도 마치 나그네처럼 굴고 있었다. 다만 일거리도 많고 수입도 많은 추수기여서 밖으로 나와 있었던 것이다.

11시가 가까워지자 이제까지와는 달리 테스는 언덕을 돌아보곤 하였다. 곧 언덕에 여섯 살에서 열네 살쯤 된 아이들이 나타났다. 그들을 보자 테스의 얼굴은 조금 상기되는 듯싶었다. 그 중에서 가장 큰 아이가 갓난아기를 안고 있었다.

일꾼들은 밀단을 쌓아놓은 곳에 앉아 점심을 먹기 시작했다. 테스는 사람들의 시선을 피해 구석으로 가서 아기를 받았다. 그리곤 조금 망설이다가 이윽고 결심을 한 듯 가슴의 단추를 풀어 아기에게 젖을 물렸다. 그녀의 얼굴이 점점 붉어져 갔다.

아기가 배불리 젖을 먹고나자 그녀는 아기를 무릎 위에 세웠다. 그리곤 갑자기 격렬하게 입맞춤을 하기 시작했다. 그 바람에 아기가 울음을 터뜨렸다.

"아무리 밉다고 해도 역시 부모 자식간은 어쩔 수 없는 거야."

일꾼들 사이에서 빨간 치마를 입은 여자가 말했다.

"작년 가을에 체이스 숲 속에서 여자 우는 소리가 났다는 소문이 들리더니……. 그래도 설마 했는데."

"하지만 그 속을 누가 알아? 그 남자가 저 애를 꼬였는지 아니면 서로 눈이 맞아 저지른 일인지. 아무튼 얼굴 좀 반반한 애들은 다 저렇다니까. 그런 거 보면 조금 못 생긴 게 안전해서 좋은 점도 있어. 안 그래?"

그렇게 말하는 여자는 과연 안전하게 생긴 얼굴이었다.

주위의 수군거림을 마다않고 테스가 이렇게 밖으로 나올 수 있었던 것은 온갖 뉘우침과 괴로움에 시달린 끝에 얻은 결론 때문이었다. 초목은 예전과 다름없이 푸르고, 태양은 언제나 빛나고 있는데 혼자만이 움츠린다는 것이 부질없다고 느낀 것이었다. 그녀와 아주 가까운 주위 환경조차 그녀의 괴로움에 결코 뒤엉켜들지 않았던 것이다. 그녀는 그 사실을 깨닫는 순간 새로운 삶을 찾기로 결심하였던 것이다.

점심을 마치자 추수꾼들이 하나 둘씩 일어섰다. 남자들은 피고 있던 담뱃불을 끄기도 했다. 테스는 동생을 불러 아이를 맡기고 장갑을 꼈다. 그리곤 다시 허리를 굽혀 밀단을 묶기 시작했다. 오전에 했던 것과 똑같은 일이었다. 일을 하고 있는 동안만은 모든 시름이 잊혀졌다.

그러나 저녁에 일을 마치고 돌아오자 그녀에게는 또 다른 시련이 기다리고 있었다. 아이가 심한 열로 앓고 있는 것이었다. 아이는 아주 심각해 보였다.

이 아이가 태어남으로써 테스는 자신의 죄에 대해 잊고 있었다. 물론 아이가 태어난 후 깊은 절망에 빠지기도 하였다. 이 조그만 아이가 자신의 인생을 옭아매는 족쇄와도 같았고, 자신의 부정을 만천하에 알리는 주홍 글씨와도 같았던 것이다. 하지만 당장 아이의 숨넘어 가는 소리를 듣자 그녀는 어머니로서 안타까움을 느낄 뿐이었다.

아이를 잃는다는 것도 물론 가슴 아픈 일이지만 아이가 아직 세례를 받지 않았다는 것이 더욱 슬펐다. 그 생각이 미치자 그녀는 곧 아래층으로 내려가 아버지에게 목사를 불러와야겠다고 말했다. 마침 아버지는 롤리버네 술집에서 막 돌아와 있었다.

그러나 더비필드는 술이 취한 상태에서 테스가 자신의 가문에 먹칠을 했다는 생각을 하고 있었다. 그 생각만 하면 분통이 터져 견딜 수가 없었다. 그는 목사를 부르겠다는 테스의 말에 아무 말없이 문을 잠그고 열쇠를 호주머니에 넣어 버렸다. 수치스러운 일에 목사까지 끌어들여 더 이상 광고할 수는 없다는 생각에서였다.

다시 이층으로 올라온 테스는 아이를 안고 한없이 울었다. 아이는 숨을 할딱거리며 서서히 죽어가고 있었다. 아이는 죽어서도 사생아라는 사실과 세례를 안 받았다는 사실로 지옥에 떨어질 것이다. 어쩌면 삼지창(三枝槍)에 꿰일지도 모르는 일이었다. 그런 생각을 하자 테스는 심장이 터질 것만 같았다.

"오, 하느님, 은혜를 베풀어 주시옵소서. 이 가여운 아이의 죄를 사하여 주시옵소서!"

그녀는 침대에서 내려와 정신없이 기도를 하기 시작했다.

"저에게는 어떠한 벌을 내리셔도 달게 받겠사옵니다. 하지만 제발 이 아이에게만은 은혜를 베풀어 주시옵소서!"

기도를 마친 테스는 갑자기 동생들을 깨웠다.

동생들이 다 일어나자 세면대를 앞으로 끌어내었다. 그런 다음 주전자의 물을 세면대에 부었다. 동생들은 세면대 주위에 꿇어 앉히고 그녀는 세면대가 있던 자리에 섰다.

"누나, 아기에게 세례를 주려고? 이름은 뭐라고 할 건데?"

에이브러햄이 물었다

"소로우."

테스는 〈창세기〉에 나오는 이름을 하나 생각해 냈다. 세례 의식은 즉시 시작되었다.

"소로우, 성부 성자 성신의 이름으로 그대에게 세례를 주노라."

그녀는 아이에게 물방울을 뿌렸다. 동생들은 숨소리를 죽인 채 누나가 거행하는 의식을 엄숙하게 지켜보았다.

"자, 모두 '아멘' 이라고 해요."

"아멘!"

동생들은 시키는 대로 따라 했다. 그런 다음 기도문을 외었다. 특히 '우리는 이 아기를 받아 십자가의 표지를 그리노라' 라는 구절에서는 모두 손에 물을 묻히곤 아기의 머리 위에 성호를 그었다.

세례가 끝난 뒤, 테스는 감사의 기도를 올렸다. 이제 그녀의 얼굴에는 기쁨의 빛이 서렸고 두 뺨은 발그레하게 물들어 갔다. 동생들은 그러한 누나의 모습을 경건한 눈빛으로 바라보았다. 소로우는 먼동이 트기 전에 마지막 숨을 거두었다. 동생들은 죽은 아기 곁에서 울부짖으며 누나에게 다시 예쁜 아기를 낳아달라고 졸랐다.

그날 하루 종일, 테스는 내내 아기와 함께 있다가 해가 진 다음 목사를 찾아갔다. 교의상 자신이 치른 세례가 합당한 것인지 묻고 싶어서였다. 그러나 그녀는 막상 목사관 앞에 도착해서는 한참 동안 망설이기만 했다. 그런데 마침 외출에서 돌아오던 목사가 테스를 먼저 발견하였다.

그녀는 어둠을 빌어 용기를 내었다. 그리하여 전날에 있었던 일들을 모두 고백하기 시작했다.

"제가 행한 세례가 목사님께서 베푸신 것과 똑같은 효과를 낼 수 있는 건가요?"

테스는 당당하게 물었다. 테스의 기품 있는 자세에 목사는 잠깐 불쾌했던 감정이 사라지는 것을 느꼈다. 십 년 가까이 목회 활동을 하면서도 아직 풀지 못하고 있는 신앙에 대한 회의가 그녀로 인해 벗겨지는 듯한 느낌마저 들었다. 또한 어젯밤, 아기가 위독하다는 말을 듣고 세례를 주기 위해 찾아갔을 때, 자신을 거절한 사람이 테스가 아니라 그녀의 아버지였다는 사실도 알게 되었다

"그것은 조금도 다를 바가 없습니다."

목사는 분명하게 말했다.

"그러면 그 아이를 기독교 의식으로 매장해 주시겠습니까?"

그러나 즉시 이어지는 물음에 그는 선뜻 대답하지 못하였다.

"그 문제는 다릅니다. 그건 우리 둘만의 일이 아니기 때문입니다."

"꼭 한 번뿐입니다. 목사님!"

그녀는 목사의 손을 잡고 애원했다.

"글쎄, 안 됩니다!"

목사는 손을 뿌리치며 머리를 저었다.

"그렇담 앞으론 목사님을 존경할 수가 없겠군요. 교회에는 두 번 다시 안 나가겠어요. 아기는 제가 매장하겠어요. 그것도 세례와 마찬가지로 똑같은 효과가 있겠죠?"

"차이가 없습니다."

목사는 결국 조금 전과 같은 대답을 하고 말았다.

테스는 아기의 시체를 조그만 궤짝에 담고 다시 그것을 낡은 숄로 쌌다. 그런 다음 묘지로 가서 묘지기에게 돈 1실링과 맥주 한 병을 건넸

다. 묘지기는 한 구석에 아기를 묻을 수 있도록 자리를 마련해 주었다. 쐐기풀이 무성한 묘지에는 알 수 없는 무덤들이 즐비하였다.

<h1 style="text-align:center">15</h1>

겨울 한철 동안 테스는 집에서 닭털 뽑는 일과 거위와 칠면조를 돌보는 일을 거들었다. 그녀는 결코 알렉 더버빌에게 도움을 청하고 싶지 않았다. 이제 그녀는 하루바삐 불행했던 과거를 몰아 내고 새로운 출발을 하고자 할 뿐이었다. 트랜트리지에서 돌아온 지도 벌써 3년이 지나고 있었다.

세월이 흐를수록, 아픔이 잊혀질수록 그녀는 알렉 더버빌과의 소문이 퍼질 대로 퍼져 있는 말로트 마을을 떠나고 싶어했다. 그녀는 지나간 모든 것을 숨기고 새출발을 하고 싶었던 것이다.

그러던 5월의 어느 날, 어머니의 옛친구에게서 편지 한 통이 날아왔다. 말로트 마을에서 백 리쯤 떨어진 탤보데이스라는 목장에서 젖 짜는 아가씨를 구한다는 것이었다.

백 리라면 테스가 바라던 만큼 먼 곳은 아니었지만 그녀의 소문은 근방에만 퍼져 있었으므로 흔쾌히 수락을 했다. 이제 그녀는 알렉 더버빌과 있었던 일은 깨끗이 잊고 오직 우유 짜는 일에만 충실할 생각이었다.

16

테스의 새로운 출발은 조상의 영지가 있던 곳에서 아주 가까웠다. 그녀는 마차로 스토어캐슬을 지나 큰 거리에서 역마차를 타고 웨더베리에 도착했다. 드넓은 목장과 웨더베리의 중간에 가로놓인 언덕을 향해 그녀는 바구니를 들고 걸었다.

처음 와 본 곳이건만 어쩐지 낯설지가 않았다. 그녀의 조상들이 묻힌 교회가 있다는 킹스베리 근처였기 때문인지도 몰랐다. 그러나 그녀는 자신을 구렁텅이로 빠뜨리게 한 원인인 조상을 결코 존경하지 않았다.

언덕에서 내려다 보니 널따란 골짜기에 펼쳐져 있는 마을이 내려다 보였다. 고작 10에이커밖에 되지 않는 블랙무어에 비해 이곳은 50에이커나 되는 넓은 지대에 농장도 많고 소들도 큰 무리를 이루고 있었다. 이곳에서는 바 강 혹은 프룸 강이라고 불리는 강에서 물을 끌어다 쓰고 있었다.

테스는 하루 종일 마차에 시달리다가 따뜻하고 맑은 곳에 온 탓인지 기분이 무척 상쾌했다. 부드럽게 불어오는 남풍은 그녀를 애무하며 귓전을 간지럽히기도 하였다. 그녀의 얼굴에는 생기가 돌기 시작하였다. 그녀는 새로운 희망에 차서 가벼운 발걸음으로 걷기 시작했다.

평원의 여러 곳에서 "워어이, 워어이!" 하는 남자들의 소를 모는 소리가 들려왔다. 젖짜는 시간인 4시 반을 알리는 신호였다. 붉고 흰 소들이 신호를 받아 천천히 움직이기 시작했다. 테스는 소떼를 따라 안마당으로 들어갔다.

낙농장의 작업상 성질이 거친 소들은 외양간에 가둔 채 젖을 짰고 온순한 소들은 안마당에서 짰다. 테스가 들어섰을 때, 안마당에는 온순한 소들이 줄을 지어 젖 짤 때를 기다리고 있었다. 하얗게 얼룩진 소들은 햇빛을 받아 눈부시게 빛났고 뿔 위에 붙여진 놋쇠 구슬은 잘 닦여져 있어 반질반질 윤이 났다.

17

목장에서 소들이 돌아오자 젖 짜는 아가씨들과 남자들이 몰려왔다. 여자들은 모두 나막신을 신고 있었는데, 그것은 마당에 깔린 짚에 신이 파묻히는 것을 피하기 위해서였다.

엿새 동안은 젖 짜는 딕이지만
일요일에는 리처드 크릭 씨가 된다네…….

남자들 중에 잘 생긴 중년의 남자를 두고 사람들이 노래를 불렀다. 그가 바로 이 낙농장의 주인이었다. 그는 자신을 보고 있는 테스를 발견하곤 그녀 앞으로 왔다. 그는 바로 테스가 새로 온 일꾼이라는 것을 알아 차렸다.

“이런 일에 견딜 수 있겠소? 이건 아무나 하는 일이 아닌데.”

“얼마든지요!”

그는 테스의 부드러운 살결을 보고는 의심쩍은 듯 물었다. 그러나 테스가 자신있는 어조로 말하자 적이 만족한 눈치였다.

“한번 짜 볼게요.”

“그놈은 힘드니까 저쪽에 있는 놈을 짜 봐요. 소들도 사람과 마찬가지로 다루기 쉬운 놈이 있는가 하면 어려운 놈도 있거든.”

테스는 주인이 가리키는 소에게 다가가 모자를 벗고 수건을 썼다. 그리곤 소의 배 밑에 의자를 놓고 앉아 허리를 구부렸다. 쥐어짜는 그녀의 두 주먹 사이로 우유가 흘러내렸다. 그것을 보는 순간 테스는 이제 정말 새로운 출발을 시작하였다는 생각이 들었다. 그녀는 너무 기뻐 눈물이 다 날 지경이었다.

크릭이 기르는 소는 약 백 마리 가량 되었다. 그는 직접 젖을 짜기도 했는데, 그가 짜는 것은 대부분 젖이 잘 안 나오는 것들이었다. 이러한 소들은 젖을 완전하게 짜 내지 않아 안에서 굳었기 때문이었다. 심지어는 젖이 한 방울도 나오지 않는 소들도 있었다.

“아무래도 이놈은 가을이 되기까지는 젖 짜기 힘들겠는데.”

“새 일꾼 때문일 거예요. 전에도 이런 일이 있었잖아요.”

조너던 케일이라는 여자가 말했다.

“젖이 밖으로 안 나오면 모두 뿔로 올라간다는데.”

“뿔이 없는 소도 젖이 안 나올 때가 있는 걸. 그러니까 그 말은 엉터리야. 그보다도 노래나 한 곡 불러 이녀석들 기분을 풀어주어야겠어.”

주인의 말대로 이 부근의 낙농장에서는 소젖이 잘 나오지 않으면 가끔 노래를 불러주는 풍습이 있었다. 노래를 불러주면 소들이 젖을 잘 내기 때문이었다. 그러나 구부린 상태에서 노래를 부르기란 쉽지 않은 일이어서 모두들 주인이 시키면 마지못해 불렀다.

"이렇게 구부리고 노래를 부르자니 숨통이 막혀버리겠군. 차라리 나리의 하프를 내오세요. 바이올린이라면 더 좋겠지만."

우리 쪽에서 한 남자가 소리쳤다. 테스는 얼른 고개를 들어 주인을 나리라고 부르는 그 남자를 쳐다보았다.

"바이올린 좋지! 그런데 내가 경험한 바에 의하면 암소보다는 황소가 음악을 잘 이해하지."

그러면서 주인은 화가 난 황소에게 받칠 뻔했다가 바이올린을 켜주고 곤경에서 벗어난 자신의 친지에 관한 이야기를 해 주었다.

"글쎄, 마지막에는 켤 노래가 없어서 크리스마스 캐롤을 연주했더니, 그 황소가 그만 무릎을 끓더라는 거야."

"참 신기한 얘기군요. 마치 신앙이 살아 있던 중세기로 돌아간 느낌인데요."

착유장에 어울리지 않는 유식한 말에 테스는 그 남자에게로 관심이 쏠렸다. 그는 암소 옆에 붙어 앉아 젖만 짜고 있어 모습은 잘 보이지 않았지만 간간히 주인에게 소리치곤 했다.

"천천히 하세요. 젖 짜는 일은 힘으로 하는 게 아니라 요령과 기술로 하는 거라니까요."

"나도 다 알고 있네."

"이놈은 거의 다 짰는데, 덕분에 손가락이 되게 아픈데요."

그 남자는 세 마리의 젖을 짤 정도의 시간이 지나자 비로소 힘겹게 일어나 두 팔을 쭉 폈다. 그때 테스는 그의 모습을 볼 수 있었는데, 그는 다른 사람들과는 달리 교양이 있어 보였다. 그런데 테스는 그를 어디선가 본 듯했다. 그러나 어디서 보았는지 금방 기억이 나지는 않았다.

그러던 어느 날, 그녀는 그가 바로 말로트 마을의 무도회에 나타났던 바로 그 학생이라는 기억이 떠올랐다. 그에 대한 기억이 떠오르자 그녀는 트랜트리지에서의 일까지 모두 기억나 잠시 우울해졌다. 혹시 그가 자신을 알아보고, 자신의 과거까지 알게 된다면……

그 동안 그의 축제 때의 풍부했던 표정은 침착한 표정으로 바뀌어 있었고 청년답게 콧수염과 턱수염이 자라 있었다. 또한 뺨에 난 구레나룻은 전체적으로 노르스름한 빛을 띠고 있었으며, 끝은 짙은 갈색을 띠었다.

그에 비해 테스는 오랜 시련을 거쳐 피어난 한 송이 장미 같았다. 이따금씩 깊이 사색하는 표정이나 앞날에 대한 굳은 의지를 다지는 마음이 겉으로 드러나 그녀의 미모는 한층 돋보였다. 더구나 그녀는 이제 처녀로서 한창 무르익을 나이였던 것이다.

"어쩌면 저리 아름다울까!"

같이 일하는 여자들까지 그녀를 보고 그렇게 감탄할 정도였다.

저녁에 젖 짜는 작업이 모두 끝나자 테스를 비롯한 서너 명의 아가씨들은 크릭 부인이 있는 집 안으로 들어갔다. 이들은 주인과 함께 기숙하는 사람들이었다. 나머지 아가씨들은 각자 자기 집으로 돌아갔다. 크릭 부인은 조금 거만한 듯 착유장에는 나오지도 않았으며, 아가씨들과 같은 옷을 입는 것도 꺼렸다.

저녁 식사를 마친 아가씨들은 이층의 침실로 올라갔다. 침실은 10m나 되는 곳으로서 아가씨들 모두가 함께 쓰고 있었다. 침실에 올라오자마자 테스는 바로 침대에 몸을 눕혔다. 익숙치 않은 일에 하루 종일 매달려 있던 탓에 그녀의 몸은 젖은 솜처럼 무거웠다.

"그 에인젤 클레어 씨 말야. 젖 짜는 일 배우겠다고 온 사람. 그 사람은 여자와는 절대 얘기하는 법이 없어. 에민스터에 있는 교회의 클레어라는 목사 아들인데, 지금 낙농 기술을 배우겠다고 와 있는 거야. 여기에 오기 전에는 양치는 일을 배웠대. 하프도 아주 잘 타."

이즈 휴에트라는 아가씨가 달콤한 목소리로 말했다. 창백한 얼굴에 검은 머리와 윤곽이 뚜렷한 입술을 가진 아가씨였다.

"그 목사 애긴 나도 들은 적이 있는데."

아가씨들 중에 가장 나이가 많은 마리안이라는 아가씨도 아는 척을 했다.

"그 아들들도 다 목사가 되었대. 여기 있는 클레어 씨만 빼놓고 말야."

가장 나이 어린 레티 프리들도 끼어들었다. 아가씨들 모두 그에게 관심이 있는 모양이었다. 테스도 첫눈에 그에게 호감이 갔으므로 그녀는 쏟아지는 잠을 쫓으며 아가씨들이 하는 말을 듣고 있었다.

18

에인젤 클레어는 특별히 눈에 띠는 외모는 아니었지만 침착한 목소리와 시원한 눈매로 사람들의 관심을 끌었다. 그는 물질적인 욕망은 없었으나 무엇을 배우고자 하는 의욕은 대단해 보였다. 그의 목적은 농업과 목축에 대해 배운 후 식민지로 진출하거나 국내에서 농장을 경영하는 것이었다.

그의 아버지인 클레어 목사는 첫째 부인이 딸 하나를 낳고 죽자 늘그막에 두 번째 부인을 맞아 아들 셋을 보았다. 그 아들 중 막내가 바로 에인젤이었다.

클레어 목사는 막내아들인 에인젤이 자신을 이어 훌륭한 목사가 되기를 원했다. 그래서 케임브리지 대학에 입학시키고자 했다. 그러나 에인젤은 아버지의 뜻과는 어긋나게 나갔다. 그로 인해 그는 아버지와 심하게 다투기도 했지만, 그로서는 교회가 고집하는 속죄주의를 도저히 받아들일 수가 없었다. 단순한 종교가가 아니라 신에 대한 열렬한 경배자요, 숭배자인 클레어 목사는 아들을 설득하려고 무던히 애를 썼다. 그는 틈만 나면 아들과 토론도 하고 애걸도 하였다.

"아무리 그러셔도 저는 제4조(그리스도의 육체적 부활을 적은 조항)의 고시문은 도저히 받아들일 수가 없어요. 제가 종교에 목적이 있다면 그런 모순을 고치는 겁니다."

에인젤의 단호한 자세에 아버지는 크게 낙담하였다. 따라서 에인젤은 대학에 갈 수가 없었는데, 대학은 목사가 되기 위해서만 가는 것이라는 클레어 목사의 신념 때문이었다.

그가 아버지의 뜻을 거스르고 한참 방황하고 있을 때, 마침 식민지에서 농업으로 성공한 사람을 만난 것이었다. 그때 그는 농업이야말로 자기가 평생의 직업으로 택할 만큼 가치 있는 일이라는 것을 깨달았다. 그것을 깨달음과 동시에 에인젤은 시골로 내려온 것이다.

에인젤은 열심히 농업 기술을 배워 식민지나 미국으로 떠나 자립할 생각이었다. 그는 젊은이답게 많은 재산보다는 풍부한 지식과 경험이 가치 있다고 생각하고 있었다. 이리하여 스물여섯 살의 에인젤은 이 탤보데이스 낙농장의 연구자로 온 것이며, 이곳 우유 창고의 넓은 고미다락을 방으로 쓰고 있었다.

에인젤이 처음 왔을 때는 혼자 책을 보거나 하프를 타거나 했다. 그는 농부들이란 그저 불쌍한 무식쟁이로만 알았던 것이다. 그러나 얼마 지나지 않아 크릭 부부나 다른 일꾼들과 어울리게 되었다. 오히려 식사 시간에는 그 화기애애한 분위기에 취해 그들과 함께 살고 싶은 생각마저 들었다. 뿐만 아니라 똑같아 보이던 사람들이 각자 뚜렷한 개성을 지니고 있다는 것도 깨달았다. 복잡한 사람이 있는가 하면, 한없이 변덕스러운 사람도 있고, 평온한 사람도 있고 우울한 사람도 있었다. 또한 입이 무거운 사람이 있는가 하면 가벼운 사람도 있었다. '슬기로운 사람일수록 인간의 특성을 발견한다'는 파스칼의 사상을 그는 이들과의 생활 속에서 발견한 것이었다.

이와는 반비례로 그의 신앙심은 나날이 줄어들고 있었다. 또한 만성적인 우울증도 차차 사라지고 있었다. 그는 모처럼 한가롭게 이책 저책을 읽을 수가 있었다.

식사 시간에 에인젤은 특별히 마련된 벽난로 옆의 자리에 앉았다. 고상한 집안 출신에 대한 크릭 부인의 배려에 따른 것이었다. 에인젤의 식탁에는 찻잔과 접시들이 올려져 있었다. 그곳에서는 언제든지 책을 있을 수 있을 만큼 항상 부드러운 햇빛이 비쳤다. 에인젤은 그곳에서 식사할 때마다 자신에게 오는 정기 간행물이나 음악 서적 따위를 읽느라 테스가 온 지 닷새가 지나도록 그녀의 존재를 몰랐다. 또한 다른 아가씨들에 비해 테스는 거의 말을 하지 않았으므로 시선이 그리로 향할 일은 거의 없었던 것이다.

그러던 어느 날, 그는 머리 속으로 악상을 떠올리던 중 무심결에 벽난로 앞에 악보를 한 장 떨어뜨렸다. 마침 아침 식사를 준비하는 중이라 벽난로에 불을 피운 뒤였다. 불꽃은 마치 발레리나의 움직임처럼 맴돌며 타고 있었다. 에인젤은 머리 속에 맴도는 악보에 불꽃의 흔들림을 그려 보았다. 주전자에서 끓는 물소리와 함께 한 아가씨의 재잘거리는 소리가 에인젤의 악상과 어울어졌다.

'어느 아가씨의 목소리가 이처럼 아름답지? 새로 온 아가씬가?'

에인젤은 목소리가 나는 곳으로 고개를 돌렸다. 그러나 테스는 에인젤의 시선을 의식하지 못한 채 이야기를 하고 있었다.

"사람이 죽지 않고도 영혼을 떠나게 할 수 있다는 이야긴 사실이에요. 못 믿으시겠다면 밤에 풀밭에 누워서 큰 별을 똑바로 보세요. 그리고 마음을 온통 그 별에 쏟아 보세요. 그러면 곧 자신이 육체에서 떠나 수만 리나 떨어져 있다는 것을 알게 될 테니까요."

테스의 설명에 주인은 놀란 표정으로 부인을 쳐다보았다.

"굉장한 이야기 아니오! 나는 지난 30년 동안 연애도 하고 장사도 하

면서 별이 총총한 밤길을 수없이 많이 다녀보았지만 그런 경험은 한 번
도 한 적이 없소. 내 영혼이 육체를 떠났다고 느껴본 적이 없으니까."

"어머, 제가 너무 제 공상을 사실처럼 얘기했나 봐요."

테스는 주인을 비롯한 모든 사람들의 시선이 자신에게 몰리자 부끄
러운 듯 얼굴을 붉히곤 식사를 계속했다.

테스를 보고, 또 테스의 이야기를 듣고 에인젤은 감탄하지 않을 수가
없었다.

'어쩌면 저토록 신선하고 순결한 아가씨가 있을 수 있을까!'

한때, 천국까지도 어두울지 모른다고 생각했던 에인젤은 그녀의 모습
에서 아득한 옛날로 돌아가는 정겨운 힘을 발견했다.

19

사람은 소의 성질과는 상관없이 똑같이 대했지만 소는 사람을 가리
는 경우가 있었다. 하지만 주인인 크릭은 젖 짜는 사람을 따로 정하지
않았다. 그것은 일꾼들이 일을 그만두고 가버릴 경우에 곤란한 사람은
주인이기 때문이었다. 이러한 주인의 속셈을 뻔히 알면서도 아가씨들은
소들 중 여남은 마리를 택해 길을 들여 놓았다. 그래야만 힘들이지 않고
젖을 짤 수 있기 때문이었다.

테스도 이들과 마찬가지로 자신을 좋아하는 소들을 알게 되었다. 그
러나 2,3년간 집에서만 지내는 동안 손이 부드러워져 대부분의 젖소들
이 그녀를 좋아했다. 그 중에는 젖꼭지가 홍당무처럼 딱딱해진 것도 있
지만 그들은 테스가 손을 대기 무섭게 젖을 쏟아냈다.

그러나 주인의 생각이 어떠하다는 것을 알고 있기 때문에 그녀는 굳
이 자신을 좋아하는 소만을 택하지 않았다. 그럼에도 불구하고 그녀는

소의 위치가 자신에게 유리하게 배열되어 있는 것을 종종 발견했다.

"클레어 씨, 당신이 또 그러셨군요."

테스는 얼마 전부터 에인젤이 자신을 도운다는 사실을 알고 있었다.

"뭐 문제될 게 있나요? 언제나 이곳에서 우유를 짜시죠?"

"어떻게 아셨어요? 항상 그런 건 아니지만요."

그녀는 하얀 이를 보이며 살짝 웃음을 띠었다. 이미 그의 마음을 눈치채고 있었던 것이다.

6월의 아름다움 밤에 테스는 땅거미가 덮인 뜰을 혼자 거닐었다. 고미다락방에서 은은하게 하프 타는 소리가 들려왔다. 하프 타는 솜씨가 서툴러 그다지 감명 깊지는 않았지만 테스는 그 자리에서 떠날 수가 없었다. 그녀는 점차 시간도 공간도 잊은 채 희열에 젖어 갔다. 뜰에는 꽃가루가 흩날리고 있었고, 에인젤의 하프 소리는 바람을 타고 흘렀다. 뜰은 여러 해 동안 돌보지 않아 구석에는 악취를 풍기는 잡초들로 무성했지만 그래도 해질녘의 풍경은 마치 그림과도 같았다.

하프 연주를 마친 에인젤은 울타리를 돌아 뜰로 나왔다. 테스는 그가 다시 연주하길 기다리고 있다가 그의 모습이 보이자 살그머니 자리를 피했다. 그러나 그만 그녀의 옷자락이 그의 눈에 잡히고 말았다.

"왜 도망 가죠? 겁이 나나요?"

"아녜요, 무섭지 않아요. 무섭긴요. 이렇게 사과꽃이 떨어지고 주위는 온통 푸르른데요."

"그러나 마음 속 깊은 곳에는 뭔가 두려움이 있는 것 같군요."

"……그래요."

"그게 뭔가요? 제가 알면 안 되나요?"

"한 마디로 표현하기가 힘들어요."

"혹시 살아 나가는 문제 때문에?"

"네, 맞아요. 바로 그것 때문에……."

"그런 문제라면 저도 종종 부딪히는 것입니다. 이렇게 되는 대로 살아간다는 건 누구에게나 견디기 힘든 일이죠."

"정말 그래요."

"아무리 그래도 당신 같은 젊은 아가씨가 그런 생각을 한다니 놀랐는데요. 특별히 그럴 만한 사정이라도 있나요?"

"나무는 무엇이든 알고 싶어하는 것처럼 보이지 않아요? 또 강물은 왜 그런 얼굴로 괴롭히냐고 따지는 것 같구요. 내일이라는 수많은 날들이 늘어서서 맨끝의 아주 작은 것까지 하나같이 조심하라고 경고하는 것 같아요. 아주 두렵고 잔인한 것들이죠. 그러나 당신은 아름다운 음악으로 그런 무서운 생각들을 쫓아낼 수 있겠죠."

에인젤은 테스의 말을 듣고 놀라지 않을 수 없었다. 다른 아가씨들의 선망을 받고 있는 것은 사실이지만 한갓 젖 짜는 여자에 불과한 그녀가 그처럼 놀라운 공상을 하고 있다니. 그녀의 표현은 현대의 문명인들이 안고 있는 고민을 나름대로의 언어로 나타냈다고 할 수 있었다. 아무리 그렇다고 해도 이렇게 젊은 나이에 그런 생각을 하다는 것은 아무래도 불가사의한 일이었다. 아니 흥미로운 일이었다. 또 서글픈 일이었다. 그는 도무지 그녀가 왜 이토록 서글픈 눈으로 사물을 보는 것인지 그 원인을 알고 싶었다.

테스는 테스대로 에인젤같이 훌륭한 집안에서 태어나 높은 교육을 받은 사람이 왜 삶에 대해 불행한 가치관을 가지고 있는지 궁금했다. 자신이야 그럴 만한 충분한 이유가 있지만 신체적으로 결함도 없는 에인젤이 그러는 것은 도무지 납득이 가지 않았다.

그러나 그들은 서로의 마음에 대해 알 만한 어떠한 실마리도 찾지 못하였다. 다만 언젠가 상대방에 대해 확실하게 알게 되기만을 기다릴 뿐이었다.

시간이 지나면서 에인젤은 테스의 성격을 조금씩 알게 되었으며, 테스 또한 에인젤의 성격을 알게 되었다. 그러나 테스는 에인젤을 한 인간으로서가 아니라 지성의 존재로 생각했다. 특히 풍부한 그의 지식을 발견하곤 자신과는 하늘과 땅 사이처럼 먼 거리에 있는 사람이라고 생각했다.

테스는 그러한 열등감을 그리스의 유목 생활에 관해 이야기를 나누던 어느 날 알아차렸다. 그가 이야기를 하고 있는 동안 그녀는 강둑에 있는 로드 레이디라는 꽃봉오리를 따고 있었다.

"왜 갑자기 슬픈 얼굴을 하고 있죠?"

"제가 운이 좋았으면 어떻게 되었을까 생각해 보았어요. 저는 지금까지 좋은 기회를 한 번도 가져 보지 못했어요. 선생님이 읽고 보고 아는 것 생각하는 것에 비교해 볼 때 저는 너무 보잘것없게 느껴져요."

테스는 서글픈 웃음을 지어보이며 말했다.

"쓸데없는 소릴……. 그런 것 따위엔 신경쓰지 말아요. 역사와 문학이나 당신이 배우고 싶다면 내가 기꺼이 가르쳐 드리리다."

"어머, 이번에도 레이디 꽃잎이에요."

에인젤은 조심스럽게 말했으나 테스는 엉뚱한 대답을 했다.

"이 꽃봉오리들을 까 보면 로드보다는 항상 레이디가 많이 나와요."

"그보다는 테스, 당신은 공부하고 싶은 생각이 없나요? 이를테면 역사 같은 것 말이오."

"역사에 관한 것이라면 지금 알고 있는 것 이상 알고 싶지 않아요."

"무슨 까닭이죠?"

"저라는 존재가 같은 운명으로 행렬 지어진 인간 중에 하나라는 사실을 배운들 무슨 소용이 있겠어요. 역사에서 저와 같은 운명의 인간을 발견하고, 저 역시 그와 같은 길을 가고 있다는 사실을 알아본들 슬프기만 하지 않겠어요? 자신의 과거와 성격이 이미 세상을 떠난 사람들의 것과 같고, 또 앞으로 계속될 자신의 길이 수천 수만의 다른 사람들과 같다는 사실은 오히려 모르는 게 더 나아요.”

“그럼 아무것도 배울 생각이 없단 말인가요?”

“태양은 왜 착한 사람과 악한 사람에게 골고루 빛을 주는가 하는 문제라면 배우고 싶어요.”

그녀는 떨리는 목소리로 대답했다.

“하지만 그런 건 책에 나오지 않겠죠.”

“너무 그렇게 세상을 부정적으로만 생각하지 말아요.”

에인젤은 그렇게 말했지만 실상은 그녀가 정말 자신의 생각을 나타냈다고는 믿지 않았다. 그저 어디서 얻어 들은 소리를 앵무새처럼 옮기고 있는 것이려니 생각했을 뿐이었다.

에인젤이 앞서 간 후 테스는 자신의 무식함이 원망스러웠다. 자신을 얼마나 한심하게 생각할까. 그녀는 자신이 그토록 잊어버리려고 노력했던 더비필드 가문과 더버빌 가문을 생각해 보았다. 만약 에인젤이 자신이 진정한 더버빌 가문의 후손이라는 것을 안다면, 돈이나 야심으로 산 트랜트리지의 가짜가 아니라, 직계 후손이라는 것을 안다면 그 역사에 대한 지식으로 자신을 조금은 존경해 주지 않을까 하는 생각이 드는 것이었다.

그러나 테스는 주인으로부터 에인젤이 가문이나 집안에 대해 심한 반감을 갖고 있다는 사실을 듣게 되었다.

“우리 집에 있는 고용인 중에 레티 프리들이라는 여자는 프리들 가문의 후손인데, 클레어 씨가 그 사실을 알고는 ‘아가씨는 소젖을 잘 짤 수 없을 걸. 아가씨 가문의 재능은 먼 옛날에 이미 다 써 먹어버렸으니까. 다시 일할 수 있는 힘을 얻으려면 아마 몇 천 년은 더 기다려야 할 거야.’ 하는 거야. 또 언젠가 메트라는 소년이 일자리를 구하러 온 적이 있었는데, 내가 성을 묻자 그는 성이 없다는 거야. 그 까닭은 자신의 집안은 뿌리를 내릴 만큼 오래 되지 않았다나? 그런데 클레어 씨는 그 소리를 듣더니 '너야말로 내가 원하던 소년이야! 너 같은 소년들에게 난 희망을 걸 수 있어.' 하지 뭐겠어. 그러면서 소년에게 반 크라운을 주는 거야."

주인의 말을 들은 테스는 에인젤에게 가문에 관한 이야기를 하지 않은 것을 퍽 다행이라고 생각했다.

20

크릭 댁에 있는 일꾼들은 모두 안락하고 조용한 생활을 하고 있었다. 그들은 어떠한 사람들보다 행복했다. 빈곤에서 벗어났고 안정된 생활 속에서 감정을 해칠 만한 특별한 일도 없었다. 이제 계절도 바뀌고 만물은 무르익어 가고 있었다.

테스는 행복감을 느꼈다. 이제까지는 결코 누려본 적이 없는 기분이었다. 우선 일에 적응되어 육체적으로 피곤하지 않았으며, 정신적으로도 현재의 상태에 만족했다. 더욱이 아직 이렇다할 관계는 아니었지만 늘 자신에게 친절한 에인젤이 곁에 있어 그녀는 외롭지 않았다. 에인젤에게 있어서도 테스는 꿈에 그리던 장밋빛 여인이었다. 그는 그녀 생각에 잠길 때면 고상하고 싱그러운 느낌이 드는 한편 그녀의 여성스러운 매력에 마냥 이끌려드는 것을 느꼈다.

낙농장에서는 새벽 세시 전에 통에 있는 크림을 걷어 내야 했으므로 아주 일찍 일어나야 했다. 따라서 누구든 제일 처음 자명종 소리를 들은 사람은 다른 사람을 깨우도록 되어 있었다. 테스는 새로 들어온데다 늦잠도 자지 않았으므로 그 일을 도맡아 하고 있었다.

세시를 알리는 자명종 소리가 들리면 그녀는 바쁘게 일어나 주인 방문 앞으로 가서 사다리를 타고 이층으로 올라 갔다. 그리고는 얼른 에인젤을 깨운 다음 다시 돌아와 친구들을 깨웠다. 그런 다음 완전히 옷을 갈아 입고 나가면 에인젤이 아래층으로 내려와 아직 습기가 찬 밖에 서 있었다. 주인과 다른 일꾼들이 나오려면 적어도 15분 정도는 있어야 했다.

이른 아침에 테스를 맞을 때마다 에인젤은 그녀의 신비로운 모습에 감동을 받곤 했다. 밝음과 어둠이 교차하는 대지 위에 서 있는 그녀를 바라보노라면 그녀는 마치 부활하는 예수 곁에 순결한 모습으로 서 있는 천사와도 같았다. 그에게 그녀는 한낱 우유 짜는 여자가 아니라 바로 환상적인 요정이었던 것이다.

주위가 점점 밝아오면 그녀는 평소의 모습으로 돌아왔다. 그것은 곧 닿을 수 없는 곳에 존재하는 여신에서 친근한 여인으로 돌아오는 것이다. 에인젤은 여신에서 인간의 모습으로 탈바꿈할 때 비로소 테스에게 다가갈 수 있었다.

바짝 다가선 두 사람은 안개가 흩어져 목장 가득히 번져가는 것을 보았다. 습기찬 풀밭에는 밤새 젖소가 자고난 흔적이 남아 있었다. 그것은 마치 안개 바다에 떠 있는 녹색의 섬처럼 보였다. 여기저기 서 있는 나무들은 암초같기도 했다. 새들이 안개를 뚫고 올라가 먼 하늘을 날기도 했다.

21

아침 식사가 끝난 뒤 우유 가공장에는 큰 소동이 벌어졌다. 교유기는 정상적으로 돌아갔으나 버터가 나오지 않는 것이었다. 간혹 일어나는 일이었으나 그때마다 모두들 당황했다. 크릭 부부와 에인젤, 테스, 마리안, 레티 등 모든 일꾼들이 어찌할 바를 모른 채 기계를 들여다 보았다.

"이그돈에 있는 점쟁이한테 한번 가 봐야겠군. 사고가 계속 되는 걸 보면 아무래도 이상해."

주인이 푸념하듯 말했다.

"아무래도 집 안에 연애하는 사람들이 있나 봐요. 연애하는 사람이 있으면 이런 일이 생긴다고 하잖아요. 몇 해 전에도 이런 일이 있었잖아요. 그 아가씨 때문에."

크릭 부인이 남편에게 말했다.

"아, 그 아가씨! 생각나는군. 하지만 그때 일은 기계가 고장나서 일어난 일이지 그 아가씨와는 상관없는 일이야."

주인은 고개를 저었다. 그리곤 에인젤에게 고개를 돌렸다.

"잭돌로프란 녀석을 고용한 일이 있었는데, 아, 그 녀석이 멜스톡에 사는 여자를 잘못 건드렸지 뭔가. 그런데 부활절이 끼인 목요일에 그 여자 어머니가 찾아온 거야. 그때 우리는 지금처럼 모두 기계 앞에서 쉬고 있었는데, 그 부인은 놋쇠 손잡이가 달린 우산을 들고 들이닥친 거야. '잭돌로프라는 놈이 누구야! 당장 나오지 못해!' 하면서 말야. 부인 뒤에선 그 딸이 손수건으로 얼굴을 가린 채 울면서 서 있더군. 그때 창문 너머에서 그들을 보고 있던 잭은 얼마나 겁에 질렸던지 교유기통으로 들어가 뚜껑을 닫고 숨어 버렸지 뭔가. 결국 그 어머니는 소리소리 지르며 가공장 안을 샅샅이 살펴보았지만 그녀석을 찾지 못했지."

주인은 잠시 잔기침을 하곤 이야기를 계속했다.

"그런데 그 부인이 나중에는 어떻게 알았는지 갑자기 기계 손잡이를 빙빙 돌리기 시작하는 거야. 그때는 교유기가 수동식이었거든. 부인이 손잡이를 돌리자 잭은 교유기 안에서 이리저리 뒹굴려졌지. 그러니까 조금 있다 잭이란 녀석, '제발 그만 해요!' 하면서 머리를 내밀지 뭔가. 그런데도 부인은 자기 딸을 건드린 놈은 용서할 수 없다며 계속 손잡이를 돌렸어. 그러니까 잭은 견디다 못해 모든 걸 책임지겠다고 약속했지

뭔가."

주인이 이야기를 하는 동안 일꾼들은 모두 감탄을 했다. 그러나 테스는 창백한 얼굴이 되어 슬그머니 밖으로 빠져 나갔다.

"저렇게 귀여운 아가씨가 이까짓 더위에 쩔쩔 매다니! 한여름이 오면 어쩌려고 저러지?"

주인은 테스의 뒷모습을 보며 농담을 했다. 도둑이 제 발 저린다는 식으로 테스는 괜히 얼굴이 달아 올랐다. 그런데 마침 기계가 돌면서 버터가 나오기 시작하자 모두들 기계 쪽으로 관심이 쏠렸다.

그날 하루종일 테스는 우울했다. 주인의 이야기가 다른 사람에게는 그저 재미있는 농담처럼 들릴지 모르겠지만 그녀에게는 잊고 있던 옛 상처를 건드린 것이었다. 그녀는 오후 작업이 끝나자 밖으로 나와 정처 없이 거닐기 시작했다. 강가의 갈대만이 그녀 마음을 알고 있는 듯 바람결에 어지러이 흔들리고 있었다.

해가 지자 일꾼들은 모두 잠자리에 들기 위해 침실로 모여들었다. 6월에는 우유가 가장 많이 나오는 때이므로 이른 새벽에 일어나기 위해서는 모두 일찍 잠자리에 들어야 했다.

그날 아가씨들은 모두 창가에 모여 있었다. 불그레한 저녁놀이 그들의 목과 얼굴을 발갛게 물들였다.

"밀지 마! 밀지 않아도 잘 보이잖아!"

레티가 말했다.

"그런다고 그 사람이 널 좋아하기나 한데? 그 사람은 이미 다른 여자를 생각하고 있어."

이번에는 마리안이 익살스럽게 되받았다.

"어머, 저기 또 나왔다!"

이즈 휴에트가 소리쳤다.

"말 안 해도 다 알아! 네가 저 사람 그림자에 키스하는 걸 난 봤지!"

마리안이 놀렸다.

"뭘 봤다고?"

"저 사람이 치즈를 거둬들이고 있는데, 저 사람 그림자가 뒤쪽 벽에 비치니까 네가 거기다 키스했잖아. 내가 다 봤다구."

"어머나, 어쩌면!"

마리안의 말에 레티가 놀라움을 표시했다. 이즈의 뺨이 빨갛게 상기되었다.

"하지만 저 사람을 생각하는 마음은 레티나 마리안 역시 같잖아!"

이즈가 억울한 듯 항변했다.

"사실 그건 그래. 난 당장 내일이라도 저 사람하고 결혼하고 싶어."

마리안이 솔직하게 고백했다.

"나도 그래."

레티도 수줍어하며 조그맣게 말했다.

"하지만 저 사람은 테스 더비필드를 좋아하고 있어. 난 날마다 저 사람 뒤를 살펴봤는데 틀림없어."

"그건 나도 알아. 하지만 테스는 저 사람을 조금도 생각하지 않는 것 같던데?"

"나도 그런 느낌이 들었어."

"하지만 그게 다 무슨 소용이람. 어차피 저 사람은 우리 세 사람이나 테스하고나 결혼 따위는 안 할 텐데. 그렇게 가문 좋은 사람이 뭐가 모자라서 우리 같은 촌년들을 상대하겠니? 나중에 농장을 경영하게 되면 일 년에 얼마씩 줄 테니 자기 농장 일이나 거들어 달라고나 할 테지."

마리안이 한숨을 쉬며 말했다. 같이 떠들던 아가씨들도 마리안 말에 맥이 빠지는지 모두들 조용해졌다.

그들의 말을 듣고 있던 테스는 오랫동안 잠을 이룰 수가 없었다. 사실 테스는 그들의 말처럼 에인젤의 관심을 끌고 있었다. 그녀들이 에인젤을 두고 애태우는 모습을 보고도 전혀 질투심이 일어나지 않는 것은 에인젤이 자신을 좋아한다는 자신감 때문인지도 몰랐다. 더구나 에인젤은 농사꾼이 되려는 사람으로서 점잖은 집의 숙녀를 아내로 맞을 생각은 없다고, 언젠가 크릭 부인에게 말했다는 것을 알고 있는 터였다.

그러나 테스는 에인젤이 아니더라도 양심을 속이지 않는 한 어떠한 남자와도 결혼할 수 없다는 생각이었다. 설사 이곳에 머무는 동안만이라도 그와 일시적으로 사랑을 나눌 수 있다 하더라도, 그러한 덧없는 행복을 위해 다른 아가씨들의 행복을 무참히 짓밟을 수는 없다는 생각이었다.

22

이튿날 아침, 아가씨들은 일찍 젖 짜는 일을 마치고 식당으로 들어서자마자 안절부절 못한 채 서성거리고 있는 주인의 모습을 대하게 되었다. 단골 손님으로부터 버터맛이 떫다는 불평을 들었다는 것이었다.

"여러분이 한번 맛을 보라구. 틀림없어!"

주인의 말에 대여섯 사람이 몰려들었다. 에인젤과 테스도 그 사이에 끼여 있었다. 주인 말대로 버터에서는 분명히 떫은 맛이 났다.

"이건 틀림없이 마늘 때문이야. 모두 뽑아 버렸는 줄 알았는데."

주인의 말을 듣자 일꾼들은 얼마 전에 젖소 서너 마리가 들어갔던 마른 목초 지대를 생각했다. 그러나 그때는 다만 버터에 귀신이 붙었다고만 생각했었다.

"풀밭을 샅샅이 뒤져 봐야겠어. 앞으로도 이런 일이 계속되면 큰일이 잖아."

주인의 말에 따라 모두들 날이 무디어진 칼을 들고 풀밭으로 나갔다.

잡초는 눈에 잘 띄지 않게 숨어 있었으므로 드넓은 풀밭에서 찾아내기
란 보통 일이 아니었다. 그러나 반드시 찾아내야만 했기 때문에 일꾼들
은 한 줄로 늘어서서 잡초 찾기에 나섰다.

그들은 땅을 내려다 보면서 천천히 앞으로 나아갔다. 그리곤 다시 뒤
돌아서서 한 번 훑은 곳을 다시 한 번 살피며 나아갔다. 한 치의 풀밭도
소홀히 지나치지 않기 위해서였다. 그렇게 해야 겨우 대여섯 뿌리의 마
늘을 발견할 정도였다.

"힘들지 않아요?"

테스 뒤에 서서 따라오던 에인젤이 물었다.

"괜찮아요."

테스는 얼굴을 붉히며 말했다.

"정말 힘들군. 이러다간 허리 병신 되겠는걸! 그런데 테스 아가씨, 엊
그제까지 몸이 좋지 않다고 했잖아? 너무 무리하지 말고 잠시 쉬지."

두 사람의 뒤를 따라오던 주인이 행렬에서 빠져 나가며 말했다. 주인
과 함께 뒤로 쳐진 에인젤이 테스 곁으로 다가왔다. 테스는 그가 다가오
자 문득 어젯밤에 아가씨들이 했던 이야기가 생각났다.

"예쁘죠?"

"누구 말이오?"

"이즈 휴에트랑 레티 말예요."

테스는 두 아가씨들을 보며 말했다. 그녀는 이즈나 레티 누구든 훌륭
한 농부의 아내가 될 수 있을 것이라는 생각이 들었다.

"글쎄요, 예쁘다기보다는 건강해 보인다는 게 적합할 거요."

"아름다움이란 영원한 것이 아녜요."

"영원하지 않기는 건강도 마찬가지요."

에인젤은 담담하게 말을 받았다.

"얼굴이 붉어지네요."

"누가요?"

"레티 프리들 말예요. 당신이 쳐다보니까 부끄러워서 저러는 거예요."

테스는 자신에게 향하는 에인젤의 관심을 그들 세 아가씨에게 돌리려고 하였다. 뿐만 아니라 그후 테스는 에인젤을 피하기 위해 노력했으며, 우연히 만나는 일이 있어도 결코 오랫동안 이야기하는 일도 없었다. 그러나 차마 그녀들 중 누구와 결혼하라고는 말할 수가 없었다.

23

7월이 되자 골짜기의 대지는 마치 불이라도 땐 듯 지글지글 끓어 올랐다. 이런 날씨에 때마춰 빗줄기가 쏟아질 때면 대지에서는 증기가 피어오르며 초원은 기름지게 변해갔다. 그러나 건초를 만드는 작업장에는 결코 비가 반가울 리 없었다.

그렇게 무더운 어느 일요일 아침이었다. 작업이 끝나자 통근하는 일꾼들은 모두 들어가고, 테스는 세 아가씨들과 부리나케 옷을 갈아입고 있었다. 그들은 약 십 리쯤 떨어진 멜스톡 교회에 가기로 하였다. 테스가 이곳에 온 지도 벌써 두 달이 지났건만 그들이 함께 외출하는 일은 처음이었다.

밤새 퍼붓던 소나기는 그치고 태양은 찬란하게 빛나고 있었다.

멜스톡으로 가는 길 중간에는 낮은 분지가 있었다. 그 분지에서 50미터 가량의 길이 간밤의 비로 인해 물에 잠겨 있었다. 테스 일행은 이곳에 다다르자 어찌할 바를 모르고 서로 얼굴만 쳐다보았다. 한껏 몸치장을 하고 나왔으니 흙탕물 한 방울이라도 튈 경우에는 참으로 곤란한 문제였다.

"한여름에 길이 막힐 줄이야!"

마리안이 낙담을 하여 말했다.

"그냥 물 속으로 지나가든지 큰길로 돌아가든지 빨리 정해야지, 너무 늦지 않겠어?"

멀리서 교회의 종소리가 들려오자 레티가 말했다.

"늦게 들어가면 사람들이 다 쳐다볼 텐데."

마리안이 걱정을 하고 있을 때 길 모퉁이에서 철벅철벅 물소리를 내며 다가오는 사람이 있었다. 바로 에인젤이었다. 네 사람은 서로 약속이나 한 듯 모두 얼굴이 벌겋게 물들었다.

에인젤은 평상시처럼 작업복에 장화를 신고 있었다. 더구나 열을 식히기 위해 모자 밑에는 양배추 잎사귀를 끼워 놓았으며, 낫까지 들고 있었다.

"저 사람은 교회에 안 가나 봐."

마리안이 나직하게 말했다. 에인젤은 모처럼의 휴일에 모호한 말을 듣고 있느니 자연을 보고 배우는 것이 낫다고 생각하는 사람이었다. 그날도 그는 소나기에 떠내려간 건초더미를 살피러 나온 길이었다.

에인젤은 오도가도 못하는 아가씨들을 쳐다보았다. 여름옷을 입고 있는 아가씨들은 마치 비둘기처럼 매력적이었다.

"모두들 교회에 가는 길이오?"

그는 맨 뒤에 서 있는 테스를 보며 물었다.

"하지만 길이 이래서……."

"제가 건네다 드리죠."

에인젤의 말에 그들은 다시 얼굴을 붉혔다.

"힘드실 텐데요."

"그러나 어쩔 도리가 없잖소. 그리 무겁지도 않을 것 같은데, 자 차례대로 안겨요."

아가씨들과는 달리 에인젤은 담담한 표정으로 말했다.

먼저 마리안이 그의 목에 팔을 둘렀다. 마리안을 안아 들은 에인젤은 곧 성큼성큼 걸음을 옮기었다.

"나도 저 사람 목에 팔을 감으면 마리안처럼 얼굴을 들여다볼 테야."

에인젤의 뒷모습을 보며 이즈가 흥분한 말투로 말했다.

"그렇게 한다고 어떤 의미가 있는 건 아냐."

테스가 말했다.

"하지만 무슨 일이든 때가 있는 거야."

이즈가 자신있게 말을 받았다.

곧 에인젤이 돌아오고, 이즈 역시 마리안처럼 그에게 안겼다. 그리고 다시 조금 후에는 레티 역시 그의 품에 안겨 길을 건넜다.

마지막으로 테스 차례였다. 그녀를 안으러 돌아오는 에인젤의 표정은 마치 이제 당신 차례야, 라고 말하고 있는 듯싶었다. 그의 마음을 알고 있는 테스는 저절로 몸이 뜨거워졌다. 그러나 그는 자신의 마음이 에인젤에게 전해지는 것이 두려웠다.

"저는 둑을 타고 건너겠어요. 당신은 너무 지쳤어요."

그녀는 마음에도 없는 말을 하곤 얼굴을 돌렸다.

"처, 천만에! 당신을 안기 위해 세 사람을 건네 준 건데."

에인젤은 얼른 그녀를 안아 올리며 말했다.

"저애들이 저보다 나아요."

"난 그렇게 생각하지 않소. 당신을 위해 같은 일을 세 번이나 한 걸 이해 못 하겠소?"

"모르겠어요."

"오, 테스! 아무 말 말아요. 난 지금 황홀해서 어찌할 줄을 모르겠소!"

그는 감격에 찬 목소리로 부르짖었다. 그러나 그는 곧 자신의 감정을 자제했다. 그것이 사랑하는 사람에 대한 예의라는 생각이 들어서였다. 다만 그는 조금이라도 천천히 걸으며 그 순간을 최대로 늘리고자 했다.

테스가 에인젤의 품에서 내려서자 아가씨들은 모두 낙담한 표정으로 그녀를 바라보고 있었다. 그들은 에인젤이 돌아서 가자 아무 말없이 교회를 향해 발걸음을 옮기었다. 그러나 얼마 안 가서 마리안이 문득 입을 열었다.

"안 돼! 우리들은 안 돼! 테스하고라면 전혀 가망성이 없어!"

그녀는 시무룩한 표정으로 테스를 보았다.

"그 사람은 널 좋아하고 있어. 사랑하고 있단 말야! 네가 조금이라도 그를 받아들인다는 눈치를 보였다면 그는 분명히 네게 키스를 했을 거야!"

말은 그렇게 하였지만 그녀의 표정에는 악의나 적의는 없었다. 그들은 에인젤이 테스를 사랑하는 것은 아주 자연스럽고 당연하다고 생각하였던 것이다. 그들이 보기에도 테스는 그럴 자격이 충분히 있어 보였다.

그러나 그날 밤 테스는 눈물을 흘리며 친구들 앞에서 다짐했다.

"난 절대로 너희들과 연적이 되지는 않을 거야. 그러지도 않겠지만 만약 그가 내게 청혼을 한다고 하더라도 나는 거절할 거야."

"우리들과의 우정 때문이라면 나는 상관하지 않아도 돼. 나는 스티클포트 목장 주인하고 결혼하면 되니까. 그는 내게 두 번이나 구혼했거든. 사실 오늘 클레어 씨가 나를 안았을 때 나는 그가 내게 키스를 해 줄 거라고 생각했어. 그래서 그의 가슴에 몸을 맡긴 채 기다리고 기다렸는데, 그는 끝내……. 난 이제 탤보데이스에 있고 싶지 않아. 집으로 돌아가겠어."

마리안의 말에 그들은 한 남자를 두고 서로 경쟁했다는 사실을 깨달았다. 그 나이에 이성을 그리워 한다는 것은 본능으로서 조금도 이상할 것이 없지만 에인젤에 대한 그들의 사랑은 얼마나 부질없는 것인가.

그날 밤, 그들은 오랫동안 잠을 이루지 못하고 이리저리 몸을 뒤척였다. 아래층의 치즈 짜는 기계에서는 물방울이 떨어지는 소리가 들려왔다.

"테스, 자니?"

얼마의 시간이 지나자 이즈가 조심스럽게 테스를 불렀다.

"아니."

꼼짝 않고 누운 채 테스가 나직하게 대답했다.

그 바람에 레티와 마리안이 깨어 이불을 휘감으며 일어나 앉았다.

"도대체 그 사람의 신부가 될 여자는 어떤 여잘까?

"신부라고? 나는 그런 말은 처음 듣는데!"

이즈 말에 테스가 놀라 물었다.

"아냐, 나도 들었어. 클레어 목사의 교구에 있는 어느 신학 박사의 딸인데, 벌써 옛날에 집안끼리 약속을 한 상태래."

마리안이 이즈의 말에 구체적인 설명을 달았다.

그들은 모두 에인젤이 결혼에 동의하는 모습에 이어 행복한 결혼 생활을 하는 모습까지 상상하게 되었다. 마치 한 폭의 그림같이 포근한 모습이었다. 그들은 그 상상에 모두 흐느껴 울었으며, 눈물을 흘린 상태에서 잠이 들었다.

<h1 style="text-align:center">24</h1>

찌는 듯한 무더위가 계속되었다. 봄부터 초여름까지는 그토록 맑고 신선하던 대기가 지금은 푹푹 찌는 가마솥 안과도 같았다. 더구나 장마가 걷힌 뒤라 고원 지대는 바짝 메말라 있었다.

이제 목장에서는 손쉽게 일을 하기 위해 소들을 밖으로 몰아내지 않고 그대로 안에서 젖을 짰다. 소들은 작은 나무 그늘이라도 찾아서 이리저리 옮겨다녔다. 그러나 파리떼가 어찌나 성가시게 구는지 가만히 있지를 못하였다.

그러던 어느 날 오후였다. 아직도 젖을 짜지 못한 소들이 너댓 마리가 있었는데 그 중에는 테스를 따르는 덤플링과 올드 프리티도 있었다. 이때 에인젤이 다가왔다. 그는 테스에게 그 소들의 젖을 짜겠냐고 물었다. 테스는 그러마 대답을 하곤 그의 곁으로 다가가 소들 중 올드 프리티를 골라 젖을 짜기 시작했다. 에인젤은 멍하니 서서 테스의 젖 짜는 모습을 바라 보았다. 그녀의 옆구리에 정면으로 비치는 햇살에 드러난 그녀의 육체는 하나의 작품이었다.

그는 자신도 모르게 테스 곁으로 이끌려 갔다. 그녀의 얼굴은 한없이 사랑스러웠다. 탐스러운 머릿결에 까만 눈과 아름다운 뺨, 그린 듯한 눈썹, 잘 다듬어진 턱과 목……. 그 중에서 특히 아름다운 것은 장밋빛 입술이었다. 그 입술은 아무리 여자에게 관심이 없는 남자라고 해도 넋을 잃지 않을 수 없을 정도였다. 에인젤은 잠시도 눈을 떼지 않은 채 그녀의 입술을 주시하고 있었다. 테스의 입술에 한없이 빠져들면서 에인젤은 갑자기 현기증이 나서 속이 울렁거렸다. 그리곤 재채기가 쏟아졌다.

그때서야 테스는 에인젤이 자신 가까이에 있다는 사실을 깨달았다. 순간 그녀의 볼에 살짝 붉은 빛이 스쳤다. 그 모습에 에인젤은 아무 생각없이 그녀 옆으로 바짝 다가가 무릎을 꿇었다. 그리곤 두 팔로 그녀를 덥석 껴안았다. 테스는 아무 생각할 겨를도 없이 그의 품에 안기게 되었다. 놀라움에 입술이 벌어졌다.

"오오, 테스, 용서해 줘요! 먼저 허락을 받았어야 했는데, 나도 모르게 그만. 하지만 이건 장난이 아니오. 난 진정으로 당신을 사랑하고 있소."

에인젤은 그녀를 껴안은 채 속삭였다. 이때 올드 프리티가 어리둥절한 채 주위를 두리번거렸다. 그리곤 자기 배 밑에 두 사람이 웅크리고 있는 것을 보자 대뜸 뒷발을 들어올렸다.

"어머, 젖소가 골이 났어요! 저러다 우유통을 걷어차겠어요."

그러나 에인젤은 소리치며 일어나는 테스를 더욱 꼭 끌어안았다. 그녀의 눈에 눈물이 고이기 시작했다.

"왜 우는 거요?"

"저도 모르겠어요."

테스는 에인젤의 품에서 벗어나 뒤로 물러섰다. 에인젤의 얼굴에 실망의 빛이 서렸다.

"경솔하게 행동한 것을 용서하구려. 하지만 나는 진정으로 당신을 깊이 사랑하고 있소. 그러나 더 이상 아무 말도 하지 않겠소……. 이 모든 것이 당신을 괴롭힐 뿐이니."

"그게 아니에요. 전 다만 어떻게 해야 할지……."

사실 그녀는 이 순간 아무것도 생각할 수가 없었다. 오직 에인젤을 깊이 사랑하고 있다는 것 외에는. 그리고 얼마나 짧은 관계가 될지 모르지만 이 순간은 더없이 행복하다고.

제 4 부 어둠의 사슬

25

밤이 깊도록 에인젤은 착유장 뒷마당에 있는 동쪽의 문에 앉아 있었다. 그는 자신이 했던 행동에 스스로 흥분되어 아직까지도 마음을 가라앉힐 수가 없었다. 평소에 사려가 깊은 그로서도 이런 일에는 처음인 만큼 앞으로는 그녀와 어떻게 관계를 이어가야 할지, 또 다른 사람들 앞에서는 어떻게 행동해야 할지 도무지 판단이 서지 않았다.

처음에 낙농장에 왔을 때는 오직 기술을 배울 생각뿐이었다. 몇 개월이란 기간은 일생에 비하면 아주 짧은 기간으로서, 이곳을 떠나서 또 세월이 지나면 이곳에서의 생활은 작은 이야깃거리에 지나지 않을 줄 알았다. 그러나 지금에 와서는 온 집 안의 이끼조차 그에게 무엇인가 속삭이는 듯했고, 땅과 넓은 하늘까지 불타는 열정으로 그를 감동시켰다.

그에게 있어서 테스의 존재는 이제 모든 것이나 다름없었다. 테스가 있기에 그가 있고 다른 사람마저 존재할 수 있는 것이다. 뿐만 아니라 우주마저도 그녀의 탄생을 위해 생긴 것에 지나지 않는다고 생각되었다. 그는 현실적으로도 테스에 대해 생각해 보았다. 그녀 스스로도 그렇게 생각하는지는 몰라도 현재 그녀는 누구 못지않게 가치 있는 생활을 하고 있다고 생각했다. 우둔한 왕족들보다는 감수성이 강한 농부들이 오히려 마음이 넓고 재미있는 인생을 살아가는 것처럼 말이다. 또한 자신과 같이 농부가 되려는 사람에게는 응접실의 밀랍 인형과 같은 여자보다는 농사 일을 잘 아는 농촌 여자가 어울린다는 생각을.

하지만 그는 당분간은 그녀에게 가까이 가지 않기로 마음 먹었다. 그들의 관계가 어떠한 결과로 이루어질 것인가에 대해 미처 정리하지 못한 채 그녀와 가까워진다면 만약의 경우, 그녀가 받을 상처가 너무 클 것이기 때문이었다. 그는 먼저 이 일에 관해서 친구들과 의논해 보아야겠다는 생각을 하고 있었다.

에인젤은 부친이 있는 에민스터의 목사관으로 가면서도 줄곧 테스에 관한 생각을 떨칠 수가 없었다. 그가 테스를 사랑하는 것은 부정할 수 없는 사실이지만 어머니나 형들이 어떻게 생각할까 하는 것이 문제였다. 만약 테스에 대한 사랑이 일시적인 감정에 의한 것이라면 문제될 것은 없었다. 그러나 그는 자신의 사랑이 아주 깊고 순결한 것임을 알고 있었다.

조그만 숲으로 둘러싸인 붉은 벽돌의 낯익은 목사관이 나타나자 에인젤은 그곳을 향해 천천히 말을 몰았다. 그의 손에는 크릭 부인이 그의 어머니 아버지에게 인사 표시로 보낸 까만 카스텔라와 벌꿀술 한 병이 바구니에 담겨 얌전하게 들려 있었다.

예배당 입구에 열두어 살 정도의 소녀들이 한 여자를 둘러싸고 있었다. 여자는 차양이 넓은 모자를 쓰고 빳빳하게 풀을 먹인 흰 예복을 입고 있었다. 에인젤은 그녀가 누구인지 한눈에 알아보았다. 바로 아버지 친구의 외동딸인 머시 찬트였다. 에인젤의 부모는 그가 그녀와 결혼하기를 간절히 바라고 있었다. 그녀는 신앙 절대주의자로서 성경 클럽에서 강의를 하고 있었다. 지금도 소녀들에게 성경을 가르치러 들어가는 참이었다.

에인젤은 그녀와 마주치지 않도록 뒤로 돌아 집으로 들어갔다. 에인젤의 가족은 마침 식사를 하고 있었다. 그들은 갑작스레 닥친 에인젤을 모두 반갑게 맞아 주었다. 그 자리에는 휴가를 받고 돌아온 펠릭스와 카드버트도 있었다.

클레어 목사는 위클리프, 후스, 루터, 칼빈 등의 후계자로서 복음파 중의 복음파였다. 따라서 그는 현대 사회와는 거의 동떨어진 사상을 갖고 있었는데, 이로 인해 같은 목사들에게조차 극단주의라는 평을 받고 있었다. 그러나 그가 굳센 의지로써 자신의 교의를 실천하는 태도에는 그를 반대하는 목사들까지 탄복할 정도였다.

에인젤은 자리에 앉자마자 편안한 기분에 젖어들었다. 그 전까지는 자신을 이방인이라고 생각했던 까닭에 가족들과 모이면 서먹서먹했다. 특히 하늘 위에 낙원이 있다든가 땅 밑에 지옥이 있다는 등의 그들의 사고방식은 유치하기 짝이 없어 도저히 받아들일 수가 없었다.

에인젤은 가족들 앞에서 농부와 같이 행동했다. 거침없는 표정을 지었으며 다리를 아무렇게나 꼬았다. 이제 그의 외모 어디에서건 학생다운 모습은 찾을 수 없었고, 부드러웠던 인상은 간 데가 없었다. 가족들은 그러한 에인젤의 모습에서 이질감을 느꼈다.

아침 식사를 마친 후 삼 형제는 잠깐 산책을 했다. 형들은 교양이 풍부한 청년들로서 유행에 민감했다. 그들은 모두 시력이 나빠 안경을 썼는데, 그때그때의 유행에 따라 외알 안경을 쓰거나 두 알짜리 코안경을 끼기도 하였다. 또한 워즈워드가 계관 시인으로 지명되면 그의 시집을 주머니에 넣고 다녔고, 셸리의 인기가 떨어지면 그의 책은 책장의 구석으로 밀려났다.

형들이 에인젤을 거칠고 부도덕하다고 생각하듯이 에인젤 역시 형들을 유치하고 세속적이라고 생각하였다. 더구나 형들은 아버지에 비해 희생 정신이 강하거나 너그럽지 못했다. 에인젤은 산책하는 동안 형들이 사회적으로는 인정을 받고 있을지 모르지만 진정한 삶의 가치를 깨닫거나 느낄 줄 모른다는 생각을 했다.

"이제 너는 농사를 짓는 도리밖에는 없겠구나. 이제 우리도 그 사실을 부정하지는 못하겠다. 하지만 평범한 생활을 하면서도 고상한 정신을 잃지 않기를 바란다."

"제가 고상한 정신을 저버린 것 같은가요?"

"꼭 그렇다는 것은 아니다. 다만 네 지식이 염려스러울 뿐이다."

"그건 우리에게 주어진 길이 다르듯이 우리가 알고 있는 지식도 다를 뿐입니다. 그러니까 형님들은 형님들의 지성이나 염려하시는 편이 나을 겁니다."

에인젤은 무뚝뚝하게 대꾸했다. 그렇게 서로에게 기분이 상한 형제들은 다시 교구로 내려왔다. 그들은 서로 서먹서먹하게 앉아 부모님이 돌아오기만을 기다렸다. 특히 에인젤은 배가 무척 고팠다. 낙농장에서 양껏 먹던 식성이 모처럼 만에 들어온 부드러운 음식을 금방 소화시킨 것이었다.

부모님이 돌아오신 후 식탁에 앉은 에인젤은 실망스럽기 그지 없었다. 음식은 다 식어 빠지고 변변찮았다. 그는 농장에서 먹던 음식이 생각났다.

"제가 가져온 카스텔라 없나요?"

에인젤은 음식을 먹다말고 수저를 놓았다.

"아, 그거! 그건 말이다. 사실은 우리 교구에 정신병으로 일을 못 하는 사람이 있어서 그 사람한테 주었단다. 네 아버지도 찬성하셔서서……."

"그럼 벌꿀술은요?"

"그 벌꿀술엔 알코올 성분이 너무 많아 기절했을 때 브랜디 대신에 쓰면 좋을 것 같아 약상자 속에 넣어 두었단다."

변명하듯 어머니가 말했다.

"원칙적으로 우리 집에선 식사 중에 술을 마시지 않는단다."

아버지가 옆에서 한 마디 거들었다.

"크릭 아주머니한텐 뭐라고 하죠? 보내주신 음식을 아주 맛있게 잘 드시더라고 하고 싶었는데."

"하지만 거짓말을 할 수야 없잖니."

"그렇죠. 거짓말을 할 수야 없죠. 하지만 그건 아주 근사한 술입니다."

"근사한 술이라고!"

카드버트와 펠릭스가 동시에 소리를 질렀다. 그러나 에인젤은 잠시 얼굴만 붉혔을 뿐 아무 말도 하지 않았다.

26

초저녁에 가족 예배가 끝나자 에인젤은 아버지와 둘만 남게 되었다. 그는 비로소 영국 본토나 식민지에서 농장주로 성공하고자 하는 문제에 대해 털어 놓았다.

"세속적인 재산으로만 따진다면, 너는 몇 년 안에 형들보다 훨씬 부자가 되겠구나."

클레어 목사는 아들을 대학에 보내지 않은 대신에 매년 얼마씩 저축해 놓은 것에 대해 이야기한 것이었다. 에인젤은 아버지의 호의적인 반응에 용기를 얻어 좀더 중요한 문제를 끄집어 내기로 하였다.

"뿐만 아니라 제 나이 이제 스물여섯이나 됐고, 농사를 짓자면 뒤를 돌봐 줄 사람이 필요해서 드리는 말씀인데요, 저 결혼하면 어떨까 해서요."

"그야 그렇지."

"그런데, 아버지, 검소하고 부지런한 농부에게는 어떤 여자가 어울린다고 생각하세요?"

그는 다분히 의도적인 질문을 하였다.

"그건 당연히 네게 도움을 되고 위안이 될 수 있는 여자이며, 참다운 기독교 신자면 되겠지. 그런 여자가 하나 있기는 하지. 바로 내 친구 찬트 박사의……"

"물론 그것도 중요하겠지만, 우선 소젖을 짤 줄 안다든가, 좋은 버터를 만들 줄 아는 여자라야 하지 않을까요? 바쁠 때는 밭에 나가서 일꾼들도 감독하고, 염소나 송아지 값도 매길 줄 알아야 할 텐데요."

"그렇지, 농부의 아내라면 당연히 그래야지. 그런 면에서라면 머시도 네게는 도움이 될 거다."

"머시가 온순하고 또 믿음이 돈독하다는 건 저도 잘 압니다. 하지만 아버지, 정숙하고 종교적인 교양은 없는 대신 농부와 마찬가지로 농장 생활의 의무를 잘 알고 있는 쪽이 제게는 훨씬 어울린다고 생각하는데요."

에인젤은 머시에 대한 이야기가 길어질수록 문제가 어려워질 것을 짐작했다. 그는 이제 테스에 대한 이야기를 꺼낼 때라고 생각했다.

"사실은 제가 아주 진실한 여자를 발견했거든요. 아주 정직하고 총명하고 어느 정도 품위도 있는 아가씨예요. 어느 교회파에 속하는지 잘 모르겠지만 교회에도 충실하게 나가는 걸 봐선 아주 성실한 신자임에 분명해요. 아마 저와 결혼하면 분명히 아버지의 교리를 따를 거예요. 그리고 얼굴도 보기 드물게 아름다워요."

"간단하게 말해서 너랑 결혼할 만한 가문의 딸이냐?"

"흔히 말하는 명문가의 딸은 아닙니다. 그러나 그녀는 명문가의 딸 못지않게 품위와 정서를 지녔어요."

"머시 찬트는 아주 훌륭한 가문 출신이야."

언제 왔는지 어머니가 끼어들었다.

"하지만 그까짓 가문이 제게 무슨 소용 있겠습니까?"

"여자에게 교양이란 재산이기도 하다."

"독서에 관한 문제라면 저라도 가르칠 수 있어요. 분명히 그녀는 잘 배울 겁니다. 하지만 저는 그게 그렇게까지 중요하다고 생각하지 않습니다. 대신 그녀가 진실된 교인임은 분명한 사실입니다."

에인젤은 자신의 말에 모순이 있다는 것을 알고 있었다. 평소 그녀의 신앙을 비웃었던 그가 지금은 그것을 내세워 결혼 허락을 받고자 하니, 그는 말을 하면서도 켕기는 면이 없지 않았다. 그러나 에인젤의 부모는 아들이 처음으로 정교주의를 내세우자 두 사람의 결합이 하느님의 섭리에 의해 이루어졌을 것이라는 믿음을 갖게 되었다. 그러면서도 너무 조급한 행동은 하지 말라고 아들을 타일렀다.

에인젤이 집을 떠나는 날 아침, 어머니는 간단한 점심을 마련해 주었다. 형들은 이미 각자 목사관과 대학으로 떠난 후였다. 그는 형들과 종교와 철학에 대한 신념이 달랐으므로 함께 있는 동안 서로 서먹서먹한 상태로 지냈다. 그는 떠나는 날까지 형들에 대한 이야기는 한 마디도 꺼내지 않았다.

아버지는 말을 몰고 나와 에인젤을 전송해 주었다. 오솔길로 가는 동안 에인젤은 아버지와 교구에 관한 이야기를 나누었다. 그는 자신의 일이 많은 진전을 본 것에 만족하고 한결 너그러운 마음이 되었던 것이다.

"내 설교가 파괴적이라는 거야!"

클레어 목사는 다른 목사들까지 자신을 비난한다며 다소 섭섭함을 나타냈다.

"하지만 내가 다 잘했다는 것은 아니다. 그동안 많은 사람들을 개종시킨 것은 사실이지만 실패한 경우도 있었거든. 여기서 40마일쯤 떨어진 곳에 트랜트리지라는 마을이 있거든. 그 마을에 벼락부자가 된 더버빌이라는 청년이 있지."

"킹스베리 같은 곳에 살고 있는 더버빌 가문 말예요?"

"아니야. 진짜 더버빌 가문은 이미 60년이나 80년 전에 자취를 감추었어. 지금 말하는 청년은 그 가문의 이름을 몰래 빌려 쓰고 있을 뿐이야. 그래, 확실하게 빌려 쓰고 있을 거야. 그 가문의 명예를 위해서라도 그 청년은 가짜여야 해. 그런데 네가 그런 일에 관심을 보이다니, 참으로 이상한 일이로구나?"

"그건 아버지 오해예요. 그들이 역사적으로 어떤 이익이나 해악을 끼쳤는지는 모르겠지만요, 그들 중에도 햄릿처럼 현명한 사람은 분명히 있었으니까요. 아무튼 저는 정서적인 면에서는 그들에게 퍽 호감을 갖고 있습니다."

에인젤이 말하는 내용은 그리 어려운 것이 아니었으나 클레어 목사는 이해가 되지 않았다. 그래서 그는 자신이 하던 이야기를 계속 이어 나갔다.

클레어 목사의 말에 의하면, 더버빌은 앞을 보지 못하는 모친과 함께 생활하면서도 분별 있는 행동을 하기는커녕 정욕에 빠져 방탕한 생활을 하고 있다는 것을 클레어 목사가 그 지방에 전도를 나갔다가 우연히 들었다는 것이다. 그래서 목사는 더버빌을 전도시킬 목적으로 '어리석은 자여, 오늘 밤 네 영혼을 도로 찾으라'라는 성구를 인용하여 설교하였는데, 이에 더버빌은 화가 머리끝까지 치밀어 목사에게 토론을 자청했다는 것이다. 그 자리에서 그는 목사의 체면이나 나이 따위는 아랑곳하지 않고 클레어 목사를 모욕하였다고 한다.

"아버님, 왜 고통을 사서 하십니까?"

"고통이라고? 설사 내가 폭행을 당한다손치더라도 고통스러워 할 것 같으냐? 내 고통이란 오로지 그 가련하고 미련한 청년이 자기 잘못을 깨닫지 못한다는 사실이다. 하지만 언젠가는 내 말 한 마디가 좋은 싹이 되어 그의 가슴에 피어날 거라고 믿는다."

에인젤은 아버지의 말을 다 받아들이지는 않았지만 그의 두터운 신념에는 존경하는 마음이 저절로 우러났다. 더구나 테스에 대해 이야기를 할 때도 가정 형편에 대해서는 한 마디도 하지 않았다는 사실에 더욱 깊은 존경을 느꼈다.

27

한낮의 뙤약볕 아래 20마일이나 되는 골짜기를 넘어 오면서도 에인젤은 피곤하기는커녕 마치 부목이나 붕대를 풀어버린 것처럼 홀가분함을 느끼었다. 특히 탤보데이스에는 지주가 없기 때문에 일반 영국 농촌과는 달리 구속하는 것이 없었다. 따라서 에인젤은 학창 시절에는 미처 알지 못했던 인생이라든가 삶에 대한 자세를 이곳에서 터득할 수가 있었다.

낙농장에는 마침 낮잠 시간이어서 사람이 하나도 없었다. 에인젤은 조심스레 집 안으로 들어가 뒷문 쪽으로 돌아갔다. 헛간에서 남자들의 코고는 소리가 들려 왔다. 에인젤은 우선 말 안장을 풀고 먹이를 주었다. 곧 세시를 알리는 시계 소리가 들려왔다. 오후 세시면 우유에서 크림을 떠내는 작업이 시작된다. 에인젤은 위층과 연결된 계단을 바라보았다. 자신도 모르게 심장이 거칠게 뛰기 시작했다.

에인젤이 돌아온지 모르는 테스는 계단으로 내려오면서 길게 하품을 했다. 그녀는 입을 크게 벌리곤 틀어올린 머리채 위로 팔을 길게 뻗었다. 겨드랑이 사이로 속살이 수줍은 듯 살짝 비쳤다.

"어머, 클레어 씨! 언제 돌아오셨어요? 깜짝 놀랬잖아요!"

테스는 반가움과 수줍음에 어쩔 줄 몰라했다. 아직 완전하게 깨지 않은 무거운 눈까풀을 하고 있는 중에도 눈동자는 밝게 빛났다. 에인젤은 참을 수 없는 격정에 그녀를 끌어안고 뺨에 입을 맞추었다.

"오, 귀여운 테스! 당신이 보고 싶어서 이렇게 급히 달려 왔다오!"

자다 나온 테스의 몸은 따뜻했다. 에인젤은 그녀의 심장 소리를 들으며 윤기나는 눈동자를 들여다 보았다.

"크림을 걷으러 가야겠어요. 지금 뎁 할머니 혼자 하고 계실 텐데."

테스는 에인젤를 밀어내고 우유 창고로 달려갔다. 그러자 에인젤이 테스를 따라 들어왔다. 에인젤은 크림을 걷기 시작한 테스를 다시 자기 쪽으로 끌어당겼다. 그리곤 테스의 집게 손가락에 묻은 크림을 깨끗하게 빨아 먹었다.

"지난 주 풀밭에서 만난 뒤 줄곧 생각해 봤는데, 나는 아무래도 가까운 시일 안에 결혼하려고 하오. 그런데 당신도 알다시피 나는 농부니까 농사일을 잘하는 여자가 필요하오. 테스, 나랑 결혼하지 않겠소?"

에인젤은 될 수 있는 한 진지하게 말하려고 무척 노력했다. 그러나 그녀를 사랑하는 감정이 앞서 결혼하자는 말이 불쑥 나오고 말았다.

테스 역시 에인젤이 이렇게 갑자기 결혼 이야기를 할 줄은 예상치도 못했다. 따라서 그녀는 에인젤보다 훨씬 당황하여 어쩔 줄을 몰라했다.

"아, 클레어 씨……저는 당신의 아내가 될 수 없어요. 전 자격이 없어요!"

"아니, 테스, 나를 거절하는 거요? 당신은 날 사랑하지 않소?"

"사랑해요. 사랑하고 말고요. 이 세상 누구보다도 당신을 사랑하고 있어요. 하지만 결혼은 할 수 없어요."

뜻밖의 대답에 에인젤은 어리둥절하여 그녀를 더욱 바싹 끌어안았다.

"테스, 약혼자라도 있는 거요!"

"아니에요. 그런 게 아니에요."

"그럼 대체 무슨 일이오."

"그저……당신 아버님은 목사이시고, 또 어머님은 저 같은 여자와 결혼하는 걸 반대하실 거예요."

"그런 바보 같은 소릴 하다니! 나는 이미 당신 이야기를 부모님께 말씀드렸소. 그래서 집에 갔던 거요."

"그러나 전 그럴 수가 없어요."

"너무 갑작스러워서 이러는 거요?"

"네, 솔직히 말씀드려 이런 일은 생각지도 못했어요."

"그렇담 사과하겠소. 내가 너무 성급하게 굴었던 것 같소. 당분간은 아무 말도 하지 않겠소."

에인젤은 부드럽게 말하며 테스를 안았던 팔을 풀었다. 그의 품에서 벗어난 그녀는 비로소 일을 시작할 수 있었다. 그러나 눈물이 앞을 가려 도저히 크림을 걷어낼 수가 없었다.

"크림을 못 걷겠어요. 안 되는 걸요!"

"테스, 당신은 내 부모를 오해하고 있소. 내 부모님들은 아주 소박하고 욕심이 없는 분들이오. 지금은 몇 사람 남지 않은 복음파에 속해 있다오. 혹시 당신도 복음파 교인이 아닌가요?"

"모르겠어요."

솔직하게 말해서 테스는 자신이 속한 교파를 잘 모르고 있었다. 그러나 에인젤은 그것이 큰 문제는 아니라고 생각했다. 다만 그녀가 범신론적인 입장에서 교회를 다닌다고 느낄 뿐이었다.

"그런데 당신은 조금 우울하신 것 같군요. 댁에서 무슨 일이 있으셨나요?"

"사실은 아버지 때문에 그렇다오. 이번뿐만 아니지만 그런 얘기를 듣고 나면 항상 마음이 우울해진다오. 그 연세에 말 못할 모욕을 당하시다니!"

"무슨 일이 있으셨나요?"

"아마 어느 선교 단체를 대신해서 트랜트리지라는 곳에서 설교를 하신 적이 있으셨나 보오. 그곳에 장님 어머니와 사는 아주 파렴치한 젊은 지주가 있는 모양이오. 그런데 아버지가 바로 그 청년을 빗대어 설교하셨다가 큰 봉변을 당하셨다지 뭐겠소."

에인젤의 말을 듣고 있는 동안 테스의 얼굴에서는 서서히 핏기가 가시고 있었다. 빨갛던 입술은 점점 일그러져 갔으며 온몸은 굳은 듯 뻣뻣해졌다. 그러나 에인젤은 이야기하는 것에만 열중한 나머지 미처 그녀의 변화를 눈치채지 못하고 있었다.

얼마 후, 그녀의 일이 끝나는 것을 기다리고 있던 에인젤이 다시 다가왔다. 그는 부드러운 표정으로 그녀를 바라보았다. 그리곤 아주 작은 소리로 물었다.

"이제 대답할 수 있겠소?"

그러나 그때까지 테스는 알렉 더버빌에 관한 소식에서 받은 충격에서 헤어나지 못하고 있었다. 그녀는 새삼스레 지난 날의 암흑과도 같은 소용돌이가 다시금 밀려오는 느낌을 받았다.

"아, 안 돼요! 도저히 안 되겠어요.!"

테스는 겨우 말하곤 친구들 사이로 뛰어갔다. 그녀의 친구들은 풀을 뜯고 있는 소떼에게로 몰려갔다. 그들은 파도를 타듯 출렁거리며 점점 앞으로 나아갔다. 테스도 그들과 소떼에 파묻혀 점점 멀어져 갔다.

28

청혼을 거절당한 며칠 후, 에인젤은 다시 테스에게 다가갔다. 그녀의 거절은 뜻밖이었지만 그는 결코 실망하거나 낙담하지 않고 있었다. 그녀 역시 다른 아가씨들과 마찬가지로 공연히 새침을 떼는 것이려니 생각했기 때문이었다.

"테스, 왜 그렇게 딱 잘라서 안 된다고 했죠?"

"이미 말했잖아요. 저는 훌륭한 가문에서 태어나지도 못했고, 또 자격도 없어요.

"어째서 자격이 없다는 거요?"

"당신 가족들이 저를 멸시할 거예요."

"그건 오해라고 하지 않았소! 형님들은 상관할 것 없고!"

그는 그녀가 도망가지 못하도록 단단히 안고 말하였다.

"다시 말해봐요. 진심이 아니지? 요즘 난 당신 때문에 초조해서 견딜 수가 없소. 책도 읽을 수 없고, 하프도 켤 수가 없소. 아무것도 할 수 없소. 당장 대답을 못 하겠다면 기다리겠소. 하지만 언젠가는 내 아내가 되어 주겠지?"

에인젤의 안타까운 고백에도 테스는 천천히 고개만 저을 뿐이었다. 에인젤은 그녀의 얼굴을 아주 자세히 들여다 보았다. 그녀가 단순히 새침을 떼고 있는 것같지만은 않았다.

"다른 남자를 사랑하고 있는 거요?"

에인젤은 감정을 누르곤 겨우 물었다.

"어쩌면 그런 말씀을 하시나요? 제가 결혼을 못 하겠다는 건 당신을 사랑하기 때문이에요. 저 혼자 행복하자고 당신과 결혼할 수는 없어요."

"하지만 당신과 결혼하면 난 무척 행복할 텐데."

"아, 당신은 아무것도 몰라요."

이제 에인젤은 그녀의 거절이 겸손함에서 비롯되었다고 믿었다.

에인젤의 청혼을 받은 날부터 테스의 마음 속에서는 양심과 욕심은 시시각각으로 우열을 다투며 싸우고 있었다. 그녀는 있는 힘을 다해 양심을 지키려고 애를 썼지만 불쑥불쑥 치밀어 오르는 욕심 또한 자제하기가 힘들었다. 그러나 그녀는 결코 양심을 저버려서는 안 된다고 끊임없이 다짐하고 또 다짐했다.

9월 초순의 어느 날이었다. 아직 날씨는 무더웠지만 차갑게 엉긴 우유 덩어리를 만지고 있는 테스의 팔은 갓 따온 버섯처럼 시원하고 촉촉했다. 우유 덩어리를 담고 있던 에인젤이 다가와 갑자기 그녀의 팔에 입을 맞추었다. 마침 주위에는 아무도 없었다.

"내가 왜 팔에 키스한 줄 알아요?"

"저를 사랑하니까요."

"그래요. 그리고 또 다시 애원하기 위해서지."

"제발 그만두세요."

"테스, 왜 이토록 날 애태우는 거요? 이럴 때 당신은 꼭 요부 같소. 화려한 도시의 일급 요부 같단 말이오. 탤보데이스 같은 시골 구석에서 이런 일을 당할 줄은 꿈에도 몰랐소."

에인젤은 테스가 너무 심하게 거부하자 슬그머니 화가 났다. 그러나 금방 자신의 표현이 너무 지나쳤다는 생각이 들었다.

"나는 당신이 이 세상에서 가장 정직하고 또 순결한 여자란 걸 알고 있소. 그런데 당신이 날 싫다고 하니 미치겠소!"

"싫어한다고 한 적은 없어요. 전 당신을 진정으로 사랑하고 있는데 어떻게 그런 말을 하겠어요."

"그럼 말해 봐요! 나만을 사랑한다고! 어서 말해 봐요!"

에인젤은 손에 우유가 범벅이 된 것도 잊은 채 그녀의 양팔을 잡고 흔들었다.

"말하겠어요. 저에 대해서 모든 걸 다 말씀드릴게요. 저의 과거까지!"

"과거까지? 과거가 있다면 물론 해야지. 하지만 새벽 울타리에 갓 피어난 나팔꽃 같은 테스에게 무슨 과거가 있겠어. 아마 이슬같이 맑고 투명한 이야기겠지?"

"오, 제발! 그런 소리는 이제 그만하세요! 내일이나 다음 주 일요일쯤에 다 말씀드릴게요."

"일요일에?"

"네, 일요일요."

그녀는 에인젤의 손에서 벗어나 마당 쪽으로 뛰어갔다. 마당의 버드나무 숲의 갈대밭에 몸을 내던진 그녀는 지탱할 수 없는 괴로움에 온몸을 떨었다. 그 떨림은 순간순간 에인젤과 결혼하라는 억누를 수 없는 욕망의 소리였다. 그녀는 오후 시간이 훨씬 지나도록 그렇게 있었다. 다른 일꾼들이 소를 부르는 소리가 들려와도 그녀는 젖을 짜러 가지 않았다. 에인젤과의 사이를 눈치 챈 주인이나 다른 일꾼들은 그녀의 갈등을 알고 잠시 그녀를 내버려 두기로 하였다.

이윽고 6시 반이 넘자 태양은 지평선으로 내려앉고, 가지를 쳐낸 버드나무 가지들은 황혼에 물들어 머리를 산발한 귀신의 모습으로 변해 있었다. 시간이 갈수록 테스는 점점 욕망에 쫓기는 자신을 느꼈다. 또한 그럴수록 고통이 사라지는 것을 느꼈다.

'아, 나는 틀림없이 지고 말 거야. 그래, 분명히 그의 청혼을 받아들이고 말 거야. 내 힘으로는 어쩔 수 없어. 내 힘만으로는 안 돼.'

이제 그녀는 기쁨의 눈물을 흘리고 있었다.

29

"오늘 아침에 건달 잭 돌로프에 관한 소문이 들리던데."

아침 식탁에서 주인 크릭이 말문을 열었다.

"그 녀석이 얼마 전에 어느 과부와 결혼했다는 거야."

"설마 그 고약한 놈이요!"

젖 짜는 한 남자가 말했다.

주인의 말에 테스는 얼마 전에 주인이 했던 이야기를 떠올렸다. 애인을 망쳐 놓고 그 어머니에게 혼났다는 바로 그 남자.

"그때 그 아주머니 딸하고 결혼하지 않았나요?"

외따로 앉아 있던 에인젤이 점잖게 물어 보았다.

"그럼, 그 녀석은 애초부터 그 아가씨하곤 결혼할 생각이 없었는걸. 방금 말한 여자는 과부인데, 아마 돈푼깨나 있었던 모양이더라고. 일 년에 약 50파운드 정도 수입이 있었다나 봐. 바로 그걸 노린 거지. 그런데 그 연금은 다른 남자하고 결혼하면 못 받게 되어 있었나 봐. 그 녀석은 그것도 모르고 결혼했다가 나중에 크게 후회를 했다는데, 그것 때문에 지금은 아마 서로 개와 고양이 같은 사이로 지내나 봐."

"그 여자도 참, 남자들 뻔한 속셈도 모르고!"

크릭 부인이 말했다.

"하지만 여자가 혼자 살다보면 어려운 일이 많으니까 가정을 꾸미고도 싶었을 테지. 그런데 아가씨들은 이 문제를 어떻게 생각하지?"

부인의 말에 주인이 아가씨들을 둘러보며 물었다.

"그 부인은 결혼식을 올리러 가기 바로 전에 그걸 고백했으면 좋았을 텐데요. 그때는 남자도 등을 돌릴 수 없었을 테니까요."

"그래 맞아!"

마리안의 말에 이즈가 맞장구를 쳤다.

"그 부인은 그 남자 꿍꿍이 속을 몰랐을 리 없어요. 그러니까 그 부인은 당연히 그 남자의 청혼을 거절했어야 해요."

레티가 발칵 성을 내며 말했다.

"테스 양은 어떻게 생각하지?"

주인이 물었다.

"그런 사정을 미리 설명을 하거나, 아니면 청혼을 거절했어야 할 것 같은데요."

테스는 자신 없는 말투로 말했다. 이때 잔일을 거들어 주러 이웃 마을에서 온 부인이 나섰다.

"난 고백을 하거나 청혼을 거절한 바에는 차라리 죽어버리겠어! 사랑과 전쟁에는 수단과 방법을 가리지 않는 게 상식이에요. 나 같으면 그 여자처럼 결혼부터 하고 보겠어요. 나중에 남자가 뭐하고 한다면 방망이로 때려 눕히고 말지."

여자의 걸직한 말투에 다들 웃음을 터뜨렸다. 하지만 테스는 마지못해 웃는 시늉만 했을 뿐이었다. 다른 사람들에게는 우스개 소리로 들릴지 모르겠지만 그녀에게는 가슴을 후벼파는 비수와 같은 소리였다.

식탁에서 나온 그녀는 바 강을 끼고 있는 오솔길을 따라 걸었다. 에인젤이 바로 뒤따라 나왔다. 도랑 위쪽에는 남자들이 물풀을 낫질하고 있었다. 강물 위에는 풀더미가 마치 살아 움직이는 것처럼 그녀의 옆으로 흘러갔다.

"테스!"

에인젤이 그녀를 부르며 곁으로 다가왔다.

"내 사랑! 내 미래의 아내!"

"아아! 제발 이러지 마세요. 전 아무래도 안 되겠어요!"

테스는 괴롭게 울부짖었다. 에인젤은 그녀의 허리를 휘감으려다 되풀이되는 그녀의 거절에 슬그머니 팔을 내려놓았다. 그 동안 두 사람은 전과 같이 자주 만나지는 않았지만 에인젤의 청혼은 끊임없이 계속되었다. 다만 이제까지와는 달리 우유처럼 부드러운 음성으로 사랑을 속삭였다. 때로는 암소 곁에서, 때로는 크림을 떠내면서, 때로는 치즈를 만들면서 그의 사랑은 늘 테스 곁에 맴돌고 있었다.

에인젤의 구애가 계속될수록 테스는 점점 자신의 감정을 다스릴 자신이 없었다. 겉으로는 결혼할 수 없다고 수없이 뇌까려 보기도 했지만 이제 더 이상 버틸 힘이 없었다. 아니 버티고 싶지 않았다. 혹시 에인젤이 모든 사실을 알고 용서해 준다며, 사랑으로 모든 것을 감싸 준다면……. 테스는 에인젤의 눈을 바라보며 간절히 바랐다.

"자, 이제 그만 하고 사랑하는 에인젤이라고 한번 불러봐요."

"그럼 청혼을 받아들이는 뜻이 되잖아요?"

"그렇지 않아요. 그건 단지 나를 사랑하다는 뜻에 지나지 않아. 사랑한다는 건 벌써 얘기했잖아요."

"좋아요, 그럼 하겠어요. 사랑하는 에인젤! 됐어요?"

그녀는 귀엽게 웃으며 물었다. 아침 햇살을 받고 있는 그녀의 얼굴이 황금처럼 빛났다. 에인젤은 그런 테스가 너무 사랑스러워 자신도 모르게 그만 그녀의 뺨에 키스를 하고 말았다. 청혼을 받아들일 때까지는 절대 키스를 하지 않으려고 했지만 귀엽게 미소진 모습에는 어쩔 수가 없었다.

가을이 다가오자 자꾸만 새끼가 불어남에 따라 젖소들이 생산해 내는 젖의 양이 차츰 줄어들었다. 따라서 크림을 거둬들이는 일도 적어져 오후가 되면 임시로 고용한 일꾼들은 모두 집으로 돌아가고, 주인과 집 식구들 몇 명만 집에서 멀리 떨어진 목장으로 나갔다. 그곳에서는 젖소들을 집으로 몰아넣지 않고 젖을 짜는 것이었다. 테스와 에인젤도 주인을 따라 밖으로 나왔다. 흐린 하늘에서 작업을 하는 사람들의 모습이 참으로 평화롭게 보였다.

"저들은 참으로 평온한 것 같지 않소? 우리들은 이렇게 하루하루 설레며 지내는데."

에인젤이 말을 꺼냈다.

"꼭 그렇지만은 않을 거예요."

테스는 아가씨들을 바라보며 대꾸했다.

"어째서?"

"하루하루 마음 설레며 살지 않는 여자는 별로 없으니까요. 당신이 알지 못하는 사실이 저 아가씨들의 마음 속에 있다구요."

"뭐가?"

"저 세 아가씨들은 모두 저보다 좋은 아내가 될 거예요. 그리고 저 못지않게 당신을 사랑하고 있고요."

"오, 테스, 이제 제발 그런 말은 그만하오!"

테스가 진지하게 말하자 에인젤이 안타깝게 부르짖었다. 에인젤의 반응에 한때 아가씨들에게 에인젤을 양보하려고 하기도 했지만 그녀는 더할 나위없이 흐뭇했다.

집 밖에서의 작업은 한가롭게 진행되었다. 우유통에 젖이 가득 차면 낙농장에서 온 짐마차의 큰 통에 부었다. 젖을 다 짠 젖소들이 어슬렁거리며 제자리로 돌아갔다.

"이런, 언제 이렇게 시간이 흘렀지? 이러다간 기차를 놓치겠군. 안 되겠어. 집에 있는 우유는 놔두고 이것만이라도 역으로 보내야겠어. 그런데 누가 역에 나가지?"

일꾼들 속에 섞여 있던 주인이 회중시계를 보며 외쳤다.

"제가 가죠, 여기 테스 양과 함께."

에인젤의 말에 모두 두 사람을 쳐다보았다. 그러나 정작 놀란 사람은 테스 자신이었다. 역에 나갈 아무런 준비가 안 된 상태였기 때문이었다.

"전 재킷도 입지 않았고 머릿수건만 쓰고 나왔는데……"

"괜찮아요. 나도 이런데 뭘."

테스가 주춤거리며 뒤로 물러서자 에인젤이 슬그머니 옆으로 다가와 그녀의 옷자락을 당겼다. 그 바람에 사람들의 시선이 더욱 그들에게 쏠리게 되었다. 테스는 얼굴이 벌겋게 되어 고개를 숙였다.

"우유통하고 걸상은 내가 갖다 놓을게."

할 수 없이 에인젤을 따라 마차에 오르는 테스에게 주인이 말했다.

30

땅거미가 지는 들판에서 에인젤은 테스를 옆에 앉히고 말을 몰았다. 초원의 맨 끝 쪽에는 이그돈 히드의 험한 산봉우리들이 거무스름한 배경을 이루고 있었다. 산꼭대기에 뻗어 있는 전나무들이 시커먼 도깨비 성 위에 세워진 톱니 모양의 감시탑 같았다.

에인젤과 테스는 서로의 체온을 느끼며 마음이 설레었다. 그들은 오랫동안 아무 말도 하지 않고 통 속에서 출렁이는 우유 소리만을 들었다. 길가에서는 개암이 영글어서 툭툭, 떨어지는 소리가 들렸다.

에인젤은 달리다 딸기나무에서 딸기송이를 따서 테스에게 내밀었다.

하늘은 잔뜩 흐려 곧 비라도 쏟아질 것만 같았다. 텁텁하던 대기는 바람에 쓸려 간혹 빗방울을 만들어 내기도 했다. 그 빗방울들이 그들의 얼굴을 툭툭 쳤다. 한여름 내내 햇빛에 그을려 연한 갈색을 띠고 있던 테스의 얼굴이 빗방울에 젖어 더욱 짙어 보였다.

"전 오지 말 걸 그랬나 봐요."

테스가 하늘을 보며 중얼거렸다.

"난 그래도 당신이 이렇게 옆에 있어 얼마나 행복한지 모르겠어!"

에인젤은 젖은 얼굴로 만족한 웃음을 지었다.

빗방울은 점점 굵어져 갔다. 멀리 보이던 이그돈 봉우리는 이제 빗방울에 가려 보이지 않게 되었다. 길에는 군데군데 밭으로 들어가는 문이 있어서 걷는 속도 이상으로 말을 달리지 못했다.

"이리 가까이 와요. 아무래도 당신 감기 걸리겠어."

에인젤의 말에 테스는 조금 옆으로 다가 앉았다.

"비가 나를 도와주는군."

에인젤이 우유통에 햇빛을 차단하기 위해 덮는 커다란 무명으로 두 사람의 몸을 감싸며 말했다. 그는 고삐를 잡고 있어 무명은 테스가 움켜 쥐었다.

"자, 이젠 됐소. 그런데 테스, 당신 팔은 마치 대리석과 같군요. 아름답소. 어어, 움직이지 말아요! 가만히만 있으면 비가 새지는 않을 거요."

에인젤은 자꾸 밑으로 흘러내리는 천을 한 손으로 끌어올리며 말했다.

"비록 빗속을 달리고 있지만 이런 기회도 많지 않을 텐데. 테스, 이 기회에 우리 문제를 한번 진지하게 얘기해 봅시다. 지난 번에 당신이 했던 말말이오."

"……."

"당신이 했던 말 있잖소."

"알고 있어요."

테스는 괴로운 듯 대답했다.

"그럼, 집에 돌아가기 전에 하겠소?"

"……예."

테스는 어렵게 대답하곤 다시 입을 다물었다. 젖은 길을 달리는 말굽 소리와 우유가 출렁이는 소리가 더욱 크게 들려 왔다.

마차가 앞으로 나아가자 캐롤라인 왕조 시대의 장원이 나타났다가 금방 뒤로 물러났다.

"저건 흥미있는 고적이라오. 노르만 계(系)에 속했던 더버빌이라는 가문이 갖고 있던 저택 중의 하난데, 아마 이 지방에선 상당한 세력을 잡고 있었던 모양이오. 그런데 난 이곳을 지날 때마다 참으로 권력의 무상함을 느낀다오. 지난 날에 아무리 명성이 드높고 막대한 권력을 휘둘렀다 한들 다 무슨 소용이 있소. 이제는 다를 죽고 없는데."

"맞아요."

에인젤의 말에 테스는 힘없이 맞장구를 쳤다.

짙은 어둠 속에서 희미하게 비치는 불빛을 목표로 하여 천천히 말을 달리는 동안 그들은 어느 사이에 역에 도착해 있었다. 역은 아주 작았지만 탤보데이스의 낙농장 사람들에게는 아주 귀중한 곳이었다.

에인젤이 우유를 내려놓는 동안 테스는 가까이에 있는 사철나무 밑에서 비를 피했다. 증기를 내뿜는 기차가 비에 젖은 철로 위를 달려와 조용히 멈추자 우유통은 재빠르게 화차에 실렸다. 화통에서 쏟아진 불빛이 테스의 젖은 모습을 잠깐 비췄다.

"내일 아침이면 런던 사람들이 저걸 마실 테죠? 우리가 전혀 모르는 낯선 사람들이."

우유통과 사람을 실은 기차가 떠나고, 에인젤이 마차를 몰고 다가오자 테스가 물었다.

"아마 그럴 거요. 그러나 그대로는 마시지 않고 물을 타서 마실 거요."

"젖소를 구경도 못한 귀족이나 외교관, 장군, 귀부인들이 마시겠죠?"

"그렇겠지. 특히 장군들이."

"그 사람들은 우리를 알지 못할 것이고, 우유가 어디서 오는지는 더욱 모를 거예요. 또 우리가 기차 시간에 맞추려고 이렇게 비를 맞으며 달려 온 것은 생각지도 못할 테고."

테스는 에인젤의 옆에 앉아 쉬지 않고 이야기를 했다.

이제 집으로 가는 길이었다. 그전에 모든 것을 이야기하겠다고 약속했건만 그녀는 도무지 무엇을 어떻게 이야기할지 아직 정리가 되지 않았던 것이다. 괴로움과 불안함이 교차하는 가운데 아직 양심과 욕심 중 어느 한 쪽이 승리할지는 모를 일이었다.

"난 런던 사람들만을 위해서 마차를 몬 것은 아니오. 아직 해결하지 못한 우리들 문제를 얘기할 기회를 얻기 위해서지. 언젠가는 당신이 허락할 것이라 믿고 있지만 그래도 요즘 난 괴로워서 미칠 지경이라오. 이미 당신은 내 사람이 아니오? 당신 마음 말이오."
"잘 아시면서……."
"그렇다면 왜 내 사람이 되어 주지 않는 거요?"
"그 이유는 바로 당신을 너무 사랑하기 때문이에요. 언젠가 내 과거에 대해서 드릴 말씀이 있다고 했죠?"
"그 과거라는 게 날 행복하게 해 주고, 또 앞으로의 생활에 도움이 되는 거겠죠?"
"틀림없이 당신에게 도움이 될 거예요."
"좋아요. 영국에서든 식민지에서든 큰 농장을 갖게 되면 당신은 나의 소중한 아내가 될 거요. 당신은 그 어떤 여자보다 내 아내 역할을 충분하게 잘 해낼 거요. 그러니 제발 내게 방해가 된다는 생각은 말아 줘요."
"하지만 제 과거에 대해서 듣고 나면 당신 마음도 달라질 거예요."
"꼭 하고 싶으면 해 봐요."
"예, 하겠어요. 저는 말로트 마을에서 태어나 그곳에서 자랐어요. 그리고 초등학교를 졸업하자 모두들 재능이 있으니 선생이 되면 좋을 것이라고들 했어요. 저도 그렇게 생각했으나 그때 그만 집안에 사고가 생기고 말았어요. 아버지가 게으르신데다 술까지 하셨거든요.
"그랬군. 가엾게도! 하지만 그건 흔히 있는 일이 아니오?"
"그런데 제게 생각지도 못했던 일이 일어나고 만 거예요. 저는……그만 저는……."
테스는 얼른 말을 잇지 못했다.
"어서 말해 봐요."
"사실 저의 성은 더비필드가 아니라 더버빌이에요. 아까 우리가 지나온 그 저택을 갖고 있던 가문의 후손이죠!"

"더버빌이라고! 아, 그랬군! 그렇다면 내게 고백하겠다던 과거가 바로 그거요?"

"네, 그래요……."

테스는 힘없이 대답했다.

"그런데 내가 그 사실을 안다고 해서 당신을 사랑하는 데 무슨 상관이 있다는 말이오?"

"당신이 오래된 가문을 미워한다는 말을 주인에게서 들었어요."

"하하!"

테스의 말에 에인젤은 웃음을 터뜨렸다.

"이봐요, 테스, 그건 다른 의미에서 한 말이오. 물론 난 귀족들의 세습주의를 미워하오. 내가 존경하는 가문이란 육체적인 혈통을 내세우지 않고 지혜와 덕망을 갖춘 정신적인 가문이오. 아무튼 나는 오히려 당신이 더버빌 가문의 자손이라는 점에 상당히 흥미를 느낀다오. 당신이 그 유명한 가문의 후손이라니!"

"저는 오히려 슬픈 일이라고 생각해요. 특히 이곳에 온 후부터는 이 넓은 산과 들이 한때는 우리 조상들의 소유였다는 사실을 알고부터는 더욱 그래요."

"그렇겠지. 자기 조상이 이 많은 땅들을 소유하고 있었다는 사실이 어디 보통 일인가. 그건 그렇고, 그 동안 난 당신 성이 더버빌과 비슷하다는 걸 왜 눈치채지 못했지? 그 어마어마한 비밀의 실마리를 말이오."

에인젤은 어이없다는 듯 말했지만 테스는 더 이상 아무 말도 하지 못했다. 그 이유는 겁이 났다기보다는 자신을 보호하려는 본능이 강하게 작용했기 때문이었다.

"물론 테스가 순수한 영국인으로서 오랫동안 수난받은 한낱 평민 출신이라면 난 더 반가웠을 것이오. 하지만 난 이제 완전히 당신의 노예가 되어 버렸는데 그게 무슨 상관이 있겠소. 아니, 어쩌면 잘된 일인지도 모르겠소. 우리 어머니는 혈통을 꽤나 따지는데 당신 혈통을 말하면 쉽게 설득되실지 모르니까 말이오. 아무튼 테스, 이제부터라도 당신 성을 제대로 쓰도록 하시오. 더버빌이라고, 테스 더버빌이라고 말이오.”

“지금 쓰고 있는 성이 더 나아요.”

그녀는 강하게 고개를 저으며 부정했다.

“아니야, 꼭 그 성을 쓰도록 하시오. 졸부들은 그 성을 못 써서 난린데. 내가 언젠가 이야기하지 않았소. 체이스 숲 근처에 그 성을 따서 쓰는 작자가 있다고. 우리 아버지하고 다툰 바로 그 작자가.”

“에인젤, 아무래도 그 성은 쓰지 않는 게 좋을 것 같아요. 괜히 불길한 생각이 들어서……”

알렉 더버빌의 이야기에 그녀는 한층 더 불안해졌다.

“그러면 내가 이름까지 다시 지어주지. ‘테레사 더버빌’이라고! 하지만 나와 결혼하면 더 이상 당신 성은 쓰지 않게 될 거요. 자, 이제 모든 걸 고백했으니 다시 말해 봐요. 나랑 결혼하겠소?”

에인젤은 잠깐 말을 멈추고 물었다. 이제 어둠 속에는 오직 두 사람만이 있었다. 말발굽 소리나 빈 통이 부딪히는 소리도 들리지 않았다.

“저를 아내로 맞이해서 당신이 행복해지신다면, 저와 결혼하기를 간절히 소망하신다면.”

“물론이오!”

“제 말은 이를테면, 설사 제가 어떤 잘못을 저질렀다 하더라도 저 없이는 못 사신다면 청혼을 받아들이겠다는 뜻이에요.”

“청혼을 받아들이겠다고? 알았소. 내 어떠한 일이 있더라도 당신과 함께 하리다.”

에인젤은 감격에 겨워 그녀의 손에 키스를 했다. 그러자 그녀는 울음을 터뜨렸다. 에인젤은 놀라지 않을 수 없었다. 이런 기쁘고도 기쁜 순간에 가슴이 미어지는 듯 흐느껴 울다니.

"무슨 일이오?"

"아녜오. 아무것도. 단지 당신의 아내가 되고, 당신을 행복하게 해 드린다고 생각하니 너무 기뻐서 이러는 거예요."

"하지만 기뻐서 우는 것 같지 않은데?"

"사실은 제 결심이 꺾인 걸 생각하고 우는 거예요. 저는 죽을 때까지 혼자 살기로 맹세했었거든요."

"아무리 그래도 나를 진정으로 사랑한다면, 그까짓 결심 따위가 무너졌다 한들 그리 슬퍼할 까닭이 없지 않소."

"네, 그래요. 하지만 저는 이제까지는 세상에 태어난 걸 참으로 많이 후회했었거든요."

"하지만 테스, 난 아무래도 이해할 수가 없소. 당신이 지금 몹시 흥분한 상태고, 또 세상 경험이 없기 때문이 이런다고는 생각하지만, 나를 사랑한다면서 어떻게 이럴 수가 있소? 정말 날 사랑하기는 하는 거요?"

에인젤이 따지듯 물었다.

"사랑하고말고요! 사랑하고말고요! 사랑하고, 사랑하고 또 사랑해요!"

그녀는 눈물을 거두고 상냥하게 말했다.

"이렇게 하면 믿으시겠어요?"

말을 하는 동시에 그녀는 에인젤의 목에 매달렸다. 그리곤 정열적으로 그에게 키스를 퍼부었다. 에인젤은 여자가 마음과 영혼을 다 바쳐 사랑하는 남자에게 퍼붓는 키스가 어떤 것인지 비로소 알 수 있었다.

"이젠 절 믿으시겠어요?"

그녀가 얼굴을 들고 눈물을 닦으며 물었다.

"믿고말고! 당연히 믿고말고!"

빗속에서 두 사람은 한덩어리가 되어 서로의 사랑을 확인하고 또 확인했다. 거센 물결이 잡초를 휩쓸어 가듯, 테스의 사랑은 그렇게 힘차게 그녀의 과거에 대한 사슬을 풀어냈다.

31

그 이튿날, 테스는 정성껏 쓴 편지를 어머니에게 띄웠다. 에인젤과의 결혼에 대해 알리는 글이었다. 어머니의 답장은 바로 토요일에 받아볼 수 있었다. 서투른 옛날식 필체에 두서없는 내용이었다.

사랑하는 테스에게
네가 무고하다니 무척 기쁘구나. 나도 별일없이 지내고 있다. 머지않아 결혼한다니, 우리들은 모두 기뻐하고 있단다. 그런데 네가 겪은 일에 대해서는 절대 알리지 말기를 당부한다. 너도 그렇게 생각하고 있겠지만.
네 아버지는 너무 가문을 들먹이는 바람에 네 이야기를 다 알리지는 않았다. 너 말고도 많은 여자들이 젊은 시절에 사고가 있었지만 다들 가만히 있는데 너만 이야기할 게 뭐 있겠니? 신분이 높은 여자들도 다 그러는데. 이미 오래된 이야기고, 또 네 잘못도 아닌데 그런 바보 같은 소리는 하지 말아라. 네가 쉰 번을 물어도 나는 똑같은 대답을 할 것이다.
너는 어린애같이 너무 솔직한 것이 문제이니 명심해라. 네 행복을 위해서나 말로나 행동으로나 절대로 그런 내색을 보이지 않도록 약속해라. 집을 나갈 때도 약속했잖니. 그 약속을 꿈에서라도 잊으면 안 된다. 단순하기 짝이 없는 네 아버지가 사방으로 떠들고 다닐까 봐 네가 질문한 것하고 결혼 얘기는 꺼내지도 않았다.
사랑하는 테스야, 기운을 내라. 그곳에는 능금술이 흔치 않고, 있더래도 맛이 시큼하다고 들었다. 그래서 내가 네 결혼 선물로 능금술을 보내겠다.

그럼, 이제 그만 쓰기로 하고, 너의 약혼자에게 내 인사를 전해다오.
너의 사랑하는 어머니
존 더비필드

아, 어머니! 편지를 읽고난 테스는 나지막이 어머니를 불렀다. 그녀에게는 그토록 큰 고통이 어머니에게는 얼마나 사소한 문제인가.

테스의 어머니는 결코 인생을 심각하게 생각하지 않았다. 아무리 괴로운 일이었다 하더라도 그녀가 볼 때는 한낱 흘러간 작은 일에 지나지 않았다. 그러나 어쨌든 지금 테스가 취해야 할 행동은 어머니 생각이 옳다고 생각되었다. 테스 자신을 위해서뿐만 아니라 에인젤을 위해서라도 침묵이 최선일 것 같았다.

그해 늦가을 내내 테스는 황홀한 기분에 젖어 지내었다. 에인젤에 대한 그녀의 사랑은 일종의 신앙과도 같았다. 지도자로서, 철학자로서, 또는 친구로서 갖추어야 할 것은 다 갖춘, 완전무결한 사람이라고 믿었다. 그녀에게 있어서 에인젤의 육체는 남성미의 표본이었고, 영혼은 성자의 것이며, 그의 지혜는 예언자의 것이었다.

그녀는 남자가 여자를 사랑할 때는 너그럽고 대담해진다는 사실도 에인젤을 통해 처음으로 알았다. 그는 쾌활했지만 자기 자신을 엄격하게 다스릴 줄 알았고, 생명을 걸고 사랑할 수 있는 사람이었지만 육체적인 본능은 끝까지 억제하는 깨끗한 감정을 지닌 사람이었다. 이제까지 남자를 미워하기만 했던 테스로서는 이러한 에인젤의 성품이 놀랍기도 하거니와 존경스럽기조차 한 것이었다.

10월의 드높은 하늘 아래서 그들은 목장의 구석구석을 돌아다녔다. 시냇물이 흐르는 물가를 따라가기도 하고, 시내에 걸쳐 있는 작은 다리를 건너기도 했다. 또한 시내 저편으로 갔다가 되돌아 와서 목장을 거닐기도 했다. 목장에 깔린 새까만 진흙은 이 분지가 강을 이루고 있을 때 휩쓸려 온 것으로, 아무 곳에서나 볼 수 있는 것이 아니었다. 더구나 오랜 세월이 흐르는 사이에 고운 가루가 되어 초원을 기름지게 했다.

이즈음 일꾼들은 조그만 도랑을 치거나 젖소들이 밟아 무너뜨린 둑을 메우거나 했다. 목장 주변을 손질하는 계절이었던 것이다.

에인젤은 일꾼들이 보는 데서도 태연하게 테스의 허리에 팔을 둘렀다.

"남들이 보는 앞에서 이러면 부끄럽지 않아요?"

테스가 부끄러움과 기쁨이 교차하는 목소리로 물었다.

"부끄러울 게 뭐야!"

"하지만 이런 모습을 에민스터에 계시는 가족들이 보신다면 무어라 하시겠어요? 겨우 젖 짜는 여자냐고 하시지 않겠어요?"

"가장 아름다운 젖 짜는 아가씨라고 하시겠지."

"체면이 손상되었다고 생각하지 않으실까요?"

"더버빌 후손이 클레어 가문의 위엄을 손상시킨다고? 사실 당신이 그런 가문 출신이라는 게 여간 도움이 되는 게 아냐. 우리가 결혼하여 트링엄 목사가 당신 혈통을 증명해 준다면 사람들이 깜짝 놀랄 거야. 그리고 우리는 곧 이 고장을 떠날 텐데 남들이 뭐라든 무슨 상관 있어."

에인젤의 말에 테스는 가슴이 벅차서 아무 소리도 하지 못했다. 그에 대한 그녀의 사랑은 이제 호흡과도 같은 것이요, 생명과도 같은 것이었다. 그것은 마치 찬란한 광채와도 같이 그녀를 둘러싸고 있는 두려움과 고민을 밀어냈다.

그러던 어느 날 해질 무렵이었다. 다른 사람들은 모두 밖으로 나가고 집에는 에인젤과 테스만 남아 소들을 지키고 있었다. 그들은 장작불이 환하게 비치는 난로 앞에 앉았다. 에인젤이 테스의 손을 잡아 바짝 앞으로 당겼다.

“우리 언제쯤 결혼하는 게 좋을까?”

에인젤이 불쑥 물었다. 순간 테스는 어찌할 바를 모르게 고개만 깊이 숙였다.

“……저는 이대로 지냈으면 좋겠어요.”

“그건 안 돼. 내년 봄에는 사업을 시작해야 되는데, 그 전에 결혼식을 올려야 해.”

“사업이 안정된 다음에 올리면 되잖아요. 그때까지 저 혼자 기다리자면 몹시 괴롭겠지만…….”

“사업을 하는 데 당신 도움 없인 어려울 것 같소. 그러니까 지금부터라도 서둘러서 결혼부터 하도록 합시다. 두 주일 후면 어떻겠소?”

“안 돼요. 생각해 봐야 할 문제가 많아요.”

“잘 생각해 봐요.”

에인젤은 부드럽게 그녀를 끌어당기며 말했다.

이때 크릭 부부와 젖 짜는 아가씨들이 들어왔다. 동시에 테스가 그의 옆에서 발딱 일어섰다.

“어머, 오셨어요? 우린 그냥 난로 앞에 앉아서 얘기만 했어요. 정말 아무 짓도 하지 않았어요.”

테스가 얼굴이 벌개진 채 변명을 했다.

“우린 불빛에 가려 사람이 어디 있었는지도 몰랐는걸.”

주인이 황당한 표정으로 말했다.

“잠깐만요, 우리는 곧 결혼할 겁니다!”

이때 에인젤이 어쩔 줄을 모르고 서 있는 테스 곁으로 다가와 갑자기 큰 소리로 외쳤다.

“아, 그래! 이거 정말 반가운 소리군. 내 언젠가는 일이 이렇게 될 줄 알았지. 사실 테스 아가씬 이런 데서 일하기엔 좀 아까운 인물이지. 앞으론 관리인이 아가씨한테 함부로 대했다간 내가 혼내 주지.”

주인의 축하에 테스는 그만 얼굴이 빨개져서 뒷문으로 달아나고 말았다. 부끄러움과 민망함에 도저히 그 자리에 계속 서 있을 수가 없었다.

저녁 식사를 마친 후 침실에 돌아와서도 테스는 고개를 제대로 들 수가 없었다. 그러나 친구들의 얼굴에는 조금의 악의도 없어 보였다.

"우린 널 미워하지 않아. 우리는 그 사람을 사랑했을 뿐이지 결혼은 감히 생각지도 않았으니까. 오히려 난 그 사람의 신부가 귀족이나 갑부의 딸이 아니라 우리와 같이 생활했던 너라는 사실이 기뻐."

마리안이 말했다.

"그럼 날 미워하지 않는다는 거야?"

"몰라. 너를 미워하고 싶은데, 그게 잘 되지 않아."

레티가 중얼거렸다.

"나도 그래, 어찌 된 일인지 미워지지가 않아!"

이즈와 마리안도 같은 말을 했다.

"사실 그 사람에게는 네가 제일 어울려. 너는 우리들보다 조금 더 숙녀답고, 또 그 사람과 어울려 다닌 뒤부터는 더 훌륭해진 것 같아. 그러니까 너는 자부심을 가져야 돼."

"하지만 나는 너희들이 더 그 사람과 결혼할 자격이 있다고 생각해."

"아냐, 그렇지 않아. 테스, 너는 그 사람과 결혼할 충분한 자격이 있어."

그들은 테스를 침대로 데려가 차례대로 다정하게 키스를 했다. 그리곤 다들 자리에 돌아가 몸을 눕혔다.

"테스야, 그 사람과 결혼하더라도 이거 하나만은 알아줬으면 좋겠어. 우리가 그 사람을 그토록 사랑하면서도 너를 미워하지 않으려고 노력했고, 또 미워하지 않았다는 걸 말야."

마리안이 어둠 속에서 나직이 속삭였다.

32

　11월이 되도록 테스는 결혼 날짜를 잡지 않았다. 에인젤은 기회가 있을 때마다 말을 꺼내 보았지만 그때마다 이런저런 핑계를 대었다.

　그 동안 초원의 경치는 많이 바뀌어 있었다. 정오의 햇살은 산책하기 알맞을 정도로 따뜻했으며, 낙농장의 일도 바쁘지 않았다. 크릭 부인은 가끔 에인젤과 테스에게 심부름을 시켰다. 심부름은 주로 해산에 즈음하여 골짜기 위쪽 기슭의 농가에 옮겨 놓은 암소의 상태를 보고 오는 것이었다. 이때가 바로 암소들의 해산 시기여서 한떼의 소들이 산으로 옮겨진 터였다.

　심부름을 마치고 집으로 돌아가던 어느 날 밤이었다. 암소의 상태를 보고 온 사이에 물이 불어서 도랑을 건너는 모든 길이 끊어져 있었다. 할 수 없이 두 사람은 신작로로 돌아가야 했다.

　"겨울철에는 일손이 많이 필요치 않다는 말을 오늘 주인한테서 못 들었소?"

　아무것도 보이지 않는 골짜기를 걸으며 에인젤이 물었다.

　"아뇨."

　"젖소들의 젖이 점점 말라붙는단 말야."

　"벌써 스무 마리가 이곳 헛간으로 옮겨졌죠? 오오라, 그러니까 이제 제가 이곳에서 필요없어졌다는 말이군요."

　"당신이 필요없다는 말은 하지 않았어. 하지만 크리마스 때 내가 떠날 때 당신도 데려가는 줄 알고 있더군. 아무튼 그렇게 해서라도 우리가 결혼할 수 있다면 난 기뻐."

　"하지만 누구와 헤어진다는 건 슬픈 일이에요. 아무리 이쪽에서 필요해서 그만두는 거라도.”

“이쪽에서 필요한 거라고? 당신도 그럼 이제 우리 결혼을 인정하는 셈이군.”

그는 테스의 볼을 만지며 즐거워 했다.

“테스, 그러니까 여러 가지 형편을 봐서 크리스마스 이전에는 꼭 결혼식을 올립시다. 언제까지 이대로 지낼 수는 없잖아.”

“그냥 이대로 지낼 수만 있다면! 지난 여름과 가을처럼 언제나 변함 없이 말이에요.”

“난 변치 않아!”

“오, 에인젤, 그렇다면 영원히 당신과 함께 하는 날을 정하겠어요!”

테스는 힘차게 말했다.

목장에 돌아오자 그들은 곧 크릭 부부에게 결혼 날짜를 알렸다. 그러나 되도록 조용하게 식을 치루고 싶다며 다른 사람에게는 알리지 말기를 당부했다.

그날 밤, 테스는 결혼 날짜도 알릴 겸 어머니의 의견을 다시 들어볼 겸해서 편지를 썼다. 그녀는 비로소 에인젤이 신사라는 것과, 자신의 과거를 고백하면 에인젤의 성격상 도저히 용서하지 못할 것이라는 사연을 적었다. 그러나 더비필드 부인에게서는 답장이 오지 않았다.

막상 결혼 날짜가 잡히자 에인젤은 자신이 너무 사랑에만 빠진 나머지 그들 결혼에 여러 가지 문제점이 있음을 깨달았다. 우선 사업을 시작해 안정을 찾으려면 적어도 2년 이상은 걸려야 했다. 또한 농장을 갖는 두어 달 동안 테스는 무척 고생을 하게 될 것이었다.

그러한 문제로 인해 테스는 에인젤이 농장의 기반을 잡을 때까지 기다리겠다고 했으나 그는 결코 자신의 보호와 사랑에서 그녀는 떼어놓고 싶지 않았다. 또한 이 기회에 어머니와 테스를 만나게 하여 조금이라도 사교적인 면을 익히게 하고 싶었다. 그렇게 에인젤은 당면한 문제에는 아랑곳하지 않고 오로지 감정적으로만 일을 처리해 나갔다.

그들의 결혼 날짜인 12월 31일이 다가오는 사이에 에인젤은 방앗간의 작업 과정을 배워 두려고 마음먹었다. 웰브리지의 오래된 물방앗간 주인은 아무 때라도 그가 오기만을 기다렸다. 그 방앗간은 옛날 더버빌 가문이 저택으로 쓰던 바로 그 농가였다. 아무것도 모르는 에인젤은 바로 그 사실로 인해 얼마 동안 그 방앗간에서 지내기로 했다.

모든 것은 순조롭게 진행되었다. 다만 테스는 결혼식 때 입을 옷으로 잠시 고민했다. 지금 갖고 있는 옷 중에서 흰 드레스를 꺼내 손질해서 입을 것인지, 아니면 새로 사 입어야 하는지 결정을 할 수가 없었다.

그러나 그러한 걱정은 어느 날, 그녀 앞으로 도착한 소포 꾸러미로 말끔히 해소할 수가 있었다. 꾸러미 속에는 결혼식에 입을 예복을 비롯하여 구두, 모자까지 일습(一襲)이 들어 있었다.

테스는 눈물을 글썽이며 아래층으로 내려왔다. 그녀는 에인젤의 가슴에 얼굴을 파묻었다.

"나는 단지 런던 양장점에 물건을 주문했을 뿐이야."

에인젤이 어색해하며 말했다.

"내가 눈대중으로 주문한 거니까 안 맞으면 이 마을 재봉사한테 부탁해서 고쳐 입도록 해."

에인젤은 그녀의 등을 손바닥으로 토닥거려 주었다.

테스는 2층으로 올라가 옷을 입어 보았다. 옷은 신기하게도 꼭 맞았다. 눈부신 비단 옷을 걸친 그녀의 모습이 마치 왕녀와 같이 우아했다. 그녀는 문득 어머니가 즐겨 부르시던 가락이 떠올라 무심코 흥얼대기 시작했다. 그러다 그녀는 제 노래 소리에 깜짝 놀라 온몸이 굳어지고 말았다.

> 한 번 실수한 여자에게는
> 영원히 어울리지 않는 옷

이 노래는 그녀가 아주 어렸을 때, 어머니가 요람을 흔들며 쾌활하게
불러대던 민요였다.

33

에인젤은 결혼식을 올리기 전에 테스와 연인으로서는 마지막으로 소
풍을 가고 싶어했다. 그것은 다시는 되풀이할 수 없는 보랏빛 추억을 만
들고자 하는 뜻이었다. 테스에게는 일 주일 전부터 가까운 마을로 물건
을 사러 가자고 귀띔을 해 두었다.

에인젤은 주인에게 이륜 마차를 빌려 집을 나섰다. 마침 크리스마스
이브여서 거리에는 사철나무와 겨우살이들이 산더미처럼 쌓여 있었고,
수많은 나그네들이 넘치고 있었다. 테스와 에인젤은 팔짱을 끼고 거리
를 걸어다녔다. 그들의 다정한 모습에 사람들의 시선이 집중되었지만
상관하지 않았다. 그들은 서로 의논하며 필요한 물건을 샀으며 몹시 행
복해 했다.

저녁 때가 되어서 말을 맡겨 두었던 여관으로 들어갔다. 클레어가 마
차를 끌고 나오는 동안 테스는 문간에서 기다렸다. 여관의 큰 휴게실에
는 손님들로 가득 찼으며, 사람들이 쉬지 않고 들락거렸다. 그때마다 현
관 안에 있는 등불이 테스의 얼굴을 비추었다.

"거 멋진 아가씨네!"

"정말 멋진데. 그런데 내가 잘못 본 게 아니라면 우린 초면이 아닌
데!"

무심히 지나가던 사람들 중 누군가 소리쳤다. 테스는 놀라 소리가 나
는 쪽으로 고개를 돌렸다. 남자 둘이 테스를 보곤 놀란 표정을 짓고 있
었다. 그녀는 문득 저들이 트랜트리지 사람들일지 모른다는 생각이 들

었다.

그때 마침 에인젤이 돌아왔다. 그는 그녀의 겁먹은 표정을 보고 생각할 겨를도 없이 그 남자의 턱에 주먹을 날렸다. 남자는 비틀비틀 뒷걸음질을 쳤다. 에인젤은 다시 주먹을 쥐었다. 그러나 상대방은 고개를 저었다.

"미안합니다. 사람을 잘못 봤어요. 저는 이곳에서 40마일 떨어진 곳에서 사는 여잔 줄 알았습니다."

남자가 깨끗하게 사과를 하고 나오자 에인젤은 자신이 너무 성급했음을 깨달았다. 그는 남자에게 치료비로 5실링을 지불하곤 서로 기분좋게 인사를 나누었다.

낙농장으로 돌아온 테스는 잠을 이룰 수가 없었다. 지금이라도 결혼식을 미루거나 취소할 수 있다면……. 그녀는 당장 아무도 모르는 곳으로 도망이라도 가고 싶은 심정이었다. 아무래도 겨우 40마일 떨어진 곳에서 자신의 과거가 완벽하게 감춰지길 바란다는 것은 무리였다.

늦도록 이런저런 생각에 잠을 못 이루고 있는데 갑자기 머리 위에서 '쿵' 하는 소리가 들렸다. 테스는 깜짝 놀라 위층을 향해 가만히 귀를 기울여 보았다. 곧 마루를 차면서 후다닥거리는 소리가 들려왔다. 그녀는 급히 위층으로 뛰어 올라갔다.

"무슨 일이죠?"

테스는 문을 두드리며 물었다.

"아, 아무것도 아냐. 꿈을 꿨어. 아까 당신을 모욕한 놈들과 꿈 속에서 한바탕 한 거야. 놀라게 해서 미안해. 난 가끔 자면서 이래."

에인젤이 재미있다는 듯이 태연하게 대꾸했다. 그러나 그녀는 결코 재미있을 수가 없었다. 아래층으로 내려온 테스는 다시 고민하기 시작했다. 아무것도 모르는 에인젤을 대할수록 양심에 가책이 되었다. 그렇다고 저렇게 좋아서 어쩔 줄을 모르는 사람에게 직접 모든 것을 고백할 용기는 없었다. 이러지도 못하고 저러지도 못하고 그녀는 살이 마를 지경이었다.

그러다 그녀는 문득 직접 말하지 않고 모든 것을 고백할 수 있는 방법을 생각해 냈다. 편지를 이용하는 방법이었다. 편지로 모든 것을 고백한다면 이야기하는 사람이나 듣는 사람이나 서로 얼굴을 마주 대하지 않아도 되므로 가장 어려운 순간은 피할 수 있을 것이었다.

그녀는 조심스럽게 그러나 서둘러 편지지를 꺼내들었다. 그리곤 3,4년 전에 있었던 일들을 4장의 편지지에다 간추려 썼다. 봉투에는 에인젤 클레어라는 이름을 적었다. 그런 다음 마음이 약해지기 전에 얼른 편지를 에인젤의 방 문틈으로 밀어 넣었다.

그러나 아침에 만난 에인젤은 여느 때와 다름없이 그녀에게 격정적인 키스를 퍼부었다. 한참이 지나도 그녀의 고백에 대해서는 한 마디도 하지 않았다. 그의 태도는 여전히 솔직하고 부드러웠다. 혹시 편지를 발견하지 못한 것일까? 테스는 그의 방을 훔쳐 보았지만 아무런 흔적도 찾을 수가 없었다. 그렇다면 그의 태도는 그녀를 용서한다는 뜻일지도 모른다. 그렇게 생각이 돌아가자 그녀는 그에 대한 사랑에 더할 수 없는 신뢰가 생기게 되었다.

드디어 결혼식 날 아침, 그들은 식당에 내려오자마자 저절로 탄성을 질렀다. 어느 사이에 벽이 흰색으로 깨끗하게 칠해져 있었으며, 바람 구멍을 막고 있었던 때가 낀 푸른 무명천 대신 눈부신 황금색 비단 막이 아치 위에 걸려 있었다.

"축하하는 뜻에서 뭘 좀 해주고 싶었네. 옛날처럼 비올라나 바이올린까지 갖추고 싶었지만 떠들썩한 것을 싫어하는 것을 아는지라."

주인은 얼굴 전체에 웃음을 띠우고 말했다. 테스와 에인젤은 진정으로 그 마음을 고마워했다.

결혼식에는 테스 가족은 물론 말로트 사람들은 아무도 초대하지 않았다. 에인젤은 가족에게 결혼 날짜와 시간 등을 알리곤 다만 한 사람이라도 와 주셨으면 기쁘겠다는 사연을 적어 보냈다. 그러나 형들에게서는 아무런 답장도 오지 않았고, 부모에게서는 성급한 결혼을 나무라는 편지가 왔을 뿐이었다.

에인젤보다 먼저 식사를 마친 테스는 서둘러 위층으로 올라갔다. 그가 오랫동안 머물렀던 방을 한 번이라도 둘러보고 싶었던 것이었다. 그녀는 사다리를 타고 기어 올라가 먼저 방문 앞을 꼼꼼히 살펴 보았다. 양탄자가 문지방 가까이까지 깔려 있었고 그 양탄자 밑으로 무엇인가 보였다. 테스는 손을 뻗어 그것을 꺼내 보았다. 그것은 바로 그녀가 며칠 전에 밀어 넣었던 바로 그 편지였다. 그날 너무 서두른 나머지 편지를 양탄자 밑으로 밀어 넣은 것이었다. 그녀는 정신이 아찔했다.

그녀는 자기 방으로 가서 편지를 찢어 버렸다. 그리곤 다시 에인젤에게로 가서 일부러 명랑한 척 말을 걸었다.

"할 말이 있어요. 지금부터 저의 지난 실수에 대해 모두 고백하겠어요."

"안 돼! 지금은 서로의 결함을 얘기하고 있을 때가 아니야. 적어도 오늘 하루만은 완전한 아가씨로 보여야 해."

그는 다급한 듯 말했다.

"하지만 전 지금 말하고 싶은데요."

"이 철부지 아가씨야, 정 하고 싶다면 신혼방에서 하라고. 오늘 같은 날은 그런 얘기로 서로 기분을 상하게 해서는 안 된다고."

에인젤은 그녀를 달랜 후 서둘러 옷을 갈아 입으러 갔다. 시간이 없었으므로 테스로서도 더 이상 그를 붙잡을 수가 없었다.

교회는 멀리 떨어진 곳에 있었으므로 그들은 마차를 탔다. 마차는 길가 여관에 보관되어 있던 승용마차였다. 마차는 튼튼한 바퀴살과 육중한 바퀴테, 커다랗고 구부러진 마차 밑바닥과 엄청나게 굵은 가죽끈과

용수철이 달린 것으로서, 역마차로 여행을 하던 시대부터 오늘날까지 내려온 것이었다.

마차 안에는 신랑과 신부, 그리고 크릭 부부가 타고 있었다. 에인젤은 형들 중 한 사람만이라도 와서 들러리를 서 줄 것을 바랐으며, 편지에도 그런 내용을 적었는데 아무 소식이 없자 여간 섭섭한 것이 아니었다.

결혼 허가장만으로 진행되는 결혼식이어서 참석한 사람은 12명밖에 되지 않았다. 그러나 테스는 그러한 사실이 조금도 슬프지 않았다. 오히려 여러 사람이 참석한 것보다 마음이 훨씬 편안했다.

에인젤에게 정절을 맹세하는 순간, 그녀는 자신도 모르게 몸이 기울어졌다. 그 바람에 그녀의 어깨가 에인젤의 팔에 닿았다. 그녀는 에인젤이 자기 곁에 있음을 다시 한번 확인하고, 그만 곁에 있다면 두려울 것이 없다는 생각을 하였다.

결혼식을 거행하는 동안 에인젤은 테스가 얼마나 자신을 사랑하는가 새삼 깨닫게 되었다. 그녀는 하나하나 의식이 진행될 때마다 얼마나 진실된 태도를 취하는지 얼굴에 고스란히 나타났다. 그러나 그는 그녀의 사랑이 얼마만한 고뇌와 참을성에서 비롯된 것인지는 알지 못했다.

식을 마치고 교회 밖으로 나오자 종각에 있는 종이 힘차게 흔들리며 3박자의 소리를 냈다. 종소리는 멀리까지 울려 퍼지며 그들의 결혼을 알렸다. 크릭 부부가 돌아가자 테스는 비로소 마차의 구조를 똑똑히 살필 수가 있었다. 그녀는 낯설지 않은 마차의 모습에 한참을 서서 보았다.

"테스, 기분이 별로 좋지 않은 모양이군."

에인젤이 걱정스러운 표정으로 물었다.

"아녜요. 그저 모든 것이 신기하고 떨려서 그래요. 그런데 저 마차는 어디선가 본 적이 있는 것 같군요. 그것도 한 번이 아니라 아주 여러 번……."

"아, 더버빌 마차에 대한 전설을 들은 모양이군. 당신네 집안이 이 지방에서 단단히 행세할 때 퍼졌던 얘기지."

"전 그런 얘기를 들은 기억이 없는데요."

"16~17세기경에 더버빌 가문의 어떤 사람이 자기 집 전용 마차 안에서 무서운 범죄를 저질렀는데, 그 후 그 집안 사람들은 그 마차를 보거나 그 소리를 들으면……아니, 그 얘긴 나중에 하기로 하지. 이런 자리에서 할 얘기가 아니야."

"계속 해 보세요. 왜요, 우리 가족이 그 마차를 보게 되면 죽게 되나요?"

"이제 그만!"

에인젤은 자신의 입술로 그녀의 입을 막았다. 그녀는 두려움에 몸을 떨었다.

집으로 돌아오자 그녀는 다시금 깊은 죄책감에 빠져 들었다. 그녀는 에인젤이 잠깐 밖에 나가 있는 동안 무릎을 꿇고 기도를 드렸다. 그러나 매달려서 호소할 대상은 하느님이 아니라 바로 자신의 남편이라는 사실을 그녀는 잘 알고 있었다.

"아, 사랑하는 당신이여, 나는 어째서 이다지도 당신을 사랑하나요! 그러나 당신이 사랑하는 여자는 지금의 제가 아니라, 한때 저와 비슷했던 다른 여자일 거예요!"

그녀는 무릎을 꿇은 채 혼자 중얼거렸다.

오후가 되자 그들은 웰브리지 방앗간 근처의 농가로 떠날 준비를 하였다. 에인젤이 제분 과정을 배울 동안 그들은 당분간 그곳에 머물 예정이었던 것이다. 낙농장의 일꾼들은 그들을 전송하기 위해 모두들 나와 있었다. 테스와 에인젤은 사립문을 빠져 나가며 크릭 부부에게 감사 인사를 했다. 테스의 요청에 따라 아가씨들에게는 특별히 에인젤이 작별의 키스를 했다.

그들이 마차에 오르는 순간, 별안간 수탉 우는 소리가 온 골짜기를 진동했다. 유난히 볏이 빨간 흰 수탉이 울타리 기둥 위에 올라 앉아 있었다.

"어머, 낮에 닭이 울다니!"

크릭 부인이 낮게 외쳤다.

"이건 불길한 징존데……"

쪽문에 있던 일꾼 중 한 사람이 거리낌없이 말했다.

수탉은 에인젤을 향해 다시 한번 크게 울어댔다. 사람들이 불길한 얼굴로 서로를 쳐다보았다.

"저리 가 버려! 이 빌어먹을 수탉!"

주인이 에인젤과 테스의 눈치를 보며 소리쳐서 닭을 쫓았다.

34

골짜기를 따라 평탄하게 뻗친 길을 3마일 가량 달려오니 웰브리지에 도착하게 되었다. 에인젤과 테스는 마을에서 왼쪽으로 돌아 이 마을의 명물인 엘리자베스 왕조 시대의 건축 양식을 본뜬 다리를 건넜다.

"조상께서 쓰시던 저택에 당도하셨습니다."

다리의 바로 뒤쪽에 있는 집에 도착하자 에인젤이 테스의 손을 잡아주며 농담을 했다.

집 주인은 그들이 머무는 동안을 이용해 새해 인사를 할 겸 여행을 떠나고 없었다. 집 안에는 그들의 시중을 들어줄 이웃 농가에서 온 아낙뿐이었다. 아낙을 따라 이층으로 올라가던 테스는 벽에 걸려 있는 초상화를 보곤 걸음을 멈추었다.

"저 무서운 여자들을 보세요!"

테스는 손가락으로 벽을 가리켰다. 벽에는 약 200년 전에 그려진 두 귀부인의 초상이 걸려 있었다. 하나는 갸름한 얼굴과 가느다란 눈매로 무척 도도한 앙칼진 인상을 풍겼으며, 다른 하나는 매부리코에 커다란 이빨, 그리고 부리부리한 눈이 꿈에라도 나타날까 겁날 정도로 무서운 인상을 하고 있었다.

"저건 누구의 초상이죠?"

"이 집 주인이었던 더버빌 가문의 귀부인들이라고 들었어요. 하지만 벽에다 끼워 아주 고정시켜 놓아서 떼어 내지는 못한답니다."

아낙의 설명에 에인젤은 아무 말도 하지 않았으나, 첫날 밤을 보낼 곳으로 이런 집을 택했다는 것에 후회하는 빛이 역력했다. 그러나 그는 다시 어린아이처럼 즐거워 했는데, 새삼 단둘이 있다는 사실을 깨달았기 때문이었다. 그들은 한 접시에 담은 빵과 버터를 나누어 먹었고, 그녀의 입술에 붙은 빵부스러기를 핥아 먹으며 즐거워 했다.

해가 지자 아낙은 식탁에 초를 갖다 놓고 자기 집으로 돌아갔다. 그러나 해가 지기 전에 낙농장 주인이 보내 주기로 한 짐은 아직 도착하지 않고 있었다. 그들은 당장 갈아 입을 옷도 없었다.

"조너던 영감이 왜 안 오지? 벌써 7시 아냐?"

에인젤은 촛불을 켜면서 밖을 내다봤다. 촛불은 벽난로 쪽으로 기울어졌다.

"옛날 집이라 바람구멍투성이로군. 첫날밤을 이런 곳에서 보내게 해서 미안해."

"괜찮아요. 전 다만……."

그녀는 시무룩하게 대답했다.

이때 문 두드리는 소리가 났다. 에인젤은 얼른 밖으로 뛰어 나갔다. 그러나 잠시 후에 그가 들고 온 것은 작은 꾸러미였다.

"조너던 영감이 아냐."

그 꾸러미는 에민스터에 있는 목사관에서 보낸 것이었다. 에인젤은 촛불이 있는 곳으로 꾸러미를 가져 갔다. 꾸러미 겉에는 클레어 목사의 친필로 '에인젤 클레어 부인 앞'이라고 씌어 있었다.

"당신한테 보내신 선물인데. 참으로 생각이 깊으신 분들이야."

에인젤은 꾸러미를 테스에게 내밀었다. 테스는 어리둥절한 표정으로 꾸러미를 받았다. 꾸러미 안에는 작은 모로코 가죽 상자와 편지가 들어 있었다. 편지에는 다음과 같은 글이 적혀 있었다.

사랑하는 아들아!

네가 어렸을 때 세상을 떠난 네 대모(代母) 피트니 부인이 너의 신부와 너에게 보석을 남겼다는 사실을 기억할지 모르겠구나. 피트니 부인은 네가 결혼을 하면 신부에게 보석을 전해달라고 했단다. 나는 그 동안 이 보석을 은행에 보관하고 있었는데, 이제 네가 결혼을 했으니 그럴 필요가 없겠구나. 조금 어울리지 않는 면이 있으나, 이제 보석의 주인이 정해진 마당이니 나는 즉시 이것을 보낸다. 이는 곧 네 대모의 상속 재산이니 잘 간수하길 바란다. 이 문제에 관한 유언장을 동봉한다.

"아, 이제야 생각나는군! 어쩌면 그렇게 까맣게 잊고 있었지?"

편지를 읽고 난 에인젤이 소리쳤다.

상자 안에는 목걸이와 팔찌, 귀고리, 그리고 다른 몇 가지 장식품이 들어 있었다.

"이게 정말 다 내 거예요?"

"당신 것이고말고."

에인젤은 난롯불을 보며 그가 열다섯 살일 때 세상을 떠난 대모를 생각했다. 그녀는 대지주의 부인으로서 그가 사귄 유일한 갑부였다.

"테스, 걸쳐 봐!"

에인젤은 그녀의 목에 목걸이를 걸어 주었다. 그녀는 나머지 것들도 모두 걸쳐 보았다.

"그런데 그 가운이 보석에 안 어울리는군. 다이아몬드와 어울리자면 앞가슴이 이렇게 트인 옷이어야 해."

에인젤은 테스의 웃옷 목도리 부분을 접어 야외복처럼 만들어 주었다.

"멋있는데! 정말 눈이 부시도록 아름다워!"

에인젤의 하얗게 드러난 테스의 목을 보고 감탄했다. 테스의 얼굴과 자태가 이토록 아름다운 줄은 에인젤도 미처 몰랐다. 테스는 과연 더버빌 가문의 후손다웠다. 그러나 에인젤은 그녀가 차양 달린 모자에 수수한 작업복을 입고 있는 모습이 훨씬 좋아 보였다.

조너던은 그 후에도 한참이 지난 후에 왔다. 복도에서 묵직한 발걸음 소리가 나자 에인젤이 나갔다.

"아무리 두드려도 대답을 안 하셔서요. 또 비가 오고 있어서 제가 직접 문을 열었습니다."

"무사히 도착해서 반갑군. 그런데 무슨 일이 있었나?"

"네, 사실은 큰 일이 있었습죠. 서방님과 아씨……이젠 아씨라고 부르겠습니다. 두 분이 떠나고 나서 낙농장에 하마터면 끔찍한 일이 일어날 뻔했습니다요. 아 글쎄, 레티 프리들이 물에 빠져 죽으려고 했지 뭡니까! 낮에 수탉이 울어대더니만."

"아니, 그럴 수가! 레티는 우리한테 작별 인사까지 했잖아!"

"네, 그랬죠. 서방님하고 아씨가 떠나시자 레티하고 마리안이 함께 나가 술을 마신 모양입니다. 그리고는 드리 암스 크로스 술집에서 헤어졌는데, 레티가 그만 집으로 가는 척하곤 아마 강으로 뛰어든 모양입니다. 처음에 뱃사공이 레티를 메고 왔을 땐 모두 그녀가 죽었다고 생각했습니다요."

테스는 방문 앞에서 조너던이 하는 말을 모두 듣고 있었다.

“그런데 더 기가 막힌 건 마리안이었습죠. 아, 글쎄, 전에는 맥주도 못 마시던 아가씨가 술에 잔뜩 취해서 버드나무 숲에 쓰러져 있는 거예요. 아마 아가씨들이 다들 어떻게 된 모양이에요.”

“이즈는요? 이즈는 어떻게 되었죠?”

“이즈는 그냥 집에 있었습죠. 하지만 자기는 왜 이런 일이 생겼는지 다 안다고 하더군요.”

조너던은 말을 마치자 바로 돌아갔다. 그 사이 낙농장에 또 무슨 일이 일어났을지 모를 일이기 때문이었다.

“신혼 첫날밤부터 이런 이야기를 듣다니……. 하지만 너무 상심할 건 없어. 당신도 알다시피 레티는 원래 성격이 병적이었으니까.”

에인젤은 테스를 감싸 안으며 단정적으로 말했다.

“다들 왜들 그랬는지 모르겠어요. 정작 그래야 할 사람은 시치미를 떼고 있는데.”

테스는 한숨을 쉬며 말했다. 그녀는 친구들의 불행이 마치 자기로 인해 비롯된 것처럼 죄책감에 사로잡히고 말았다. 그들이 더 이상 불행해지기 전에 그녀는 자신의 행복을 돌려주어야 한다고 생각했다. 그녀는 이제 모든 것을 고백할 때라고 생각했다.

벽난로 안에서는 숯불이 강한 빛을 발산하고 있었다. 벽난로 앞의 마룻바닥과 의자가 불빛에 따라 붉게 일렁거렸으며, 테스의 얼굴과 목도 따뜻한 빛을 반사했다.

“오늘 아침에 우리가 서로의 과실을 고백하자는 말을 기억하오?”

에인젤은 테스가 너무 심각하게 반응하자 장난스레 물었다. 그녀는 꼼짝도 하지 않고 그를 바라보았다.

“당신은 그 말을 가벼운 농담쯤으로 했는지 모르겠지만 사실 나는 진실로 한 말이오. 자 이리 와 봐요. 난 이미 용서를 빌었어야 했는데…….

이제와서 고백한다고 화내지 말길 바라오."

에인젤의 말에 테스는 반가운 마음에 눈을 반짝 떴다. 아, 얼마나 다행한 일인가! 그도 나와 똑같은 과거가 있는가 보다!

"내가 지금까지 말하지 않은 건 당신을 잃을지 모른다는 생각 때문이었소. 형님들은 대학에서 장학금을 탔지만, 나는 탤보데이스에서 당신이란 보물을 얻은 것이오. 난 당신이란 보물을 결코 잃고 싶지 않았소. 사실 당신이 내 청혼을 받아 주었을 때 고백하려고도 했지만, 그때도 차마 하지 못했소. 그러나 이제 당신의 근엄한 표정을 보니 더 이상은 숨길 수가 없다는 생각이오."

"말씀하세요."

테스는 반가운 마음에 그의 말을 재촉했다.

"아버지는 내가 신앙심이 부족하다고 늘 못마땅해 하셨지만, 사실 나는 당신 못지않게 도덕적이라오. 어릴 적에 나는 사람을 선도하는 사람이 되려고 마음먹었지만, 나는 결국 교회에 갈 수는 없었소. 하지만 나는 지금도 결함없는 인간을 숭배하고 더러운 인간을 미워하오. 성경이 모두 하느님 말씀이라는 건 믿지 않지만 적어도 이 말만은 믿고 있소. '말과 햇살과 사랑과 믿음과 절정에 대하여 믿는 자에게 본이 되어라.' 하는 말 말이오. 하지만 세상에는 말만 앞세울 뿐이지 실행하는 사람은 별로 없소."

장황한 설명 끝에 에인젤은 런던에서 한때 유혹과 방황으로 지샌 날들을 고백했다. 그때 낯선 여자와 이틀 동안 방탕한 생활을 했음도 실토했다.

"그러나 다행히도 난 곧 나의 어리석음을 깨달았소. 깨달은 순간, 그 여자와는 한 마디도 하지 않고 집으로 돌아왔소. 그리곤 그런 실수는 두 번 다시 저지르지 않았지. 내가 이렇게 과거를 고백하는 건 솔직하고 깨끗한 마음으로 당신을 맞이하고 싶기 때문이라오. 나를 용서해 주겠소?"

에인젤이 말을 마치자 테스는 대답 대신 그의 손을 잡았다.

"자, 이제 그만하고 우리 즐거운 이야기만 하기로 합시다. 오늘같이 기쁜 날, 이런 이야기를 한다는 게 너무 우습지 않소?"

"에인젤, 저는 정말 기뻐요! 이제사 그와 같은 이야기를 해 주다니!"

테스는 기쁨과 원망이 섞인 목소리로 말했다.

"그럼 이제부터는 제 얘기를 할게요. 저는 당신보다 더 심각할지도 몰라요."

"자, 그럼 말해봐요. 이 심술쟁이 아가씨!"

에인젤은 웃으며 그녀를 바라 보았다. 그들은 여전히 손을 마주 잡은 상태였다.

테스는 에인젤의 관자놀이에 이마를 기대고 앉아 알렉 더버빌을 알게 된 동기와 그 결과에 대해 이야기를 하기 시작했다. 이야기를 하는 동안 시뻘건 불빛이 그들의 얼굴과 손을 비추고, 또 그녀의 흐트러진 앞머리를 비추고 있었다. 그녀는 눈을 내리뜬 채 나직하게 이야기를 이어 나갔다.

제 5 부 떠나는 마음

35

테스는 차분하게 이야기를 끝맺고 있었다. 결코 변명을 하거나 울지 않았다. 그녀의 음성은 처음 시작할 때와 같이 나직했다. 벽난로에서 내뿜는 열기로 몸이 따뜻해지면서 그녀는 오히려 마음이 안정되어 이제는 편안한 상태가 되어 있었다.

에인젤은 아무런 말도 없이 불을 뒤적이고 있었다. 그의 얼굴에서는 점점 핏기가 사라졌으며 부젓가락을 움직이는 손놀림은 차츰 둔해졌다. 그러다 갑자기 벌떡 일어섰다.

"테스!"

에인젤은 어색하고 어딘지 모르게 딱딱한 음성으로 그녀를 불렀다.

"지금까지 말한 이야기를 믿지 않으면 안 될까? 설마 당신 머리가 갑자기 돈 건 아니겠지? 아냐, 얘기하는 걸 보면 지금 당신은 아주 멀쩡한 것 같군."

"네, 저는 멀쩡한 정신으로 말씀드린 거예요."

테스는 분명하게 말했다. 에인젤은 잠깐 현기증이 일어났다. 그는 멍하니 그녀를 바라보았다.

"그렇다면 왜 진작 말하지 않았소! 아냐, 이제 생각나는군. 당신은 늘 무언가 말하려고 했지. 그걸 내가 번번이 말렸고. 그래, 이제야 생각나는군."

그는 몸을 돌려 의자에 앉았다. 그때까지 방 한가운데 서 있던 테스가 그에게 다가갔다. 그녀는 한참 동안 그를 똑바로 바라보았다. 그러다 갑자기 무너지듯 그의 발 아래 무릎을 꿇었다.

"용서해 주세요! 제가 당신을 용서한 것처럼!"

그녀는 애절하게 말했다.

"저는 당신을 용서했어요!"

그녀는 그를 올려다 보며 다시 한번 안타깝게 부르짖었다.

"당신이 용서받은 것처럼 저도 용서해 주세요! 저는 당신을 용서했잖아요!"

"그렇지, 당신은 날 용서했지."

에인젤이 신음하듯 말했다.

"그런데 당신은 절 용서하지 않으시겠다는 건가요?"

"이것 봐, 당신은 용서를 바랄 수 있는 경우가 아니야! 당신은 이미 예전의 당신이 아닌데 어떻게 예전의 당신으로 받아들인단 말이오!"

그는 잠깐 말을 멈추고 웃음을 터뜨렸다. 테스는 그의 웃음 소리에 갑자기 소름이 끼쳤다.

"그만 하세요! 갑자기 왜 이러시는 거예요!"

테스는 양손으로 귀를 막고 소리쳤다. 그러자 에인젤은 웃음을 멈추곤 울상을 지었다.

"에인젤! 에인젤! 저는 이제껏 당신만을 사랑했어요. 또 당신의 행복을 위해 기도했어요. 그게 바로 저의 진실한 마음이에요."

"알고 있소."

"저는 당신이 지금 이대로의 저를 사랑하시는 줄 알았어요. 그런데 당신은 어쩌면 그런 얼굴을 하실 수가 있나요? 저는 너무 무서워요."

"다시 말하지만, 내가 사랑한 여자는 당신이 아니오. 내가 사랑한 여자는 당신 모습을 하고 있는 다른 여인이오."

에인젤의 말을 듣는 동안 테스는 다리의 힘이 빠져 도저히 그대로 서 있을 수가 없었다. 그는 자신을 순진한 가면을 쓰고 있는 죄많은 여인으로 보고 있지 않은가!

"앉아요. 현기증이 일어나는 모양이군."

에인젤은 테스를 의자에 앉혔다.

"에인젤, 그럼 이제 저는 당신과 아무 상관도 없다는 말씀인가요?"

그녀는 눈물이 솟구쳤다. 이제사 자신의 처지를 깨닫기 시작한 것이다. 그녀는 고개를 돌리고 눈물을 쏟기 시작하였다.

에인젤은 테스가 진정될 때까지 기다렸다. 그는 지금 자신이 당하고 있는 고통에 비해 테스의 고통은 아무것도 아니라고 생각했다. 그녀가 한마디 한마디 토해낼 때마다 자신의 가슴은 이미 다 찢어져 갈갈이 흩어진 상태였던 것이다.

"에인젤, 당신의 아내로서 전 자격이 없나요?"

테스는 다소 가라앉은 목소리로 겨우 물었다.

"나도 잘 모르겠소."

"저도 굳이 당신과 함께 살자고 고집하진 않겠어요. 그럴 권리가 없으니까요. 그리고 이 집을 빌려 쓰고 있는 동안에도 아무 행세도 하지 않겠어요. 당신을 위해 바느질이나 음식도 만들지 않고……그러고보니 어머니와 동생들에게 우리가 결혼한다고 알리지 않은 것이 얼마나 다행인지……"

"아무 일도 하지 않겠다고?"

"네, 그리고 당신이 제 곁을 떠나시더라도 따라가지 않겠어요. 당신이

한 마디도 하지 않더라도 이유를 묻지 않겠어요.”

“만약 내가 무엇을 시킨다면?”

“그렇다면 불쌍한 노예처럼 철저하게 복종하겠어요.”

“그것 참 기특하군. 그런데 왜 그런 자세로 자신의 몸은 잘 지키지 못했을까.”

에인젤은 빈정거리는 투로 말했다. 그의 뺨으로 한 줄기 눈물이 흘러내렸다. 그러나 테스는 그의 참담함을 이해하지 못하였다.

“아무래도 이 방에 머물러 있을 수가 없군. 밖에서 좀 거닐다 오겠소.”

에인젤은 가능한 한 부드럽게 말하곤 밖으로 나갔다. 저녁 식탁에는 입도 대지 않은 술잔이 그대로 놓여 있었다.

에인젤이 나간 후 테스는 번쩍 정신이 들었다. 그녀는 서둘러 외투를 걸치고 그의 뒤를 쫓았다. 그 사이에 비가 그쳐 있었다. 어둠 속에서도 바로 그를 찾을 수 있었다. 그러나 아무런 표정 없이 돌아보는 그에게 차마 가까이 갈 수가 없었다. 에인젤은 집 앞의 커다란 다리를 장식하고 있는 아치 사이를 천천히 걸어갔다.

“제가 뭘 잘못했나요! 당신에 대한 사랑을 배반하거나 속이지는 않았잖아요. 혹시 제가 일부러 당신을 괴롭히려고 이런 말을 했다고 생각하시는 건 아닌가요? 오, 에인젤! 만약 그렇게 생각하신다면 그건 오해예요. 저는 당신이 생각하는 것처럼 그렇게 교활한 여자가 아녜요!”

“그렇지, 속이지는 않았지. 그러나 당신은 예전에 내가 알고 있었던 여자는 아니야. 그래도 당신을 나무라진 않겠어. 그러지 않기로 결심했으니까. 아니, 그렇게 하지 않도록 노력하겠어.”

“오, 에인젤! 그때 저는 어린아이였어요. 어린아이였단 말예요. 그때까지 남자라는 건 알지도 못했어요!”

“당신 잘못이 아니라는 것은 나도 인정해.”

“그렇다면 용서해 주시는 거예요?”

“용서는 하지. 하지만 용서한다고 모든 게 해결되는 건 아냐.”

“그럼 사랑해 주실 수는 있죠? 그런 일쯤은 흔히 있는 거고, 저보다 심한 경우도 얼마든지 있어요. 그래도 다른 남자들은 문제삼지도 않는 다구요. 그러니까 당신도 절 용서해 주실 수 있잖아요.”

“그만해! 난 더 이상 당신과 다투고 싶지 않아. 당신은 마치 무식한 시골 여자처럼 말하는군. 자신이 뭘 말하고 있는지도 모르고 있어.”

“그래요, 전 원래 시골 여자예요. 하지만 태생은 그렇지 않아요.”

테스는 순간적으로 노기를 띠고 말했다.

“그러니까 더욱 나쁘단 말야. 당신네 족보를 들추어 낸 그 목사가 원 망스럽군. 난 당신 가문이 몰락한 것을 당신의 나약한 의지와 함께 생각 하지 않을 수가 없군. 쇠퇴한 가문들이란 영락없이 쇠퇴한 의지와 행실 을 낳게 되거든. 그런데 그 따위 족보를 끄집어 내서 당신을 더 경멸하 게 할 게 뭐야! 난 당신을 대자연에 싹튼 새로운 생명으로 생각했었는 데. 그런데 이제와서 보니 당신은, 당신들은 퇴락한 귀족의 늦된 묘목에 지나지 않아!”

에인젤은 분노에 차서 말했지만 테스는 그 따위 편잔에는 관심이 없 었다. 그녀는 다만 에인젤이 이전처럼 자신을 사랑하지 않는다는 사실 이외에는 아무것도 관심이 없었던 것이다.

“제가 당신을 불행하게 하다니, 저는 강물에라도 빠져 죽고 싶어요!”

“나는 내 실수에 살인 행위까지 보태고 싶지는 않소.”

“저의 과거가 부끄러워 목숨을 끊었다는 증거를 남기면 아무도 당신 을 나무라진 않을 거예요.”

“바보 같은 소리! 일부러 그런 조롱거리가 되려고 하다니! 아무래도 당신은 지금 이 상황에 대해서 이해를 잘 못하는 것 같군. 그러지 말고 집에 돌아가서 쉬고 있어요.”

에인젤은 혼자 있고 싶어 그녀를 좋게 타일렀다. 그녀는 다소곳이 고개를 숙이곤 그의 뜻에 따랐다. 그녀가 돌아오는 길에는 옛날 시토 파(派)에 속했던 수도원의 부속 건물인 물방앗간이 있었다. 그 물방앗간에서 수백 년 동안 들려오는 물레방아 소리는 그날도 쉬지 않고 계속되고 있었다. 에인젤이 돌아왔을 때 테스는 잠들어 있었다.

"잘됐군!"

그는 고통을 느끼며 나지막이 중얼거렸다. 마침 침실문 바로 위에 더버빌 귀부인들의 초상이 눈에 띄었다. 촛불에 비친 그 귀부인은 아주 음흉한 표정으로 그를 내려 보고 있었다. 그는 귀부인과 테스 사이에 미묘한 공통점이 있다는 것을 느끼고 한층 괴로움이 더해갔다.

그는 아래층으로 내려갔다. 그의 태도는 침착하고 냉정했다. 굳게 다문 입술은 그가 지금 얼마나 참고 있는가를 나타내고 있었다.

지난 오랜 세월 동안 그는 그녀를 얼마만큼 사랑했던가. 이 세상에서 그녀만큼 깨끗하고 사랑스럽고 또 순결한 여자는 없다고 생각했었다. 그러나 이제 와서 생각하니 그러한 것들이 얼마나 부질없는 착각이었던가. 에인젤은 긴 한숨으로 촛불을 껐다. 그리곤 의자에 몸을 눕혔다. 어둠이 방 안으로 밀려 들어왔다.

<h1 style="text-align:center">36</h1>

문을 두드리는 소리에 에인젤은 잠에서 깨어났다. 어제 그들의 시중을 들기 위해 왔던 이웃 농가의 아낙이었다. 에인젤은 벌떡 일어나 창문을 열었다. 그리곤 가져온 우유만 두고 돌아가라고 하였다. 이런 상태로 다른 사람을 맞을 수는 없었기 때문이었다. 아낙이 돌아가자 그는 장작을 찾아다가 불을 지폈다. 선반에는 계란, 빵, 버터 등 여러 가지 식품이 가득했다. 에인젤은 낙농장에서 익힌 솜씨로 능숙하게 식탁을 차렸다.

"아침 식사 준비됐소!"

에인젤은 낙농장에서 하던 것처럼 소리쳤다. 지나가던 마을 사람들은 피어오르는 연기를 보고 갓 결혼한 신랑 신부의 분위기를 짐작했다. 그리곤 그들의 행복을 부러워했다.

테스는 머리를 둥글게 땋아 올리고 목둘레에 흰 주름이 잡힌 연하늘색의 옷을 입고 내려왔다. 그녀는 에인젤의 부드러운 음성에 혹시나 하는 희망을 가졌으나 그의 표정을 보는 순간 모든 것을 체념해야 한다는 것을 깨달았다.

그들은 서로 남인 것처럼 식사를 했다. 그의 목소리는 부드러웠으나 어떠한 감정도 섞이지 않았고, 그녀의 태도 역시 차분했으나 마치 기계가 움직이는 것처럼 감정이 없었다. 그러나 그녀의 입술을 여전히 무르익어 있었고 그녀의 뺨도 여전히 탐스러웠다.

"테스, 거짓말이라고 말해 주구료! 그건 사실이 아니었다고 말이오!"

식사를 하다말고 에인젤이 갑자기 말했다.

"오, 에인젤! 하지만 그건 사실이에요."

"한 마디도 빠짐없이?"

"네, 한 마디도 빠짐없이."

"그렇다면 그애는 지금도 살아 있소?"

"……죽었어요."

"그 남잔?"

"그 남잔 살아 있어요. 그것도 우리가 살고 있는 이 영국 땅에."

테스의 말에 에인젤은 마지막 절망의 구렁텅이로 빠지고 말았다.

"나는 사회적 지위나 재산이나 학식이 있는 아내 대신에 순진한 시골 처녀를 얻으려고 생각했소. 그런데……"

에인젤은 신음 소리를 냈다.

"에인젤, 최악의 경우에 당신이 도피할 마지막 길이 있다는 것을 몰랐다면 난 당신과 결혼하지 않았을 거예요."

"도피할 길?"

"저를 버리시는 것 말예요. 이혼하시면 되잖아요."

"바보 같은 소리! 당신은 어쩌면 그렇게 단순하오! 어떻게 이혼을 한단 말이오! 이것 봐, 테스, 당신은 꼭 철부지 같은 말만 골라 하는군. 법률을 몰라서 그런 거야?"

"그럼, 이혼할 수도 없나요?"

"할 수 없어!"

"전 할 수 있을 것이라고 생각했어요. 아, 당신 눈에 내가 얼마나 거짓말쟁이로 보일지……. 그럴 줄 알았으면 어저께 죽어버리는 건데."

테스는 괴로움과 부끄러움에 어쩔 줄을 몰라했다.

"죽겠다니, 그게 무슨 말이오?"

"당신의 겨우살이 가지 밑에서 죽으려고 했어요. 제 옷 상자의 끈으로요. 우리가 처음 여기 왔을 때 당신이 들뜬 기분으로 침대 휘장에 달아 놓았던 그 가지 밑에서요. 그러나 당신 이름을 더럽힐까 봐 차마 하지 못했어요."

테스의 고백에 에인젤의 놀라움은 이만저만이 아니었다. 그는 테스의 손을 잡고 그녀의 눈을 똑바로 보았다.

"자, 내 말을 잘 들어봐요. 그런 끔찍한 생각을 다시는 하면 안 돼요! 알았소?"

"예. 하지만 그건 어디까지나 당신을 위해서 마음먹었던 거예요. 제 생각에는 어차피 이혼하게 될 거니까 당신에게 그런 수치를 당하게 하지 않으려고……. 하지만 당신이 하지 말라면 않겠어요. 당신에게 거역하고 싶은 생각은 조금도 없으니까."

테스의 말이 진심이라는 것을 에인젤은 알고 있었다. 어젯밤 이후로 그녀는 완전히 활기를 잃고 있어 조급한 행동은 하지 않을 것이라는 판단이 섰기 때문이었다.

어색한 식사가 끝나자 에인젤은 제분소의 일을 배우기 위해 방앗간으로 갔다. 테스는 창가에 기대서서 그가 돌다리를 건너 방앗간 쪽으로 가는 모습을 지켜보았다. 그의 모습이 사라지자 그녀는 식탁을 치우기 시작했다.

에인젤은 1시쯤에 돌아왔다. 테스는 창문에서 그가 돌아오기를 기다렸다가 얼른 식탁을 차렸다.

"정확하군."

식탁에 앉자마자 식탁보를 벗기는 테스에게 에인젤은 말했다. 식사하는 동안 그는 제분소에서 보았던 여러 가지 일들을 이야기하였다. 물방앗간의 제분 방법은 현대 제분 기술에는 전혀 도움이 되지 못한다느니, 기계들이 너무 낡았다느니 하며 일에 관한 이야기만 하였다.

저녁에 돌아와서도 마찬가지였다. 그는 마치 급한 일을 처리하듯 내내 서류 정리에만 몰두하였다. 테스는 그를 방해하지 않으려고 부엌일에 매달려 있었다.

"그렇게 힘들게 일하지 않아도 돼. 당신은 내 아내지, 하녀가 아니니까."

"정말 그렇게 생각하나요? 저도 그 이상은 바라지도 않아요."

"그렇게 생각하냐니? 그게 무슨 뜻이지?"

"모르겠어요. 저는 당신과 결혼할 자격이 없다고 생각했는데, 당신의 마음이 너무 간절해서……."

테스는 울음을 터뜨리며 돌아섰다.

그러나 에인젤의 마음은 흔들림이 없었다. 그의 성격은 부드러웠으나 그 밑바닥은 옥돌처럼 단단하여 어떠한 것도 그것을 쉽게 뚫지 못하였다. 그것은 교회의 교리가 뚫지 못하는 것이나 테스의 애원이 뚫지 못하는 것이나 마찬가지였다.

"영국 여성의 반만이라도 당신만큼 훌륭하면 좋겠군. 하지만 당신의 경우는 훌륭하고 안하고의 문제가 아니라 원칙적인 문제지만."

모든 여성을 한데 묶어서 비난하는 말투에 테스는 아무런 대꾸도 하지 못했다. 그녀는 약간의 동정의 여지가 있음직한 그의 태도에도 감히 어찌해볼 생각을 하지 못했다.

그렇게 하루하루를 지내던 어느 날이었다. 물방앗간으로 가는 그에게 테스는 얼굴을 들어 키스를 청하였다. 그러나 그는 냉정하게 돌아섰다.

"잘 들으시오. 앞으로 나는 내 갈 길을 가겠소. 하지만 우리가 당장 헤어진다면 당신한테 안 좋은 소문이 돌 테니 당분간은 이대로 지냅시다. 하지만 이것은 어디까지나 형식에 지나지 않는다는 사실을 알아줬으면 좋겠소."

"……네."

에인젤의 말에 테스는 얼빠진 듯 겨우 대답했다.

그녀는 유순하게만 생각했던 에인젤에게 이토록 냉철한 면이 있다는 것을 알고 놀랐다. 사실 에인젤의 태도는 너무 잔혹했다. 이미 용서를 받을 수 없음을 깨달은 마당에 그녀는 멀리 도망쳐 버리려는 생각도 해 보았다. 그러나 그렇게 하면 에인젤이 더욱 괴로워하거나 굴욕감을 느낄 것이라 생각되어 차마 행동으로 옮기지는 못하였다.

"에인젤, 당신은 저와 함께 오래 지낼 마음은 없는 거죠?"

테스는 하루하루 고통으로 지내는 에인젤을 보다 못해 장래 문제에 대한 이야기를 먼저 꺼내게 되었다.

"그렇소. 나 자신을 학대하거나 당신을 학대하지 않고선. 결코 당신을 학대하지는 못하겠지만. 하지만 어떻게 그 남자가 살아 있는데 우리가 함께 살 수 있겠소. 이치대로 하자면, 당신 남편은 그 남자지 내가 아니오. 만약 우리가 같이 살게 되면 아이들이 생겨날 텐데 그 아이들이 자라서 이 비밀을 알게 될 거 아니오. 그렇다면 그 괴로움을 무엇으로 감당하라고 하겠소? 그런 일을 생각한다면 어찌 함께 살자는 말을 할 수가 있겠소! 차라리 지금의 불행만을 감당하는 편이 낫지 않겠소?"

"그렇군요……."

사실 테스는 언젠가 에인젤이 이성을 잃고 허물어지기를 기다리고 있었다. 그녀는 비록 단순했지만 남녀가 한 집에서 어울려 살다보면 어떤 일이 일어나는가는 본능적으로 알고 있었다. 그러한 점을 이용하여 에인젤과 잘되기를 바란다는 것은 매우 가슴 아픈 일이었지만, 그렇다고 완전히 희망을 버릴 수는 없었던 것이다.

그러나 에인젤이 그렇게 말한 이상 그녀는 새로운 결심을 하지 않을 수가 없었다. 그것은 전혀 생각해 보지 않았던 문제였다. 앞으로 생길지도 모르는 어린애들이 그녀의 과거를 알고, 그녀를 원망할 수도 있다는 사실에 대한 깨우침은 커다란 충격이었던 것이다. 어떠한 경우에는 행복한 생활보다 그것을 청산하는 것이 더 가치 있을 때가 있다는 것을 배운 적이 있었다. 그녀는 에인젤의 입을 통해 들은 아이들 문제를 상상하며 그때 배웠던 것을 다시 한번 상기해 내었다.

에인젤과 같이 지낸 지 사흘째 되던 날이었다. 테스는 식탁에서 에인젤과 다시 한번 장래 문제에 대해 이야기를 하였다. 에인젤이 조금 더 본능적인 욕망을 가진 남자라면 이제까지 그들 사이가 이렇게까지 냉랭하게 계속되지는 않았으련만 불행하게도 그는 비현실적이라고 할 만큼 공상적인 사람이었다.

"당신이 한 말을 곰곰이 생각해 봤어요."

한 손으로는 식탁보를 만지며, 다른 한 손으로는 이마를 받힌 채 그녀는 말을 꺼냈다.

"당신 말이 다 옳아요. 마땅히 그렇게 되어야겠지요. 그럼 이제 결론이 난 셈이니 당신은 멀리 떠나세요."

"당신은 어떻게 할 셈인데?"

"전 집으로 가면 돼요."

"집으로 간다고?"

"네, 어차피 헤어질 바에야 깨끗하게 끝장을 내는 게 좋아요. 제가 남자들의 이성을 어지럽히는 여자라고 언젠가 당신이 말한 거 생각나요? 그래서 당신 곁을 떠나려는 거예요. 괜히 당신 주위를 맴돌다가 당신 장래라도 망치게 되면 제 슬픔은 이루 말할 수가 없을 거예요."

"그래서 집으로 가겠다는 거요?"

에인젤은 미처 테스의 거처 문제까지는 생각지 않고 있다가 막상 그녀로부터 떠난다는 말을 들으니 가슴이 무너져 내리는 것 같았다.

"저는 당신을 조금도 원망하지 않아요. 당신이 하신 말씀도 다 알아들었고요. 그래요, 우리가 함께 산다고 해도 살다보면 사소한 문제로도 당신은 제 과거를 끄집어 낼지 모르는 일이잖아요. 그러면 우리 아이들이 그 말을 엿듣게 되겠죠. 그렇게 되면 저는 너무 괴로워서 목숨을 잃게 될지도 모르는 일이죠. 전 내일 당장 돌아가겠어요!"

이제 테스는 그의 얼굴을 똑바로 보며 말했다. 이미 모든 욕심과 미련을 버린 표정이었다.

"나도 이곳에 머무르진 않을 것이오. 이런 말을 자꾸 되풀이하고 싶진 않지만, 아무래도 당분간 헤어져 있는 게 좋을 듯하오. 당분간이란 혹시 내가 당신을 이해하고 용서하게 되어 편지를 쓰게 될 때를 말하는 것이오."

에인젤은 굳어진 얼굴로 말했다.

테스는 끝까지 냉정함을 잃지 않는 그에게 놀랐다.

"그런데 나는 멀리 떨어져 있으면 그 사람이 더욱 그리워진다오."

그는 모든 것을 포기한 그녀의 심정을 눈치채고 위로하는 심정으로 말했다.

그날로 에인젤은 짐을 꾸리기 시작하였다. 테스도 이층에서 함께 짐을 꾸렸다. 두 사람은 이 헤어짐이 영원한 이별이 될지 모른다고 똑같이 생각하였다. 헤어진 후 며칠간은 서로 애타게 그리울지도 모르겠으나, 세월이 지나면 그러한 기억조차 사라질 것이라는 것을 그들은 잘 알고 있었다.

"인연이 있으면 다시 만나게 되겠지……."

에인젤은 그렇게 말했다.

37

새벽 한시가 조금 지난 시간에 테스는 방문이 열리는 작은 소리에 잠이 깼다. 조심스레 눈을 떠보니 셔츠 차림의 남편이 달빛을 가로질러 들어오고 있었다. 그녀는 기쁨에 차서 하마터면 소리를 지를 뻔하였다. 그러나 남편은 방 한가운데 와서는 부자연스럽게 허공을 볼 뿐이었다.

"죽었구나! 죽었어!"

에인젤은 심한 고통에 시달릴 때면 몽유병 환자처럼 잠을 자면서 걷거나 이상한 행동을 했다. 결혼 전날 밤, 시장에서 돌아왔을 때도 테스를 모욕한 남자와 싸운 시늉을 하며 지금과 똑같은 행동을 되풀이한 적이 있었다. 테스는 에인젤이 요 며칠 동안 겪은 심한 고통에 많이 상심해 있다는 것을 알았다.

"죽었구나! 죽었어!"

에인젤은 슬픔이 가득한 눈으로 다가와 잠시 그녀를 들여다보았다. 그리곤 곧 몸을 구부리더니 두 팔로 그녀를 감싸안았다. 흡사 시체를 대하듯 경건한 태도였다.

"가엾은 테스! 내 사랑하는 테스! 그토록 사랑스럽고 그토록 착하더니!!"

　그는 그녀를 팔에 안은 채 방 안을 왔다갔다 하면서 중얼거렸다. 테스는 오랜만에 듣는 그의 달콤한 말에 한없이 빠져들었다. 비록 자신을 시체로 취급하고 있지만 그의 속삭임은 분명히 자신을 사랑하고 있다는 증거였다. 그녀는 숨소리마저 죽인 채 조용히 그의 품에 안겨 있었다.
　"내 아내는 죽었어! 죽어버렸어!"
　에인젤은 계속 중얼거리며 층계 부근으로 갔다. 그곳에서 그는 잠시 숨을 돌렸다. 그러나 테스는 공포스럽다기보다는 아주 만족한 기분이었다. 이대로 굴러 떨어져 함께 가루가 되어 버린다면 얼마나 좋을까.
　에인젤은 난간 받침대를 이용하여 기대서는 그녀의 입술에 뜨거운 입맞춤을 했다. 그리고는 다시 힘을 주어 그녀를 안고 계단을 내려갔다. 삐걱거리는 소리에도 그는 잠을 깨지 않고 무사히 밑에까지 내려갔다. 밑으로 내려오자 그는 그녀를 어깨에 둘러맸다. 옷을 입지 않은 테스는 아주 가벼워 그만큼 다루기가 쉬웠다.
　대문 빗장을 벗기고 밖으로 나온 에인젤은 몇 야드 떨어진 강 쪽으로 갔다. 도대체 어쩌려는 속셈인지 테스는 알 수가 없었다. 그러나 그녀는 그에게 편안하게 몸을 맡긴 채 마냥 행복해 했다. 비록 순간일망정 에인젤이 자신을 아내로 인정해 준다는 것이 한없이 기뻤던 것이다.
　강가에 도착하자 테스는 에인젤이 무엇을 꿈꾸는지 알 수 있었다. 어느 일요일 아침, 테스만큼이나 그를 사랑하는 낙농장 아가씨들을 업고 진흙탕을 건네주던 꿈을 꾸고 있는 것이었다.
　그들이 서 있는 맞은 편은 강물이 합쳐지는 지점이어서 폭도 넓고 깊이도 상당히 깊었다. 강에는 사람들이 건널 수 있도록 다리가 놓여져 있었으나 가을철에 홍수에 떠내려가 발판만 남은 상태였다. 또한 그 다리는 불과 몇 인치 넓이로 되어 있기 때문에 사람들은 이곳을 건널 때마다 마치 줄타기 곡예를 하듯이 했다. 그런데 지금 에인젤은 테스를 안은 채 그 발판에 발을 내딛고 있는 것이었다.

빠른 물살은 물 위에 비친 달을 높이 치켜올리기도 하고, 일그러뜨리기도 하고, 때로는 조각조각 갈라 놓기도 하였다. 거칠게 부풀은 물거품은 재빨리 떠내려 가고, 갈길이 막힌 잡초들은 한데 몰려서 물결을 일으켰다. 테스는 서로 헤어져 사느니 차라리 이곳에서 함께 물에 빠지고 싶었다. 그러나 차마 직접 몸을 움직여 떨어질 용기는 없었다.

그들은 마침내 수도원의 앞뜰에 들어섰다. 에인젤은 다시금 그녀를 잘 치켜업고 서너 걸음 나아가 수도원의 성가대석까지 갔다. 북쪽 벽에는 수도원장의 빈 석관이 기대어져 있었다. 에인젤은 그곳에 그녀를 눕혔다. 그리고는 그녀의 입술에 입을 맞추곤 긴 한숨을 쉬었다.

목적을 이룬 에인젤은 테스가 누워 있는 관 옆에 나란히 누웠다. 그리곤 곧 깊은 잠에 빠져 들었다. 지금까지 흥분했던 마음이 완전히 가라앉은 것이다. 테스는 관 속에서 일어나 앉았다. 밤공기는 비교적 따뜻했지만 그래도 얇은 옷을 입고 한데서 자기는 무리였다.

그녀는 가만히 그를 흔들었다. 당장이라도 의식이 돌아와 자신의 행동을 깨닫는다면 심한 굴욕감을 느낄 것이기에 그녀는 아주 조심했다. 아슬아슬한 고비를 넘길 때는 흥분해서 추운 줄도 몰랐지만 이제는 한기가 몰려왔다.

"에인젤, 같이 가요."

그녀는 그의 귀에 대고 속삭였다. 그는 순순히 그녀의 말에 따랐다. 테스의 영혼이 자신을 천당으로 이끄는 줄로 생각하는 모양이었다. 그녀는 에인젤의 팔을 잡은 채 돌다리를 건너 집까지 이끌고 왔다. 이제 집에 도착한 이상 어려울 것은 없었다. 그녀는 그를 침대에 눕혀 따뜻하게 덮어주고 장작불을 피웠다. 그리고 그가 깨어나길 기다렸지만 몸과 마음이 지칠 대로 지친 그는 꼼짝도 하지 않았다.

다음 날 아침, 잠에서 깨어난 에인젤은 간밤에 있었던 일을 조금도 기억하지 못했다. 그녀와 헤어지려는 결심이 비록 충동적인 것이었다고 해도 그것은 그의 이성을 바탕으로 이루어진 것이기에 이제 와서 다시 돌이킨다는 것은 있을 수 없는 일이었다.

테스는 간밤의 일을 다 이야기하고 싶은 충동이 일었다. 그의 본능에 남아 있는 자신에 대한 애정을 그에게 확인시키고 싶었던 것이다. 그러나 자신도 모르는 사이에 체면이 손상되었다는 것을 알게 되면 그는 분명히 노하고 슬퍼할 것이었으므로 그녀는 그만 입을 다물었다. 그것은 마치 술에서 깬 사람에게 취중에 했던 행동을 비웃는 것과 마찬가지라는 생각이 들었기 때문이기도 하였다.

에인젤이 이웃 마을에 부탁한 마차가 도착하자, 그들은 이별의 순간이 왔음을 알았다. 짐은 마차 지붕 위에 실려졌고, 마차는 그들은 태우자 곧 달리기 시작했다. 그들의 갑작스런 출발에 방앗간 주인과 일하는 여자는 의아한 표정을 지었다. 그러나 에인젤이 방앗간 시설이 자신의 연구에는 안 맞는 것 같다고 변명하자 아무 눈치를 못 채는 것 같았다.

되도록이면 남의 눈에 띄지 않게 하려고 그들은 큰길에서 바로 낙농장으로 통하는 작은 문 앞에서 내렸다. 그리곤 나란히 오솔길을 걸었다. 잘려진 버드나무 그루터기 저쪽 너머로 에인젤이 그녀에게 청혼하며 졸라 대던 곳이 눈에 들어왔다. 그 왼쪽에는 하프 소리로 테스를 이끌었던 생울타리가 보였고 그들이 최초로 포옹했던 외양간 뒤쪽의 목장도 보였다.

낙농장 주인은 안마당 문 너머로 그들이 오는 것을 보자 짓궂은 웃음을 띠며 마중을 나왔다. 크릭 부인과 대여섯 명의 낯익은 친구들도 몰려왔다. 그러나 마리안과 레티의 모습은 보이지 않았다. 테스는 그들의 농담을 잘 받아 넘겼다. 무척 어려웠지만 결코 두 사람이 이별한다는 것을 알리고 싶지는 않았다.

마리안은 다른 곳으로 직장을 구하러 갔고, 레티는 그녀의 아버지 곁으로 갔다고 했다. 테스는 그들의 소식에 슬픔을 느꼈으나 정든 젖소들을 일일이 쓰다듬어 주면서 마음을 가라앉혔다.

두 사람은 마치 하나의 생명처럼 보였다. 에인젤의 팔이 그녀의 팔에 닿았고 그녀의 치맛자락이 그의 옷에 스쳤다. 이야기를 할 때도 우리라는 말을 사용했다. 그러나 어쩐지 그들의 태도는 뭔가 어색하고 초조하다는 것을 느낄 수가 있었다.

인사를 마친 그들은 웨더베리와 스택푸트 레인을 향해 마차를 몰았다. 그곳 여관에서 잠깐 휴식을 취한 후 곧 테스는 집으로 향할 생각이었다.

"우리는 서로 이해해야 돼. 나로서는 참을 수 없는 일이긴 하지만 그렇다고 우리가 서로 미워하는 건 아니잖소? 나도 참을 수 있도록 노력하겠소. 또 계획이 결정되는 대로 주소도 알리겠소. 그리고 혹시 내가 참을 수 있거나 뭔가 생각이 정리된다면 당신한테 돌아가겠소. 그러나 그때까지 당신은 나를 찾지 않는 게 좋을 것 같소."

에인젤의 말은 가혹한 선고나 마찬가지였다. 그녀는 비로소 그의 생각을 충분히 알 수 있었다. 그는 아직도 그녀가 자기를 속인 것으로 생각하는 것이 분명했다.

"당신이 돌아오지 않는 한 당신을 찾지 말라는 말씀이죠?"

"그렇소."

"그럼 편지는 해도 좋은가요?"

"그렇소. 만약 당신이 아프거나 뭐 원하는 것이 있으면 말이오. 물론 그런 일이 없기를 바라지만 말이오. 그러나 아무래도 내가 먼저 편지를 쓰게 될 거요."

"알았어요. 당신의 말에 따르겠어요. 잘못을 저지른 건 저니까요. 하지만 에인젤, 제발 제가 감당할 수 없을 정도로 너무 가혹한 벌은 내리지 마세요."

테스는 더 이상 어떻게 할 도리가 없었다. 울음을 터뜨리거나 엎어져 애원이라도 한다면 그의 마음이 약해질 수도 있겠으나 그녀는 결코 그러한 연극을 할 수가 없었다. 더구나 오랫동안 몸과 마음이 지쳐 다만 그가 하자는 대로 따를 뿐이었다. 에인젤은 미리 은행에서 찾아 놓은 상당한 액수의 돈꾸러미를 테스에게 내밀었다. 그의 대모가 주었던 보석은 유언대로 그녀가 살아 있는 동안에만 소유권이 있으므로 은행에 맡기도록 권하였다.

그렇게 구체적인 합의 사항까지 마친 그들이 할 일이란 이제 헤어지는 일뿐이었다. 에인젤은 타고 왔던 마차를 보내고 새로운 마차를 불렀다. 그리고 그녀가 마차에 오르는 것을 도와 주었다. 테스가 마차에 자리를 잡자 그는 가방과 우산을 들고 그곳에서 작별 인사를 나누었다.

마차는 천천히 움직이며 언덕길을 올라갔다. 에인젤은 멀어져 가는 마차를 하염없이 바라보았다. 테스가 창 밖으로 얼굴을 내밀어 주었으면 하고 바라기도 하였지만 이내 부질없는 일이라 생각하였다. 그는 아직도 자신이 그녀를 사랑하고 있다는 것을 미처 깨닫지 못하고 있었다.

테스가 탄 마차가 언덕마루를 넘어 사라지자 그도 자신의 갈 길을 찾아 천천히 발걸음을 옮기었다.

38

블랙무어에 도착하고도 테스는 부모에게 무엇이라 말해야 할지 아직 갈피를 잡지 못하였다. 그녀는 먼저 마을 어귀에 있는 낯선 문지기를 통해 마을 소식을 들었다.

"말로트 마을이야 여전하죠. 요 근래에 존 더비필드 집안에서 딸을 시집 보낸 것 말고는요. 그 집에서 신랑을 고른 것은 아니지만 그 집 딸은 어느 점잖은 농부에게 시집을 갔다나 봐요. 그런데 신랑이 상당히 높은 분이라 존의 가족은 결혼식에 참석하지 못했다는군요. 대신 존 경 그 양반이 결혼식날 마을 사람들에게 단단히 한턱을 냈습죠."

문지기에 말에 테스는 가슴이 미어질 듯이 아팠다. 그녀는 차마 집으로 갈 용기가 나지 않았다. 지금쯤은 먼 곳으로 신혼 여행을 떠나 달콤한 사랑에 취해 있을 것이라 믿고 있을 식구들 앞에 갑자기 나타나면 얼마나들 놀랄까.

문지기를 통해 미리 짐을 보내고 뒷길로 돌아서 오다보니 낯익은 굴뚝이 보였다. 그녀는 힘없이 낡은 문으로 향해 조용히 다가갔다. 뜰 안에 들어서자 어머니의 노랫소리가 들려 왔다. 문턱에 서서 홑이불을 짜고 있었던 것이다.

"어머니."

테스는 어머니 뒤에 다가가 나지막이 소리내었다. 더비필드 부인은 홑이불을 옆으로 던져놓고 귀에 익은 목소리에 얼른 고개를 돌려 보았다.

"아니, 테스 아니냐! 난 네가 결혼한 줄 알고 있었는데! 그래서 능금주까지 보냈는데!"

"저 결혼했어요."

"결혼했다고! 그럼 네 남편은 어디 있니?"

"그이는 다른 곳으로 갔어요."

"가다니! 그게 무슨 소리냐! 화요일에 결혼해서 이제 겨우 토요일인데 신부를 놔두고 가다니! 그 따위 남편이라면 차라리 지옥에나 가라고 해!"

"어머니!"

그녀는 어머니에게 달려가 가슴에 얼굴을 파묻고 울음을 터뜨렸다.

"어머니, 저는 이제 어쩌면 좋을지 모르겠어요. 어머니가 그렇게 하지 말라고 했는데 저는 그만 다 얘기해 버렸어요. 그랬더니 그 사람이 떠나갔어요!"

"아이고, 이 바보 같은 것아! 내가 그렇게 말하지 말라고 신신당부를 했건만!"

"제가 바보인 줄은 알아요. 하지만 전 말하지 않을 수가 없었어요. 그 사람이 너무 순수해서 도저히 감출 수가 없었어요. 만약에 다시 그런 입장에 서더라도 전 말하지 않고는 못 견딜 거예요."

"그렇다면 애당초 결혼을 하지 말아야지."

"그래요, 그래서 제가 지금 이렇게 괴로운 거예요. 저는 그 사람이 제 실수를 용서하지 않는다면 이혼할 수 있을 줄 알았어요. 그런데 그게 그렇게 되지 않는다는군요. 하지만 어머니, 어머니는 제가 그 사람을 얼마나 사랑하고 그 사람과 결혼하고 싶어했는 줄 모르실 거예요. 사랑하는 마음과 거짓없이 대하려는 마음으로 얼마나 갈등했는지……."

그녀는 말을 하다 말고 의자에 쓰러지고 말았다.

"알았다. 이제 엎질러진 물이니 다시 주워 담을 수도 없고! 하지만 아무리 생각해도 어쩌면 그토록 바보 같은 짓을 했냐? 설사 나중에라도 알게 되더라도 숨길 수 있을 때까지 숨기지 못하고, 무슨 자랑이라고 지껄여댔냐!"

더비필드 부인은 눈물을 흘리며 한탄했다.

"그나저나 네 아버지에겐 뭐라고 해야 할지. 네 아버진 네가 더버빌 가문의 체면을 되찾아 주었다고 매일같이 롤리버네 주막이랑 퓨어 드롭 주막으로 돌아다니면서 네 결혼을 자랑하고 있단다. 주책없는 양반 같으니라고!"

부인이 한탄하는 사이에 아버지가 들어오는 소리가 들렸다. 테스는 얼른 이층으로 올라갔다. 이층에서 그녀는 어머니와 아버지가 하는 이야기를 거의 다 들을 수가 있었다.

그 동안 더비필드는 알렉이 사 준 말까지 팔아 치워 지금은 바구니에 물건을 담고 다니면서 행상을 하고 있는 형편이었다. 그러나 장사는 시늉만 낼 뿐이며 대부분의 시간을 롤러버네 술집에서 보냈다.

"요즘은 그저 목사라고 불리고 있지만 옛날에는 그 집도 '경'이라는 칭호가 붙었던 모양이야."

더비필드는 술집에서 들은 에인젤의 집안에 대해서 이야기했다.

"그애가 너무 떠벌리지 말라고 해서 조심하고는 있지만, 이제는 좀 맘대로 얘기해도 좋을 것 같은데 말야. 혹시 그애한테서 편지 온 거 없소?"

그는 성공한 딸에 대해 마음껏 자랑할 수 없는 것이 불만인 모양이었다.

"편지는 오지 않고, 사람이 직접 왔다우."

"직접 오다니, 누가 왔는데!"

"내 말 잘 들으슈……."

더비필드 부인은 테스의 짧고 불행하게 끝난 결혼 이야기를 하기 시작했다. 이야기를 하는 동안 더비필드는 술기운에 명랑하던 기분이 점점 가시기 시작하여 모든 이야기를 끝났을 때는 참담한 기분이 되어 있었다.

"아니, 그럼 모든 게 끝장났단 말야! 졸라드 갑부의 맥주 창고만큼이나 큰 납골당을 갖고 있는 우리 집안의 딸이 말야! 아, 이제 롤리버나 퓨어 드롭 주막에서 사람들이 뭐라고 할까! 여보, 이건 너무 창피한 일이야! 가문이고 뭐고 다 집어치우고 죽어 버렸으면 좋겠어! 아니, 한번 결혼했으면 끝까지 책임지라고 할 것이지!"

더비필드는 노여움에 펄펄 뛰었다.

"혹시 이번에도 정식으로 결혼한 게 아니라 지난 번처럼 노리개가 된 거 아닐까?"

아버지의 말을 테스는 더 이상 들을 수가 없었다. 자신의 진심을 부모도 믿지 않는다는 사실이 그녀를 슬프게 했다. 부모마저 저런데 하물며 친구나 이웃 사람들은 어떨까. 그녀는 이 집에서도 오래 머무를 수가 없다는 것을 깨달았다.

집에 돌아온 지 사흘째 되던 날, 에인젤에게서 짤막한 편지가 왔다. 북부 지방으로 농장을 보러 간다는, 지극히 사무적인 내용이었다. 테스는 그 편지를 구실로 집을 떠나기로 하였다.

그녀는 에인젤이 준 50파운드 가운데 25파운드를 떼어 어머니에게 주며, 지난 몇 해 동안 부모에게 끼친 근심에 대한 약소한 보답이라고 설명했다. 그리곤 짧은 작별을 고한 다음 집을 나섰다. 부모들은 그녀가 남편을 만나러 가는 줄 짐작하고 곧 그들의 불화가 가실 것으로 짐작했다.

39

에인젤은 아버지의 목사관을 향해 걷고 있었다. 발 아래쪽에 보이는 교회의 탑이 저녁 하늘에 우뚝 솟아 있었다. 저물어 가는 길에서 그를 알아보는 사람은 아무도 없었다.

이제 그는 사색을 통해서가 아니라 인생을 직접 겪으면서 모든 것을 깨달았다. 지난 몇 주 동안 그는 얼마나 괴로웠던가. 그는 위대한 종교 지도자라도 만나서 괴로움에서 벗어나는 방법을 가르쳐 달라고 호소하고 싶었다. 지난 시대의 위대하고 현명한 사람들이 권하는 바를 되새겨 보기도 하였다. 그러나 그는 여전히 괴로웠으며 슬픔으로 몸부림쳤다. 그는 무엇을 먹는지도 몰랐고, 마실 줄 모르는 술도 마셨다. 그렇게 시간이 흐름에 따라 그는 비로소 자신이 얼마나 테스를 열정적으로 사랑했는가를 깨달았다.

그러는 도중에 그는 어느 조그만 마을에서 브라질 제국이 이주를 권하는 광고를 보게 되었다. 브라질로 오면 엄청난 땅을 유리한 조건으로 준다는 내용이었다. 광고를 보는 순간, 에인젤은 풍토나 사상, 습관, 법률이 다른 나라에서는 테스와 생활하는 것도 무방하지 않겠나 하는 생각이 들었다.

그는 브라질로 이주할 계획을 먼저 부모에게 알리고자 하였다. 테스와 별거하는 사실에 대해서는 적당히 둘러댈 생각이었다. 그가 집에 도착했을 때는 보름달이 그의 얼굴을 훤하게 비춰주고 있었다. 클레어 목사 부부는 마침 서재에 있었다. 그들은 에인젤이 들어서자 크게 놀란 얼굴이었다.

"어쩌면 이렇게 사람을 놀라게 하니! 그런데 왜 너 혼자냐?"

어머니는 보자마자 테스에 대해 물었다.

"그 사람은 친정에 다니러 갔어요. 저는 갑자기 브라질로 가게 되어서 이렇게 급히 온 겁니다."

"브라질이라고! 그곳 사람들은 로마 카톨릭 교인들인데."

"그래요? 전 그것까진 몰랐는데요."

"우리는 네가 결혼식을 처가 쪽이 아니라 낙농장에서 올린다기에 참석하지 않는 편이 낫다고 생각했다. 그러나 네가 사업에 적합한 여자를 택한 것에 대해서는 이제 더 이상 탓하지 않기로 했다. 그렇지만 네 처에 대해서는 좀 알고 싶구나. 무얼 좋아하는지도 알고 싶고. 그래야 선물을 보낼 것이 아니냐. 그런데 정말 아무 일도 없는 거니?"

"사실은 어머니 마음에 들 때까지 집에 데려오지 않는 게 좋다고 생각했어요. 그런데 갑자기 브라질에 가려는 결정을 하다보니 이렇게 된 겁니다. 브라질에 가더라도 그 사람은 당분간 친정에 있을 겁니다."

"그럼 네가 떠나기 전에 며느리를 볼 수가 없단 말이냐?"

"아마 그럴 겁니다. 그러나 일 년 안에 다시 돌아와서 그때는 정식으로 인사를 드리게 하겠습니다."

그는 테스가 얼마나 매력적인 여성인가에 대해 설명하였다. 아들의 칭찬에 어머니는 조그만 마을에 예수가 태어난 것처럼 탤보데이스 농장에도 아리따운 여자가 있을 수 있다는 생각을 하였다.

"그 애의 모습이 눈앞에 보이는 것 같구나. 언젠가 네가 말했지. 몸매는 날씬하고 몸집은 통통하며, 입술은 붉고 눈썹은 검고 길다고. 그리고 남색과 보랏빛이 도는 검은 눈동자라고."

"네, 그래요."

"눈에 훤하구나, 그렇게 외딴 고장에서 살고 있었으니 너 말고는 외간 남자를 접할 기회는 없었겠지?"

"그럼요."

"세상에는 그런 건강하고 순박한 시골 여자보다 못한 여자들이 얼마든지 있단다. 그러니 네가 그 아가씨를 선택한 것은 당연한 일일 게야."

어머니는 아들의 설명에 흐뭇해져 연신 고개를 끄덕였다.

저녁 기도 시간이 되자 클레어 목사는 성경을 펼쳐 들었다.

"오늘은 에인젤이 왔으니 〈잠언〉 31장을 읽는 게 좋겠군."

"르무엘 왕의 말씀이죠. 애야, 아버지께서 잠언에 있는 정숙한 여인을 찬양한 구절을 읽어 주시겠다는구나. 여기에는 없지만 아마 네 아내에게 들려주시려는 말씀인 것 같구나."

어머니의 말에 에인젤은 가슴이 뿌듯해 옴을 느꼈다.

클레어 목사는 침착한 목소리로 〈잠언〉을 읽어 내려갔다.

누가 현숙한 여인을 얻겠느냐? 그 가치는 진주보다 더 있느니라. 그런 여인의 남편은 아내를 믿나니 사업이 핍절치 아니하겠으며, 그런 여인은 살아 있는 동안 남편에게 선을 행하고 악을 행하지 아니 하느니라. 그 여인은 양털과 삼을 구하여 부지런히 손으로 일하며, 상고의 배와 같아서 먼 데서 양식을 구해오며, 밤이 새기 전에 일어나 그 집 사람에게 식물을 나눠주며, 여종에게 일을 정하여 맡기며 밭을 간품하여 사며, 그 손으로 번 것을 가지고 포도원을 심으며 힘으로 허리를 묶으며, 그 팔을 강하게 하며 자기의 무역하는 것이 이로운 줄을 깨닫고, 밤에 등불을 끄지 아니하고 솜뭉치를 들고 손가락으로 가락을 잡으며, 간곤한 자에게 손을 펴며 궁핍한 자를 위하여 손을 내밀며, 그 집 사람들은 다홍색 옷을 입었으므로 눈이 와도 방석을 지으며 세마포와 자색 옷을 입으며, 그 남편은 그 땅의 장로로 더불어 상고에게 맡기며, 능력과 존귀로 옷을 삼고 후일을 웃으며, 입을 열어 지혜를 베풀며, 그 혀로 인애의 법을 말하며 그 집안 일을 보살피고, 게을리 얻은 양식을 먹지 아니 하나니. 그 자식들은 일어나 사례하며, 그 남편은 칭찬하기를, 덕행 있는 여자가 많으나 그대는 여러 여자보다 뛰어나다 하느니라.

"네 아버지가 읽으신 구절은 어쩌면 그렇게도 네 아내를 두고 하는 말과 같니! 완전한 여자란 바로 일하는 여자를 말하는 거다. 남을 위해 손과 머리와 마음을 쓰는 여자 말이지. 그 애를 한번 봤으면 좋겠구나. 순진하고 깨끗하다니 난 그것으로 족하다."

클레어 목사의 기도가 끝나자 어머니가 말했다.

에인젤은 아무런 대꾸도 하지 않고 자기 방으로 갔다. 어머니는 그런 아들의 뒤를 조심스럽게 따라와 근심스러운 표정으로 바라보았다.

"얘아, 난 알고 있단다. 네가 네 아내 때문에 괴로워한다는 걸. 벌써 다투었니?"

"아녜요, 그저 의견이 좀 안 맞아서."

"설마 그 애한테 큰 흠이 있는 건 아니겠지?"

"그럼요, 그녀는 순결해요!"

정곡을 찌르는 어머니의 질문에 에인젤은 일부러 자신있게 대꾸했다.

설사 지옥에 떨어진다고 해도 그것만큼은 진실을 말할 수가 없었다.

"그렇다면 안심이다. 다른 것은 차차 살아가면서 가르치면 된다."

어머니는 비로소 안심이 되는지 만족한 웃음을 지었다.

그러나 에인젤은 어머니를 속였다는 죄책감에 새삼 테스가 원망스러웠다. 장래의 문제야 어찌되었든 부모님을 속일 수밖에 없게 된 처지가 순전히 그녀의 탓이라고 생각하니 그는 그녀의 고백을 들을 때보다 한층 더 그녀가 괘씸했다.

그러면서도 한편으로는 애원하듯 타이르듯 다정하게 속삭이는 그녀의 음성이 그의 귓전에 맴도는 듯했다. 그녀의 부드러운 입술이 이마를 스치고 따뜻한 체온이 느껴지는 듯도 했다. 그는 촛불을 들여다 보며 참을 수 없이 밀려드는 괴로움과 그리움에 몸부림을 쳤다.

40

다음 날 아침, 은행에 다녀오던 에인젤은 머시 찬트 양과 마주치고 말았다. 그녀는 학생들에게 나누어 줄 성경책을 한아름 안고 있었다. 매사를 낙천적으로 생각하는 듯 아주 행복한 표정이었다.

"영국을 떠나신다고요. 농사를 지으신다는 소식을 들었어요. 잘은 모르겠지만 참으로 훌륭하고 장래성 있는 사업 같아요."

"상업적인 면에서 보면 그렇죠. 하지만 이제까지와의 생활과는 완전히 단절되는 일이죠. 차라리 수도원에 들어가는 게 나을지도 모르겠어요."

"수도원이라고요! 아니, 클레어 씨, 수도사는 로마 카톨릭이 아니에요?"

"로마 카톨릭은 죄악이라는 뜻인가요? 그래서 죄악은 벌을 뜻하니,

에인젤 클레어여, 그대는 위험한 지경에 이르렀도다! 이 뜻인가요?”

“저는 신교를 영광스럽게 생각해요.”

그녀는 딱 잘라서 말했다. 그녀의 아름다운 얼굴에 언뜻 공포의 빛이 스쳤다. 그 모습을 보고 에인젤은 갑자기 웃음을 터뜨렸다.

“머시 양, 용서해 주시오. 난 꼭 미칠 것만 같소!”

에인젤의 웃음에 머시 찬트는 이유를 알 수 없지만 그의 괴로움을 느낄 수 있었다.

브라질로 떠나기 전에 에인젤은 잠깐 웰브리지 농가에 들러야 했다. 방세를 지불하고 열쇠도 돌려 주어야 했기 때문이었다. 또한 그곳을 떠나올 때 미처 챙기지 못한 몇 가지 물건도 있었다.

그는 농가에 들르기 전에 테스를 위해 30파운드를 은행에 예금하였다는 사실을 알렸다. 그 외에 급한 일이 생기면 아버지인 클레어 목사에게 연락하도록 일러 놓았다. 그러나 클레어 목사 부부에게는 그녀의 주소를 일러주지 않았다. 행여 그들이 아들과 며느리 사이에 있었던 일을 알게 될까 하는 염려 때문이었다.

에인젤이 웰브리지 농가에 도착하였을 때 농부 내외는 밭에 나가 있었다. 그는 얼마 동안 방 안에 혼자 있었다. 문득 4주 전에 테스와 함께 도착하여 마냥 행복해 하던 것이 생각났다.

그는 무심히 이층 침실로 올라갔다. 한 번도 함께 써보지 않은 침실은 떠나기 전에 테스가 정리해 놓은 그대로였다. 겨우살이 가지도 그가 매달아 놓은 그대로 있었다. 그러나 그것은 그 동안 색이 바랬고 쭈글쭈글 시들어 있었다. 에인젤은 그것을 떼어 내어 벽난로 속에 집어 던졌다. 그리고는 잠시 그대로 서 있었다. 자신이 너무 몰인정하게 굴었던 것은 아닐까 생각해 보았다. 갑자기 눈물이 쏟아져 내렸다.

“오, 테스! 좀더 일찍 말해 주었더라면 용서했을 것을!”

그는 침대 옆에 꿇어앉아 울부짖었다. 그때 아래층에서 발걸음 소리가 들렸다. 에인젤은 얼른 눈물을 닦고 층계 쪽으로 갔다. 인기척에 층계 아래에 있던 여자가 머리를 들었다. 여자는 파리하게 여윈 이즈 휴에트였다.

"클레어 씨!"

이즈가 반갑게 소리쳤다.

"전 선생님과 부인께 인사나 드리려고 왔어요. 아무도 계시지 않았지만 반드시 돌아올 줄 알았어요."

아무것도 모르는 이즈는 반가움에 활짝 웃었다.

"난 지금 혼자 있소. 우리는 지금 여기서 살지 않아요. 그런데 당신 집은 어디죠?"

"저는 지금 이곳에 와 있어요. 탤보데이스 낙농장에선 더 이상 쓸쓸해서 견딜 수가 없어서요."

이즈는 낙농장과는 정반대 쪽을 가리켰다. 에인젤이 막 가려던 방향이었다.

"나도 그쪽으로 가려던 참인데, 괜찮다면 태워다 주겠소."

농부를 만나 방세를 지불하고, 자잘한 물건까지 챙긴 에인젤은 이즈를 마차에 태웠다. 이즈는 그의 옆에 앉아 조심스럽게 옷깃을 여미었다.

"난 이제 영국을 떠나 브라질로 갈 작정이오."

"부인께서도 함께 가시나요?"

"테스는 이번에 가지 않지……한 일 년 동안 말이오. 난 우선 그곳 형편을 살피러 가는 거요. 그런데 다른 아가씨들은 어떻게 지내오?"

"제가 그곳을 떠날 때 레티는 굉장히 야위어서 마치 폐병 환자 같았어요. 마리안은 술을 너무 마셔 주인이 쫓아냈고요."

"술을 마셔?"

"네, 하지만 전 술도 마시지 않고 다 죽어가지도 않아요. 하지만 예전처럼 노래는 부르지 못해요."

"어째서? 아침에 우유 짤 때 당신이 부르던 '큐핏의 꽃밭에서' 라든가 '재단사의 바지' 같은 노래는 얼마나 멋있었는데!"

"그렇죠. 선생님이 처음 오셨을 때는 그랬죠. 하지만 좀 지난 다음부터는 부르지 않았어요."

"왜?"

"……."

"오, 이즈! 왜 이렇게 약하오? 나 같은 사람 때문에……."

에인젤은 마차의 속력을 늦추었다. 그리곤 오랫동안 생각에 잠기었다.

"난 혼자 브라질로 가는 거요. 사실 우리는 개인적인 문제로 헤어졌소. 앞으로 그녀와는 살 수 없을 것이오. 이즈, 혹시 지금도 나를 사랑한다면 나와 함께 브라질로 떠나지 않겠소? 설사 내가 영원히 당신을 사랑하지 않는다고 해도."

"제가 곁에 있길 원하신다면요."

"물론이오. 적어도 당신은 이해관계를 떠나서 날 사랑하니까."

"좋아요, 가겠어요."

"따라가겠다고? 이즈, 내가 한 말이 무슨 뜻인지 모르오?"

"알아요. 그곳에 머무르는 동안만 함께 산다는 뜻이 아닌가요? 전 그것만으로도 족해요."

"그렇다면 한 가지 알아둘 게 있소. 도덕적인 면에서 나를 믿지 마시오. 내 행동은 분명히 죄악에 속하는 거니까."

"전 그런 것 따위엔 관심도 없어요."

이즈는 분명하게 말했다. 에인젤은 이즈의 집 근처를 지나 말을 몰았다. 그러나 그때까지 그는 아무런 애정의 표시도 하지 않았다.

"당신은 진정으로 날 사랑하는 거요?"

"물론이에요. 당신을 처음 본 순간부터 한시도 당신을 사랑하지 않은 적이 없어요."

“테스보다도 더?”

“아뇨, 그녀만큼은 아니에요. 이 세상에서 그녀만큼 당신을 사랑하는 여자는 없을 거예요. 그녀는 당신을 위해서라면 목숨이라도 바칠 거예요. 전 도저히 그녀의 사랑을 따라갈 수가 없어요.”

이즈의 솔직한 말에 에인젤은 갑자기 목이 콱 막혔다. 자신을 위해서라면 목숨도 바칠 것이라니, 그는 갑자기 정신이 돌아온 사람처럼 한동안 멍한 상태로 있었다.

“이즈, 내가 실없는 말을 했나보오. 조금 전에 우리가 나눴던 얘기는 다 잊어버립시다. 도대체 내가 어쩌자고 그런 말을 했는지……. 부디 내 경솔함을 용서해 주시오. 당신 집 어귀까지 데려다 주리다.”

에인젤은 가던 방향을 돌리며 말했다. 이즈는 자신의 경솔함에 후회했지만 이미 엎지러진 물이었다.

“너무 솔직하게 말씀드린 것이 일을 그르치다니! 아, 다 제 잘못이에요. 하지만 저는 결코 경솔함에서 한 말이 아니었어요!”

“이즈, 제발 착한 일 한 것까지 후회하지는 말아요.”

에인젤은 사정하듯 말했다. 이즈는 오랫동안 아무런 대꾸도 하지 않았다. 그러다 곧 자세를 바로 세우고 옷깃을 여몄다.

“알았어요. 저 역시 잠깐 정신이 없었나 봐요. 어쩌자고 결혼한 사람한테, 그것도 친구 남편한테 그랬는지 모르겠어요!”

“그래요, 난 이미 아내가 있소.”

“그렇고말고요. 선생님은 아내가 있어요. 모든 건 제 탓이니 너무 가책 받진 말아요.”

이즈는 너그럽게 그를 용서했다.

가던 길을 되돌아와 갈림길에 다다르자 이즈는 마차에서 뛰어내렸다.

“부디 하느님의 축복이 있기를 바라겠어요. 그럼 안녕히!”

“고맙소. 당신은 내 아내를 정직하게 평가해 줌으로써 나를 유혹에서 건져 냈소. 난 결코 당신을 잊지 못할 거요. 레티와 마리안에게도 안부 전해 주시오. 세상엔 훌륭한 사람이 많으니 하루 빨리 나 같은 사람은 잊고 행복하게 살라고 말이오."

그는 간절하게 말했다. 그녀는 말없이 고개를 끄덕였다.

어깨가 늘어져 걸어가는 이즈를 보며 그는 후회와 괴로움으로 고통스러워 했다. 입술이 바짝 타들어갔다. 그는 순간적인 기분으로 웨섹스의 고원 지대로 말을 몰고 갈 뻔하였다. 그러나 곧 테스의 과거를 상기하곤 냉정함을 되찾았다. 처음에 했던 판단을 이제와서 뒤집어 엎을 수는 없는 노릇이었다. 이즈의 말에 순간적으로 감동받은 것은 사실이지만 그가 마음을 돌이키자면 그보다 훨씬 크고 강한 자극이 필요할 것이다.

그날 밤, 에인젤은 런던으로 가는 기차를 탔다. 그리고 닷새 후에는 항구에서 형들과 작별인사를 하고 브라질을 향해 떠나는 배를 탔다.

41

테스가 에인젤과 헤어진 지도 벌써 8개월이 지나고 있었다.

테스는 블랙무어 골짜기의 서쪽에 있는 포트 브레디 근방의 낙농장에서 날품팔이를 하며 지냈다. 에인젤이 주고 간 돈이 다 떨어져 갈 뿐만 아니라 가만히 있는 것보다는 일을 하는 것이 훨씬 마음 편했기 때문이었다. 목장에서 젖 짜는 일 말고도 마침 추수기가 시작되고 있어 일은 얼마든지 있었다. 그런데 요즘은 궂은 날이 계속되어 에인젤이 주고 간 돈을 쓰지 않을 수가 없었다. 그러나 테스는 그 돈을 쓰기가 아까웠다. 그 돈은 에인젤이 은행에서 새 돈으로 찾아다 직접 건네 준 돈이었다. 그런 까닭에 그녀에게 그 돈은 바로 에인젤이 남긴 기념품과 같은 의미로 생각되었다.

설상가상으로 가진 돈이 거의 바닥이 날 즈음에 어머니로부터 편지가 왔다. 천장에서 비가 새는데 수리할 만한 돈이 없다는 것이었다. 이층의 천장과 서까래까지 새로 하자면 적어도 20파운드가 필요하다고 했다. 마침 에인젤이 30파운드를 부쳐와 테스는 그 중 20파운드를 떼어 어머니에게 보냈다. 나머지는 겨울 옷가지라도 장만해야 했으므로 저축해 두었다.

그러나 그 돈은 금세 다 떨어지고 형편은 말이 아니게 어려워졌다. 어려운 일이 있으면 시부모에게 연락하라고 에인젤이 떠나기 전에 말했으나 도저히 그럴 수는 없었다. 아직 며느리로 인정하고 있는지조차 알 수 없는 상황에서 그런 염치없는 짓은 할 수가 없었다. 더구나 포트 브레디 주변의 농장에서는 이에 더 이상 일손이 필요치 않았다. 그녀는 탤보데이스 농장을 생각해 보기도 했으나 그곳에 다시 돌아갈 수는 없었다. 자신의 처지에 대해 수군댈 것도 두려웠지만 무엇보다도 그들이 남편을 어떻게 생각할지 그것이 문제였다.

할 수 없이 그녀는 이 고을의 중앙에 있는 농장을 찾아가기로 하였다. 그곳은 마리안이 소개한 곳이었다. 마리안은 이즈 휴에트에게서 테스와 에인젤이 별거한다는 소식을 진작에 듣고 있었다.

지금까지 테스는 클레어 목사관과 가까운 거리에 있어 언젠가는 시부모를 찾아보겠다는 희망이 있었으나 이제는 그 희망마저 잠시 접어두어야 했다.

고원의 농장은 포트 브레디에서 훨씬 동쪽에 있었다. 어느 겨울 날, 테스는 그곳을 찾아 고르지 않은 오솔길을 걷고 있었다. 어느 새 짧은 해가 저물어 주위에는 땅거미가 짙게 깔려 있었다.

"안녕하시오, 어여쁜 아가씨."

발걸음을 재촉하는 동안 한 남자가 말을 걸어 왔다. 그녀도 공손하게 인사를 받았다. 여명이 그녀의 얼굴을 잔잔하게 비추었다.

"트랜트리지에 있던 아가씨가 틀림없군. 더버빌 나리가 꽤 좋아했지?"

남자의 말에 테스는 그를 자세히 보았다. 언젠가 여관에서 에인젤에게 얻어맞았던 바로 그 농부였다. 그녀는 감전이라도 된 듯 그 자리에 멈춰섰다.

"어때 내 말이 맞지? 요 앙큼한 아가씨야! 어때, 그날 당신 애인이 날 때렸던 거 지금이라도 사과할래?"

농부는 아직까지도 분한 마음이 가시지 않았는지 거치른 말투로 물었다. 테스는 아무 대꾸도 하지 못하고 뒷걸음질을 쳤다. 그리곤 갑자기 치맛자락을 움켜쥔 채 달리기 시작했다. 농부가 뒤쫓아 오는지 돌아볼 겨를도 없이 그녀는 정신없이 뛰었다. 곧 농장의 문이 나타났다. 그녀는 재빨리 안으로 들어가 숲이 무성한 곳에 몸을 숨겼다.

낙엽을 긁어모으고 앉아 그녀는 숨을 돌렸다. 곧 어둠이 밀려왔다. 이따금씩 이상한 소리도 들려왔지만 바람 소리일 것이라고 그녀는 스스로에게 타일렀다. 행복한 생활을 하다 이런 경우에 처했더라면 아마 무척 겁낼 것이었다. 그러나 이제 그녀는 어두움이나 바람 소리 따위에 두려워 할 철부지 어린애는 아니었다.

농부는 더 이상 따라오지 않는 것 같았다. 소리에도 점점 익숙해 갔다. 마음이 안정되자 그녀는 비로소 무거운 눈을 감고 서서히 잠에 빠져 들어 갔다.

아침 햇살에 테스는 눈을 떴다. 숲 속 낙엽 위에서 하룻밤을 보낸 것이었다. 그녀는 아직까지 온기가 느껴지는 낙엽에서 일어나 숲 밖으로 나와 보았다. 숲은 그녀가 있는 곳에서부터 급한 비탈을 이루고 있었고, 숲이 끝나는 생울타리 너머에는 경작지가 펼쳐져 있었다.

주위를 돌아본 그녀는 간밤에 났던 소리가 무엇인지 알 수 있었다.

수목 아래에 여러 마리의 꿩이 피에 젖은 채 죽어 있거나 아직 날개를 퍼득이고 있는 것이 눈에 띄었다. 사냥꾼들에게 쫓긴 꿩들이 밤새 이곳까지 날아온 것이었다.

"가엾어라, 세상에 나보다 더 불쌍한 존재가 있구나!"

그녀는 조금이라도 고통을 덜어주기 위해 아직 살아있는 꿩들을 찾아 목을 눌러 죽였다.

"이것들에 비하면 그래도 나는 행복한 편이구나! 적어도 육체적으로는 찢기지도 않고, 피도 흘리지 않으니!"

그녀는 밤새 꿩들이 느꼈을 고통을 자신의 것으로 생각하며 한동안 가슴 아파했다.

42

테스는 초크 뉴턴의 여인숙에서 아침 식사를 하였다. 주위에서 남자들이 흘끔거리며 그녀의 아름다움에 감탄했다. 그녀는 언젠가 남편도 저들과 같이 자신의 모습에 찬사를 보낼지 모른다는 생각이 들어 새로운 희망을 품어보았다.

식사를 마치고 그녀는 마을을 벗어나 숲 속으로 들어갔다. 그곳에서 아주 낡은 작업복으로 갈아 입었다. 그것은 말로트 마을에서 들일을 할 때 입던 것으로 낙농장에서조차 입지 않은 것이었다.

그런 다음에는 손수건으로 머리와 뺨을 감싸고 그 위에 모자를 썼다. 회색 사지 웃도리에 빨간 털실 목도리와 색이 바랜 갈색의 작업복, 누르스름한 가죽 장갑을 끼고 있는 그녀는 이제 영락없는 시골 여자의 모습이었다. 옷을 다 갈아입은 후에는 거울을 꺼내 가위로 눈썹까지 잘라냈다. 엉큼한 남자들의 시선을 피하자는 뜻이었다.

"괴상하게 생긴 계집애군."

지나가는 남자가 경멸하듯 말했다.

테스는 자신의 신세가 너무 가련하게 느껴져 눈물이 나왔다. 하지만 에인젤이 없는 이상 그녀는 언제까지라도 그런 모양을 하고 있을 작정이었다.

그녀는 무거운 다리를 이끌며 농장을 향해 계속 걸어 나갔다. 날씨가 좋지 않아 힘은 배로 들었지만 잠시라도 지체할 시간이 없었다. 소문에 의하면 마리안이 소개한 농장의 일이 무척 고되다고 했다. 그러나 어떤 일이든 수월한 것은 없다는 것을 그녀는 요 몇 달 동안의 경험을 통해 알았다.

포트 브레디에서 출발하여 이틀째 되던 날, 테스는 드디어 흰 모래로 뒤덮여 있는 고원에 다다랐다. 여기저기 무덤이 흩어져 있는 모양이 마치 유방의 여신인 시빌리가 반듯하게 누워 있는 형상이었다. 위치는 그녀가 태어난 블랙무어와 클레어 집의 중간 쯤에 자리잡고 있었다.

기후는 건조하고 추워서 설사 비가 온다고 해도 서너 시간만 지나면 다시 뿌옇게 먼지가 일었다. 또 나무는 거의 찾아 볼 수가 없을 정도였다. 사방에 깔린 거친 땅, 이것만으로도 그녀는 이곳에서 해야 할 노동이 얼마나 험한 것인지 짐작할 수 있었다.

저녁이 되어 비가 오기 시작했다. 그녀는 마을 입구에 있는 한 농가의 처마 밑으로 들어갔다.

'누가 나를 에인젤 클레어 부인이라고 짐작이나 할까.'

그녀는 따스한 기운에 감도는 벽에 기대서서 생각했다. 안에서는 식구들이 저녁 식사를 하며 도란도란 이야기하는 것이 들려왔다. 그녀는 그들의 이야기를 들으며 한없이 그 자리에 서 있었다.

그때 한 여자가 테스 앞으로 다가왔다. 쌀쌀한 날씨에도 불구하고 여자는 여름옷을 입고 있었다. 테스는 막연히 그 여자가 마리안일지도 모

른다는 생각을 하였다. 그리고 서로 얼굴을 확인할 수 있을 만큼 가까워
졌을 때 분명히 마리안이라는 것을 알 수 있었다.

"테스! 아니, 클레어 부인! 어쩌면 이렇게까지!"

마리안은 테스를 확인하는 동시에 놀라움에 입을 다물지 못했다.

"그 예쁜 얼굴을 왜 이렇게 감싸고 있는 거야? 누가 널 때렸니?"

"아냐, 그저 남자들 눈에 띄지 않으려고 그런 거야."

테스는 수건을 풀며 억지로 웃어보였다.

"결혼 반지도 끼지 않고!"

"아니야. 사실은 리본에 매달아 목에 걸었어. 이 꼴이 되었는데 결혼
했다는 걸 알리는 게 우스워서 말야. 더구나 이런 생활을 하는 처지에
결혼했다면 거북한 경우가 많을 것 같기도 하고."

"그래도 너는 점잖은 분의 아내가 아니니?"

"마리안, 이제 그런 질문은 그만하고 나 좀 도와주지 않겠니? 그이는
외국에 나가 있고, 주고 간 돈은 이미 다 쓰고 없어. 그래서 옛날에 하
던 일을 계속해야겠어. 그러니까 나를 클레어 부인이라고 부르지 말고
그냥 예전처럼 테스라고 불러 줘. 그런데 일자리는 있을까?"

"일자리야 있고말고. 이곳은 오히려 일할 사람이 없어서 항상 일손을
구하고 있어. 순무 뽑는 일인데, 일이 고되서 너는 힘에 부칠 거야."

"무슨 일이든 괜찮아!"

"마침 오늘 품삯을 받는 날이니까 한번 따라와 봐. 그런데 아무래도
네게 너무 힘든 일 같아 마음이 참 안 좋구나. 네 남편만 있다면 이런
일은 하지 않아도 될 텐데. 설사 노예처럼 다룬다고 해도 말야."

"정말이야. 그래도 난 행복할 거야."

마리안의 염려에 테스는 한없이 고마움을 느꼈다. 비록 성질은 조금
거칠지만 참으로 믿음직한 친구라는 것을 새삼 깨달은 것이다.

농장에 도착하여 테스는 주위를 돌아 보았다. 눈길이 닿는 곳까지 나

무 한 그루 보이지 않고 나직한 울타리를 두른 뜰에는 황무지와 순무밭
뿐이었다.

마리안은 테스를 농장 주인의 아내에게 소개했다. 주인의 아내는 테
스가 성신 강림절까지 있겠다는 말에 그녀를 고용했다. 요즘에는 밭일
을 하겠다는 여자들이 거의 없었고, 더구나 여자는 남자에 비해 품삯이
싼 편이어서 주인 아내로서는 거리낄 것이 없었다.

이렇게 해서 테스는 겨울을 날 잠자리를 마련한 셈이었다. 그녀는 그
날 밤에 당장 말로트 마을로 새로운 주소를 알렸다. 에인젤에게서 편지
가 올 경우를 대비해서였다. 그러나 그녀는 자신의 딱한 사정에 대해서
는 일체 알리지 않았다. 그것만이 남편에게 할 수 있는 유일한 배려라고
생각했기 때문이었다.

43

플린트콤 애쉬 농장은 대부분 토착 지주가 토지를 세놓은 마을이었
다. 이 땅 위에서 살찐 것이라곤 마리안의 말대로 마리안 그녀뿐이었다.

마리안과 함께 일하는 무밭은 돌이 많고 비탈진 곳으로, 이 고장에서
도 가장 높은 지대에 속했다. 백 에이커나 되는 넓은 땅에는 둥글고 뾰
족한 흰 차돌들이 여기저기 솟아 있었다. 테스는 마리안과 땅 속에 묻힌
순무를 해커라고 불리는 호미로 뿌리를 파헤치는 작업을 하였다. 땅 위
로 나온 순무잎은 가축들에게 모두 뜯기어서 전체적으로 볼 때 순무밭
은 황갈색의 빛을 띠고 있었다.

그들은 소매가 달린 허름한 앞치마를 뒤에서 비끄러 맨 채 기계적으
로 일을 하였다. 손에는 목이 긴 양피 장갑을 꼈으며 짧은 치마를 입고
있었다. 그곳에서는 누구 하나 그들에게 접근하는 사람이 없었다. 그들

은 단지 묵묵히 일을 할 뿐이었다.

그들은 탤보데이스에서 지내던 이야기를 하면서 일을 하면 시간 가는 줄을 몰랐다. 함께 살면서 함께 사랑하던 그 시절은 젊은 그들에게 아낌없이 행복을 주던 시간이었다. 그러나 테스는 남편인 에인젤에 대해서는 이야기하지 않았다.

"날씨가 맑은 날은 프룸 분지에서 서너 마일 떨어진 산까지 보여."

마리안이 흰 헝겊으로 막은 술병을 꺼내들며 말했다.

"어머, 정말!"

마리안의 말에 테스는 반색을 하였다. 이 마을의 가치를 새롭게 깨달은 것이다.

"너도 마셔 봐."

마리안이 술병을 내밀며 말했다. 테스는 술병을 받아 들었다. 그러나 그녀는 주둥이에 잠깐 입만 대었을 뿐 마시지는 않았다.

"습관이 돼서 도저히 끊을 수가 없어. 이제 술 마시는 것만이 내 유일한 낙이야. 하지만 넌 원하는 사람을 얻었으니 술이 없어도 살 수 있을 거야."

마리안이 부러운 듯 말했다. 테스는 마리안의 말에 자신은 그래도 행복하다는 것을 알았다. 비록 그와 헤어져 살기는 하지만 적어도 문서상으로는 그의 아내라는 것이 얼마나 큰 위안이 되는가.

술기운이 돌자 마리안은 묘하게 생긴 돌을 이리저리 살피며 킬킬거리고 있었다. 테스는 그녀 옆에서 프룸 분지 쪽을 하염없이 바라보았다.

"옛날 친구들이 한 둘만 이곳으로 더 온다면 얼마나 좋을까!"

마리안도 옛 생각을 하였는지 그렇게 불쑥 말하였다.

"우리 이즈 휴에트에게 편지할까? 그앤 지금 집에서 놀고 있으니까 우리가 오라면 올지도 몰라. 레티도 그렇고!"

마리안의 말에 테스는 웃음을 띠어 보였다.

메마른 고원에도 겨울은 어김없이 찾아왔다. 사방으로 펼쳐진 덤불 숲과 나무는 잔뜩 흐린 하늘과 지평선을 배경으로 서 있었고, 생울타리의 가시덤불은 허물을 벗고 밤새 돋은 솜털로 털옷을 입은 것 같았다. 대기는 습기로 가득 찼으나 비는 오지 않았고 추운 날씨에도 서리는 내리지 않았다. 곧 눈이 올 징조였다.

눈이 오는 날에는 순무 밭에서 작업을 할 수 없었다. 테스와 마리안은 다른 여자들과 함께 헛간에서 밀 훑는 일을 하기로 하였다.

"이렇게 추운 날 네 남편은 타는 듯이 더운 곳에 있겠지? 이렇게 아름다운 아내를 두고 말야. 아, 오늘따라 더욱 아름다워 보이는구나!"

헛간으로 가며 마리안이 장난스레 말했다.

"마리안, 그이 얘기는 하지 마."

"왜, 걱정이 돼서?"

마리안이 다시 짓궂게 물었지만 그녀는 대답하지 않았다. 다만 어렴풋이 상상되는 남미 쪽을 향해 입술을 내밀어 뜨거운 키스를 보낼 뿐이었다.

"그래, 알았어. 네 심정 알만 해. 이제부턴 아무 말도 하지 않을게. 그건 그렇고, 미리 말해 두는데, 밀 훑는 일은 무척 힘들어. 순무 뽑는 것보다 훨씬 고약하거든. 나는 튼튼해서 괜찮지만 너는 견딜지 모르겠다. 어쩌자고 너한테까지 이런 일을 시키는지 모르겠다."

헛간에 다다르자 마리안은 걱정스러운 표정으로 말했다. 그들은 헛간 한쪽 구석으로 갔다. 그곳에는 오늘 훑을 밀단이 이미 높다랗게 쌓여 있었다.

"어머, 이즈 아냐!"

마리안이 갑자기 소리쳤다.

"마리안! 테스!"

이즈는 반가운 표정으로 그들에게 다가왔다. 그녀는 어제 오후에 집을 출발해서 그때부터 쉬지 않고 걸어왔다고 했다. 생각보다 멀었지만 부지런히 걸은 덕분에 다행히 눈보라가 치기 전에 도착할 수 있었다고 하였다.

이즈가 설명하는 동안 테스는 이웃 마을에서 온 다른 두 여자를 보고 있었다. 그들은 바로 트랜트리지에서 스페이드의 여왕이라 불리던 다크 카와 다이아몬드의 여왕으로 불리던 그녀의 동생이었다. 그러나 그들은 테스를 알아보지 못하였다.

그 자매는 남자들처럼 일을 아주 잘하였다. 이를 테면 우물을 판다거나 울타리를 두르는 일, 도랑 파는 일 등도 쉽게 해냈다. 밀 훑는 솜씨 또한 뛰어나서 그들은 탈곡기 앞에서 세 사람에게 으시대듯 일을 하고 있었다. 세 아가씨들은 들보 아래에 있는 밀단을 한 줌씩 들어 올렸다. 그러나 추잡한 이야기를 마구 해대는 통에 테스와 이즈, 마리안은 옛날 에 같이 지내던 이야기는 꺼내지도 못하였다.

일을 한참 열심히 하고 있는 사이에 갑자기 둔탁한 말발굽 소리가 들 려왔다. 말은 헛간까지 들어왔는데 그 위에는 한 남자가 타고 있었다. 남자는 말에서 내려 테스 앞으로 다가왔다. 테스는 모르는 체했으나 그 가 워낙 오래 서 있어서 돌아보지 않을 수가 없었다. 그를 본 순간, 그 녀는 하마터면 소리를 지를 뻔하였다. 바로 트랜트리지 마을의 그 농부 였던 것이다.

"젊은 여자를 고용했다는 말에 나는 직감적으로 너라는 것을 알았어. 너는 애인과 함께 여관에서 날 골탕먹였고, 길에서 만났을 때는 잘도 도 망쳤지만 이번에는 내가 톡톡히 맛을 보여주겠어."

그는 말을 마치고 큰 소리로 웃어댔다. 스페이드 여왕 자매와 주인 사이에서 테스는 어찌할 바를 몰랐다. 만약 주인이 에인젤에게 당한 분 풀이를 자신에게 하려 한다면 어찌할 것인가. 불안한 마음에 그녀의 눈 이 더욱 커졌다.

"내가 반한 것으로 아는 모양이지만 어림없지. 세상에는 남자들의 모든 것을 진심으로 아는 순진한 여자가 더러 있는 모양인데, 그런 여자들은 그저 밭일을 시키는 수밖에 없어. 아무튼 성신 강림절까지 일하기로 계약했으니, 그 동안 조금이라도 편하게 지내려면 나한테 용서를 빌어야하지 않겠어?"

"용서를 빌 사람은 당신이라고 생각해요."

"그래? 그렇담 이 집에서 주인이 누구라는 걸 가르쳐 주지."

주인은 괘씸하다는 표정으로 주위를 돌아보았다. 스페이드 여왕 자매가 눈에 띄자 그는 테스의 밀단과 비교해 보았다.

"오늘 턴 밀단이 겨우 이것뿐이야? 이거 형편없는걸. 저기 저 여자들이 해 놓은 걸 좀 봐."

"저 사람들은 이 일이 손에 익었지만 저는 처음이에요. 그리고 일한 몫만큼 품삯을 받을 테니 주인껜 지장이 없다고 생각해요."

"무슨 그런 말씀을! 난 헛간을 빨리 치워야 하는데?"

"그럼, 저는 해질 때까지 일을 하겠어요. 다른 사람은 두시에 일을 마치기로 했지만."

테스가 끝까지 지지않고 대꾸하자 그는 기분 나쁜 듯이 그녀를 바라보다가 밖으로 나갔다. 테스는 그보다 못된 주인은 없을 것이라는 생각이 들었다. 그래도 치근거리지 않는 것만으로도 그녀에게는 다행이었다.

두시가 되자 다른 여자들은 모두 일을 마치고 밖으로 나갔다. 그러나 마리안과 이즈는 테스를 돕겠다며 남아 있었다.

"이제 우리만 남았군. 하지만 이즈, 마리안, 나는 옛날처럼 너희들에게 그 사람 얘기를 할 수 없어. 너희들도 내 심정을 잘 알 거야."

"그 남잔 참 멋있었는데. 그런데 남편으로서는 과히 좋은 것 같지는 않구나?"

에인젤을 사랑하던 아가씨들 중에 가장 당돌하고 빈정거리기 잘하는 이즈가 말했다.

"아냐, 그렇지 않아. 우린 사소한 오해로 헤어지게 된 거야. 하지만 그이가 있는 곳은 언제든지 알 수 있어. 그인 다른 남편들처럼 아무 소리 없이 가 버린 게 아니거든."

테스의 변명에 마리안과 이즈는 입을 다물었다.

그들은 오랫동안 묵묵히 일만 하였다. 밀단을 움켜잡고 이삭을 털고, 다시 겨드랑이에 껴서 떨어지지 않는 이삭을 낫으로 쳤다. 헛간 안에는 한참 동안 밀 이삭 훑는 소리와 자르는 소리만 들릴 뿐이었다.

그러다 갑자기 테스가 힘없이 이삭 더미 위로 주저앉았다.

"네가 감당 못할 줄 알았어!"

마리안이 소리쳤다. 이때 농장 주인이 들어왔다.

"나만 없으면 이 아가씨는 이 모양이군."

주인은 테스를 나무라듯 말했다.

"내 손해지 당신 손해는 아니에요!"

테스가 소리쳤다.

"아무튼 오늘 안으로 이걸 다 마치라고!"

주인은 말을 마치고 헛간을 가로질러 밖으로 나가 버렸다.

"주인 말에 신경쓸 것 없어. 나는 전에도 여기서 일한 적이 있는데 괜히 저러는 거야. 그러니까 저쪽으로 가서 좀 누워 있어. 이즈하고 내가 다 할 테니."

"미안해서 어떡하지? 난 너희들보다 키도 큰데."

말은 그렇게 하였지만 테스는 너무 지쳐서 더 이상 일을 할 수가 없었다. 그녀는 마리안 말대로 헛간 구석에 가서 잠시 쉬기로 하였다. 몸도 지쳤지만 남편에 대한 이야기가 나오자 신경이 곤두선 것이다.

마리안과 이즈는 무엇인가 계속 수군거리고 있었다. 잘 들리지는 않았지만 테스는 분명 남편에 대한 이야기일 것이라고 생각했다. 그러자 궁금해서 가만히 누워 있을 수가 없었다. 그녀는 억지로 일어나 다시 일을 하기 시작했다. 대신 어제 저녁부터 10마일이나 걸어온 이즈가 빠지기로 하였다.

"그 남자가 그럴 줄 몰랐는데! 난 그 남자가 너랑 결혼한 건 아무렇지도 않아. 하지만 정말 이즈한텐 너무했는걸!"

이즈가 숙소로 돌아가자 마리안이 믿어지지 않는다는 듯 고개를 갸웃거렸다. 그녀는 매일 이맘때가 되면 술기운으로 몸과 마음이 풀리기 시작했다.

"내 남편 말이니?"

마리안의 말에 테스는 너무 놀라 하마터면 낫에 손가락을 베일 뻔하였다.

"응, 이즈가 말하지 말라고 했는데, 난 말해야겠어. 그 사람이 이즈한테 뭐라고 했는지 알아? 함께 브라질로 가자고 했대."

"그래서 이즈가 거절했대?"

테스는 금방 얼굴이 창백해져서 물었다.

"아니, 그 사람이 금방 취소했대."

"그럼, 처음부터 농담으로 한 소리였겠지!"

"아니라니까. 진지하게 말하더래. 마차를 타고 둘이서 정거장을 향해 달리기까지 했다는데!"

"그래도 이즈를 데려가지 않은걸!"

테스는 아무렇지도 않은 것처럼 계속 일을 하며 말했다. 그러다 얼마 후 그녀는 갑자기 울음을 터뜨렸다.

"저런, 내가 공연히 말을 했나 봐!"

"아냐, 말해 주어서 고마워. 그것도 모르고 난 여태까지 그를 기다리기만 했어. 편지라도 부지런히 보냈으면 그런 일은 없었을 텐데!"

테스는 어두워지는 하늘을 보며 나지막이 중얼거렸다.

그날 저녁 숙소로 돌아온 테스는 당장 에인젤에게 편지를 쓰기 시작했다. 헤어진 지 얼마 되지 않아 이즈에게 마음을 둘 만큼 변덕스러운 남편이었지만 그녀는 자신만이 그의 아내라는 것을 믿고 싶었다. 그래서 목에 걸었던 반지도 빼내어 손가락에 끼었다.

하지만 이즈와의 사건을 안 이상 뭐라고 애원할 것이며, 아직도 잊지 않고 있다고 편지를 쓸 수 있을까?

44

마리안으로부터 에인젤과 이즈에 관한 이야기를 들은 후, 테스는 에민스터의 목사관으로 시부모를 찾아가기로 했다. 이제까지는 자신이 며느리로서 아무런 권리가 없다고 생각하여 어떠한 어려움도 참고 견디었다. 아무 자격도 없이 도움을 받는다는 것은 그녀의 도덕적인 기준으로 도저히 용납이 되지 않았던 것이다. 그러나 이제 더 이상 가만히 있을 수가 없었다.

이대로 있다가는 남편을 영원히 잃을지도 모른다는 생각이 들었다. 그와 관계되는 것이라면 어떠한 것이라도 붙잡고 있어야 할 것만 같았다. 그러나 막상 행동으로 옮기기까지는 여러 날이 필요했다. 하루에도 열두 번씩 변하는 마음을 달래고 추스리자니 일이 제대로 손에 잡히지 않았다. 마리안과 이즈는 그 일에 많은 관심을 나타내며 은근히 부추겼지만 정작 본인인 테스는 쉽게 용기가 나지 않았다.

그러다가 눈이 멎은 어느 일요일 새벽, 그녀는 드디어 길을 나서기로 했다. 왕복 30마일이나 되는 길이기 때문에 일찍부터 서두르지 않으면 안 되었다. 마리안과 이즈가 그녀의 여행을 도와 주었다. 그녀는 너무 요란을 떨고 싶지 않았지만 그들은 나서서 옷도 골라 주었다.

"처음 뵙는 마당인데 예쁘게 보여야지."

마리안이 옷을 고르며 말했다. 그녀는 흰 주름 칼라가 달린 회색의 모직 외투와 까만 비로드 자켓을 골라냈다. 결혼 전에 에인젤이 사 준 옷이었다. 그러고 보니 일 년 만에 입어보는 옷이었다. 그 사이에 벌써 일 년이란 세월이 흘러 있었던 것이다.

"네 남편이 이 모습을 보지 못해 유감이구나. 아주 근사해!"

문지방에 서 있는 테스를 보고 이즈가 감탄했다. 이제 그녀는 자신의 괴로움 따위는 털어버리고 테스의 행복만을 바라고 있었다.

"그럼 다녀올게."

그녀는 친구들에게 인사를 하고 집을 나섰다. 막상 길을 나서자 새삼 시어머니의 마음에 들어 다시 남편을 찾겠다는 굳은 각오가 다져졌다.

고원의 경치는 흐린 다갈색이었지만 발 아래로는 푸른 빛이 펼쳐져 있었다. 그러나 그 분지는 그녀에게 평생의 슬픔을 안겨준 곳이었다.

그녀는 애써 그곳에서 눈길을 돌리고 서쪽을 향해 걸어갔다. 그리하여 힌톡스 고원을 지나고 셔튼 애바스에서 캐스터브리지로 통하는 길을 건너 '악마의 부엌'이라는 골짜기를 지났다. 아침은 사람들의 눈을 피하기 위해 교회 옆의 한 농가에서 먹었다. 이제 남은 길은 좀 수월한 벤빌 레인을 따라 평탄한 지방만 지나면 된다. 그러나 그녀는 목사관과 가까워질수록 점점 위축되어 가는 자신을 느꼈다.

점심때쯤 이르러 테스는 에민스터 목사관이 보이는 길에 이르게 되었다. 네모진 탑을 보며 그녀는 새삼 그의 부모를 생각했다. 소문대로 선량하고 인정 많은 사람들이라면 꼭 자신의 처지를 이해해 주리라 생각했다.

그녀는 그렇게 마음을 가다듬으며 목사관으로 다가가 초인종을 눌렀다. 이제 주사위는 던져진 것이라고 생각했다. 그러나 안에서는 아무런 기척도 없었다. 그녀는 다시 한번 용기를 내어 초인종을 눌렀다. 두 번째 역시 마찬가지였다.

그녀는 낙심하여 집 모퉁이까지 걸어갔다. 목사관 앞을 지나 길가에 난 창문을 통해 안을 들여다 보니 집에는 아무도 없었다. 그녀는 아차했다. 클레어 목사는 하인들까지 예배에 참석시킨다고 했던 에인젤의 말을 깜박 잊고 있었던 것이었다.

할 수 없이 테스는 목사 가족이 집으로 돌아올 때까지 기다리기로 하였다. 그녀는 천천히 비탈길을 따라 올라갔다. 아무래도 높은 곳에서 아래를 내려다 보며 기다리는 편이 좋을 것 같았다. 그곳에서는 교인들이 집으로 돌아가는 것을 볼 수 있기 때문이었다.

그녀 뒤로 두 젊은 남자들이 따라오고 있었다. 그녀는 워낙 천천히 걷고 있었으므로 그들과의 사이가 금방 좁혀졌다. 테스는 그들이 하는 말의 내용을 알아 들을 수가 있었다. 그 내용으로 테스는 그들이 바로 에인젤의 형이라는 것을 알았다. 테스의 앞에는 젊은 숙녀가 올라가고 있었다. 여자는 새침해 보였으나 한편으로는 상냥한 표정이 엿보이기도 하였다.

"저기 머시 찬트가 있군. 우리 따라 갑시다."

에인젤의 형들 중 한 사람이 말했다. 그 말을 듣는 순간, 테스는 그녀가 누구인지 금방 알 수가 있었다. 자기만 아니었으면 바로 에인젤의 아내가 되었을지도 모르는 여자였다.

"불쌍한 에인젤! 나는 저 아가씨만 보면 에인젤이 불쌍해서 견딜 수가 없어. 그 젖 짜는 아가씬지 뭔지 때문에 신세만 망치고 말야. 에인젤이 그 여자랑 다시 만날지는 모르겠지만 지난 번 편지 왔을 때만 해도 별거하고 있는 거 같던데."

"난 모르겠어요. 나한텐 아무 연락도 없으니까. 그 애가 그렇게 분별 없는 결혼만 하지 않았더라면 우리 사이가 이렇게까진 되지 않았을 텐데."

그들은 테스를 앞질러 걸으며 말했다. 테스는 그들에게 얼굴을 보이지 않으려고 고개를 숙인 채 걸었다. 잠시 후, 언덕에 도착한 테스는 마을을 내려다 보았다. 에인젤의 형들 중 한 사람이 우산으로 생울타리를 들추다 무엇인가를 끄집어 내고 있었다.

"여기 낡은 장화가 한 켤레 있는데! 어느 거지가 버린 거 같아."

에인젤의 형이 우산 끝으로 장화를 들어올리며 말했다.

"어떤 협잡꾼이 맨발로 마을에 오려고 그랬을 거예요. 마을 사람들한테 동정을 받으려고요. 보세요, 아주 멀쩡하잖아요. 누구 가난한 사람에게 갖다 주면 좋아하겠어요."

찬트 양이 단정적으로 말했다. 그녀의 표정에는 못마땅함이 가득했으나 애써 너그러운 웃음으로 감추고 있었다. 에인젤의 형은 그녀에게 장화를 건네 주었다.

그들의 말을 듣고 있는 동안 테스는 자꾸 눈물이 쏟아졌다. 그 장화는 바로 그녀의 장화였던 것이다.

'그이가 사 준 구두를 아끼려고 장화를 신고 왔는데!'

그녀는 아쉬워했지만 이미 장화는 찬트 양이 가지고 가고 있었다.

테스는 먼지투성이가 된 장화를 보고 조롱하던 에인젤의 형들이 생각나 그만 모든 용기를 잃고 말았다. 자신의 처지가 마치 그 장화와 같다는 생각이 들었다. 이제는 더 이상 그의 부모를 만날 자신이 없었다. 그의 부모는 그의 형들과 달리 매우 인정이 많은 사람들이라는 것을 알고 있었지만 그녀는 그대로 발길을 돌리기로 하였다.

지루한 벤빌 레인을 걷는 동안 새벽부터 쌓인 피로가 한꺼번에 몰려왔다. 그녀는 에민스터에서 7,8마일 이르는 지점에 있는 농가에서 잠시 쉬어 가기로 하였다. 농가 옆에는 교회가 있었다.

"다들 오후 예배에 간 모양이죠?"

아무도 없는 길거리를 둘러보며 테스가 주인 여자에게 물었다.

"아녜요. 예배 시간은 아직 멀었어요. 다들 저쪽 헛간에서 전도하는 걸 들으러 간 거예요. 랜턴 교파의 전도사가 전도하는 건데 꽤 설교를 잘하는 모양이에요."

주인 여자의 말을 듣고 테스는 헛간 쪽으로 가 보았다. 전도사의 목소리가 웅변조로 헛간 밖에까지 들려왔다.

"어리석도다. 랄리디아 사람들아, 예수 그리스도께서 십자가에 못박히신 것이 너희 눈앞에 보이거늘 누가 너희를 꾀더냐?"

전도사는 성경 구절을 인용해서 열광적으로 설교하고 있었다. 설교자의 교리는 에인젤의 부친인 클레어 목사가 주장하는 것과 같았다. 그녀는 은근히 솟구치는 관심에 헛간 가까이 다가갔다. 더구나 설교자가 어떻게 자신이 그런 견해를 갖게 되었는지 설명하는 대목에 그녀의 관심은 극도로 부풀어져 있었다.

설교자는 자신이 한때는 말할 수 없는 죄인이었다고 하였다. 사람들을 우롱하고 건달들과 어울려 다녔다고 했다. 그러나 어느 날 한 목사의 영향을 받아 지난 날을 회개하기 시작하였다고 했다. 처음에는 목사를 욕했으나 그가 떠날 때 남긴 한 마디가 가슴 깊이 새겨졌다는 것이다.

테스는 자신도 모르게 헛간 정문으로 다가갔다. 그러나 정작 놀란 것은 설교 내용이 아니라 바로 그 음성이었다. 오랫동안 잊고 있었던 알렉 더버빌의 음성.

오후의 햇살은 설교자의 모습을 정면으로 비추고 있었다. 그의 모습을 확인하는 순간, 테스는 그 자리에서 무너져 내리고 말았다.

제 6 부 악연의 뿌리

45

알렉 더버빌의 풍채는 여전히 당당했다. 다만 코밑 수염 대신 깨끗하게 손질한 턱수염이 달려 있었으며, 복장도 단정했다. 표정 또한 예전의 불량기는 찾아볼 수가 없을 정도로 인자하게 변해 있었다. 더구나 그의 입에서는 엄숙한 성경 구절들이 쏟아져 나오고 있었다. 테스는 자신의 눈과 귀를 의심하지 않을 수 없었다.

방탕한 생활에 젖어 있었던 그의 태도는 경건함이 엿보였다. 동물적인 욕망은 신앙에 대한 열정으로, 이단주의는 사도주의로 바뀌어 있었다. 겁없이 이글거리던 눈망울도 이제는 정력적인 신앙의 힘으로 빛났다. 그럼에도 불구하고 테스는 그에게서 뭔가 불만이 잔뜩 숨겨져 있다고 느꼈다. 왠지 그의 변화된 모습이 위선이라고 느껴졌다. 아니, 그의 변화 자체가 잘못된 것이라고 느꼈다.

그러나 그녀는 애써 그러한 느낌을 물리쳤다. 타락한 영혼이 신앙에 의해 구원받은 것이 어디 알렉뿐이던가. 그의 입을 통해 듣는 성경 구절이 귀에 거슬리는 것은 자신의 선입관 때문이리라 생각했다.

처음에 알렉은 햇빛을 등지고 서 있는 테스를 알아보지 못했다. 하지만 그녀가 잠깐 옆으로 몸을 움직였을 때 그는 단박에 그녀를 알아보고 큰 충격에 휩싸였다. 그것은 온몸에 전기가 통했을 때보다 훨씬 심한 것이었다. 그는 일사천리(一瀉千里)로 진행하던 설교를 멈추고 멍한 상태로 있었다. 무슨 말인가 하려고 했으나 정신이 마비되고 입이 떨어지지 않았다. 눈앞에 서 있는 사람이 과연 그녀인가. 그는 중심을 잃고 휘청거렸다.

그가 당황하는 사이에 테스는 오히려 정신을 차리고 헛간을 빠져 나왔다. 그리곤 뒤도 돌아보지 않고 계속 걸어갔다. 그녀의 등 뒤로 사람들의 시선이 쏠렸지만 모르는 체하였다.

마을을 벗어나자 그녀는 롱 애쉬 레인의 북쪽을 곧장 가로질러 갔다. 곧 고원에 이르는 하얀 길이 나타났다. 주위에는 아무것도 보이지 않았다. 지루하게 뻗은 길에는 말라 붙은 말똥만이 여기저기 흩어져 있을 뿐이었다. 완전히 잊고자 했던 사람이 막상 눈앞에 나타나자 그녀는 끈질긴 인연에 몸서리를 쳤다. 그 사람과의 만남은 절망 그 자체였던 것이다. 아무리 그가 크게 뉘우쳐 다른 사람이 되었다 하더라도 그녀에게는 예나 지금이나 '알렉 더버빌'인 것이었다.

언덕을 향해 올라가고 있는 중에 테스는 뒤에서 급히 쫓아오는 발자국 소리를 들었다. 그녀는 무심히 뒤로 돌아보았다. 그리곤 순간적으로 악, 소리를 지를 뻔하였다. 꿈에서조차 보고 싶지 않은 사람, 바로 알렉이었던 것이다.

"테스!"

알렉은 몹시 흥분해 있었다. 그러나 그녀는 걸음을 멈추지 않았다. 될 수 있는 한 침착한 태도를 보이기 위해서였다. 이제 도망갈 여유가 없었던 것이다.

"테스! 나야, 알렉 더버빌!"

"아, 당신이군요."

그제사 그녀는 걸음을 멈춰섰다.

"오랜 만에 만난 인사가 겨우 그거요? 하긴 난 인사받을 자격도 없지만."

그는 어색하게 웃으며 말했다.

"내 모습이 우습지? 하지만 난 고통받아 마땅해. 당신이 집을 나갔다는 소식은 진작에 들었소. 하지만 당신의 거처를 가르쳐 주는 사람은 하나도 없었소. 그 동안 내가 얼마나 당신을 찾았는지 아오?"

"난 영원히 당신을 만나지 않길 바랐어요."

"그럴 테지."

그는 침울하게 말했다.

"비웃을지 모르겠지만, 나는 이제까지 살아온 내 생활을 회개하면서 생각했다오. 하느님의 심판이 임하기 전에 모든 사람을 구원해야 한다고. 그 중에서도 내가 가장 큰 상처를 입힌 당신을 말이오. 그래서 당신을 찾은 거요."

"당신 자신은 구원하셨나요? 성경에 보면 먼저 저희 집부터 구하라는 말이 있던데."

테스는 경멸하는 표정을 지어 보이며 말했다. 순간 알렉의 얼굴이 잠깐 일그러졌다.

"당신이 내게 뭐라고 욕해도 난 할 말이 없소. 몇 년 전에 내가 당신에게 했던 짓에 비하면 아무것도 아니니까. 하지만 내가 어떻게 개심했는지 한번 얘기나 들어 보구려. 에민스터의 클레어 목사라는 분에 대해 들은 적이 있는지 모르겠소. 내가 속한 극단파보다 강경하진 못하지만 그분은 국교에 속한 교파 중에서는 가장 열정적이고 강직한 목사 중의 한 분이라오. 그분이야말로 내가 아는 어떠한 목사보다 많은 영혼을 구한 겸손한 일꾼이라오. 그분에 대해 혹시 못 들어 봤소?"

“들어 봤어요.”

“오, 그래요! 바로 그분이 2,3년 전에 어느 종교 단체 대표로 트랜트 리지로 전도하러 온 적이 있는데, 그때 나는 그분에게 글쎄 모욕을 주었지 뭐겠소. 그런데 그분은 노여워 하기는커녕 ‘그래도 언젠가는 성령의 첫 열매를 얻으리라. 조롱하는 자도 기도할 때가 있으리라.’ 하지 뭐겠소. 그 말씀에 이상한 힘이 있었는지 그때부터 내 마음이 몹시 흔들렸소. 물론 어머니가 돌아가신 탓도 있지만 말이오. 아무튼 그때부터 나는 완전히 다른 사람이 되었소. 드디어 나도 신의 은총을 받기 시작했단 말이오. 그래서 난 그때부터 사람들에게 복음을 전하기 시작했소. 다른 사람에게 복음을 전하고 싶은 의욕에 가만히 있을 수가 없었던 것이오. 그렇게 해서 오늘에 이르게 된 것이라오. 그러나 이 근방을 전도하기 시작한 것은 요 근래 들어서요. 처음 몇 달 동안은 무신론자들이 많은 영국 북부 지방을 돌아다녔다오. 테스, 당신도 만약 확신이나 구원의 기쁨을 알 수 있다면……”

“그만두세요! 난 당신의 얘기 따위는 믿을 수 없어요! 당신이 어떻게 나를 망쳐놓았는데! 마음껏 쾌락을 즐기고 회개했다고요? 왜요, 이제 천당의 쾌락까지 누리고 싶나요? 참 대단하군요! 하지만 난 당신의 지금 모습까지 증오해요!”

“테스, 그런 말을 함부로 하는 게 아냐! 대체 왜 날 믿지 못한다는 거야? 무엇을 못 믿겠다는 거지?”

“당신이 종교로 구원받았다는 사실이오. 나뿐만 아니라 당신보다 훌륭한 사람도 그런 건 믿지 않아요.”

“나보다 훌륭한 사람? 그게 누구지?”

“말할 수 없어요!”

테스는 길가의 난간에 기대서서 말했다.

“그래, 나도 내가 착한 인간이라고 생각하지는 않아. 하지만 이제 겨

우 깨닫기 시작했는데 그것조차 못 믿겠소? 늦게 시작한 사람이 더 큰
걸 얻을 수도 있단 말이오.”

알렉이 항의하듯 말했다.

“그건 그래요. 하지만 알렉 당신이 회개하고 새 사람이 되었다는 건
아무래도 믿을 수가 없어요.”

테스는 서글프게 말하며 알렉을 쳐다보았다. 비열한 분위기는 사라졌
지만 그렇다고 완전히 순수한 모습으로 변한 것은 아니었다.

“그런 눈으로 보지 말아요!”

테스의 속마음을 꿰뚫어 보았는지 알렉이 소리쳤다.

“미안해요.”

그녀는 얼떨결에 사과를 했다. 그리곤 얼른 경멸하는 표정을 거두었
다.

“그렇게 미안해 할 것까진 없소. 그런데 왜 베일을 쓰고 있지?”

“바람을 막으려고요.”

“하긴, 나도 당신 얼굴을 안 보는 게 좋을 것 같소. 전도사와 여자는
아무 상관이 없지만, 그래도 난 여자를 보면 자꾸 과거가 생각나서 괴롭
다오.”

알렉은 자조적으로 말했다. 그리곤 천천히 걷기 시작했다. 크로스 인
핸드라는 곳에 다다르자 그들은 잠깐 멈춰섰다. 이곳은 주위의 고원 중
에서도 가장 거칠고 메마른 곳이었다. 이곳의 지명은 괴상하게 생긴 돌
기둥에서 딴 것인데, 그 돌은 험한 지층에서 갈라져 나온 것이었다. 그
위에는 사람의 손이 서투른 솜씨로 새겨져 있었다.

“저녁 6시에 애보트 셔넬에서 집회가 있어서 난 여기서 돌아가야 하
오. 그전에 집에 가서 잠깐 쉬어야겠소. 갑작스레 당신을 만나서 그런지
난 지금 무척 혼란스럽소. 왜 그런지는 잘 모르겠지만.”

알렉은 무척 피곤한 표정이었다.

“그런데 당신은 무척 고상한 말을 쓰던데 누구한테 배운 거요?”
“그 동안 고생하면서 익힌 거예요.”
그녀는 구구절절 설명하기 싫어 잘라 말했다.
“무슨 고생을 어떻게 했기에?”
알렉은 고생이라는 말에 무척 놀란 표정을 지었다. 그녀의 옷차림새나 태도에서는 전혀 그런 점을 엿볼 수가 없었기 때문이었다.
테스는 그 동안 지내온 이야기 중에서 알렉과 관계된 부분만 대강 간추려 말했다. 그녀의 말에 알렉은 심한 충격을 받았다.
“난 그런 사정을 통 몰랐소! 그렇게 어려웠으면 편지라도 할 것이지.”
“그러고 싶지 않았어요. 그럼 안녕히 가세요. 그리고 다시는 날 찾지 마세요.”
“그건 차차 생각해 봅시다. 자, 잠깐 이쪽으로 와 봐요.”
알렉은 옆에 있는 돌기둥을 짚으며 말했다.
“이것이 한때는 성(聖) 십자가였소. 고적 따위는 내 교리와는 상관 없지만 난 이것을 볼 때마다 당신 생각을 했다오. 그건 당신이 나를 무서워하는 것보다 훨씬 더한 두려움이라오. 오, 테스! 제발 나를 위해 저 돌기둥 손자국에 손을 대고 맹세해 주오. 결코 날 유혹하지 않겠다고.”
“기가 막혀서! 어쩜 그렇게 말도 안 되는 소릴 할 수가 있죠?”
테스는 화가 나서 크게 소리치며 그를 노려보았다.
“그렇게 화만 낼 게 아니라, 앞으로 우리들의 관계를 위해서라도 시키는 대로 해 줘요. 내가 당신의 매력에 다시 이끌린다면 그것도 문제가 아니겠소?”
알렉은 간절히 애원했다. 테스는 어처구니가 없었다. 하지만 그가 다시 추근거린다면 그것도 문제라는 생각이 들었다. 그녀는 마지못해 돌기둥 쪽으로 다가갔다. 그리곤 그곳에 손을 대고 맹세를 했다.
“당신이 신자가 아닌 게 유감이군. 하지만 당신을 위해 기도하겠소.

그럼 잘 가시오."

알렉은 사냥꾼들의 통로인 울타리 쪽으로 갔다. 걸음걸이가 매우 불안정했지만 뒤돌아 보지는 않았다. 울타리를 넘어 애보트 셔넬 쪽으로 가던 알렉은 갑자기 걸음을 멈추고 수첩을 꺼내 들었다. 수첩에는 작게 접혀진 편지가 있었다. 편지에 적힌 날짜는 5,6개월 전으로 클레어 목사가 보낸 것이었다.

편지 내용은 알렉이 회개한 것에 대한 기쁨과 그러한 사실을 알려 준 것에 대한 감사로 시작되었다. 더불어 클레어 목사는 지난 날 알렉이 무례하게 행동했던 것을 용서하고, 장차 그가 교회에서 함께 일하겠다면 신학 대학에 입학하는 것을 도와주겠다고 하였다. 그러나 교육 기간이 길어 꺼린다면 신이 이끄는 대로 성심껏 따르라고 하였다.

알렉은 편지를 읽고 또 읽었다. 또한 수첩에 적어 놓은 성경 구절도 읽었다. 비로소 마음이 가라앉고, 계속 눈앞을 어지럽히던 테스의 환영도 사라지는 것 같았다.

한편 테스는 언덕 가장자리의 지름길을 걷고 있었다. 그곳에서 그녀는 한 목동을 만났다. 그녀는 문득 자신이 맹세했던 돌기둥에 대한 궁금증이 일었다.

"혹시 저쪽에 있는 돌기둥에 대해서 물어봐도 될까요? 예전에는 십자가로 쓰였다던데."

"십자가로 쓰였다고요? 천만의 말씀입니다! 그건 손바닥에 못박히고 교수형을 당한 어떤 죄인을 위해 그 친척이 세운 겁니다. 그 밑에는 죄인의 뼈를 묻고요. 그래서 그 주위엔 가끔 귀신이 나타난다는 소문도 있습죠."

목동의 설명에 테스는 등골이 오싹했다. 마치 악마에게 맹세한 느낌이었다. 목동이 이상한 듯 쳐다보자 그녀는 얼른 자세를 가다듬었다. 그리곤 다시 길을 재촉하기 시작했다. 그녀가 다시 플린트콤 애쉬에 다다랐을 때는 이미 황혼이 짙게 깃들어 있었다.

마을 어귀에서 그녀는 다정하게 앉아 있는 젊은 남녀을 보았다. 그들은 테스가 다가가는 것도 모른 채 이야기를 나누고 있었다. 테스는 귀에 익은 여자의 목소리에 그들을 눈여겨 보았다. 여자는 다름아닌 이즈였다.

테스가 다가가자 남자는 겸연쩍은 듯 가볍게 고개를 숙여 보이곤 물러났다.

"앰비 시들링이라는 사람이야. 탤보데이스에 있을 때 낙농장으로 가끔 일하러 왔어. 그 동안 날 찾아 이곳저곳을 찾아다녔대. 2년 동안 줄곧 날 사랑했다는 거야."

이즈는 자신을 찾아온 남자에 대해 명랑하게 설명했다.

46

여행에서 돌아온 테스는 다시 밭일을 시작했다. 건조한 바람이 세차게 불었지만 다행히 짚단 울타리가 병풍처럼 둘러쳐져 있어 그녀를 보호해 주었다. 울타리 옆에는 순무 써는 기계가 있었다.

그녀는 지붕 없는 울타리 끝에 서서 일을 했다. 순무에 붙은 흙과 잔털을 털어 내어 기계에 집어넣는 것이었다. 기운 좋은 남자가 기계 손잡이를 돌리면 갓 자른 무채가 통에서 쏟아져 나왔다.

순무가 뽑힌 농장은 황갈색의 밭고랑을 그대로 내보이고 있었다. 밭고랑에는 한 남자가 두 필의 말이 이끄는 쟁기로 밭을 일구고 있었다. 테스는 잠깐 일손을 멈추고 밭가는 광경을 보고 있었다. 단조롭고 지루한 풍경이었다.

그런데 어느 순간부터 그 풍경에 까만 물체가 더해졌다. 그것은 울타리의 벌어진 틈을 빠져 나와 비탈길을 따라 오고 있었다. 그리고 기계

가까이까지 왔다. 그때서야 테스는 그것이 알렉 더버빌이라는 것을 알아차렸다.

"다시는 날 찾지 말라고 말했잖아요!"

"할 말이 있어 왔소. 아주 중요한 문제요."

그는 누가 엿듣기라도 하는 듯 사방을 두리번거리며 조심스럽게 말했다. 그러나 기계 소리 때문에 그의 목소리는 가까이에서도 제대로 알아 들을 수가 없었다.

"사실 지난 번에 내 이야기만 하느라 미처 당신 처지는 생각하질 못했소. 그러나 뒤에 당신 생활이 무척 어렵다는 걸 알았소. 그것도 모두 나 때문에 말이오."

알렉은 심각하게 말했지만 테스는 대꾸하지 않았다. 오히려 수건으로 얼굴을 가리며 무시하는 듯한 태도를 취했다.

"나 때문에 당신이 이렇게 된 걸 생각하면 괴로워서 견딜 수가 없소. 정말 난 나쁜 놈이었소. 하지만 당신도 참 어리석었소. 아니 너무 순진했다고 해야 하나. 그러나 나같이 나쁜 인간이 파 놓은 함정에 딸을 함부로 맡긴 당신 부모도 잘한 건 없다고 생각하오."

알렉이 뭐라고 떠들건 테스는 묵묵히 일만 했다.

"하지만 내가 여기 온 건 그런 얘기나 하자는 게 아니오. 사실 난 어머니가 돌아가신 후 아프리카로 가려는 계획을 세웠소. 그곳에서 전도 사업을 하려는 것이오. 그래서 당신에게 부탁하는 것인데, 부디 당신에게 진 빚을 갚을 기회를 주시오. 다시 말해서 내 아내가 되어 함께 가 달라는 거요. 난 이미 결혼 허가장도 얻어 놓았소."

그러면서 알렉은 호주머니에서 양피지(羊皮紙)로 된 결혼 허가장을 꺼내 보였다.

"안 돼요! 그건 절대 안 돼요!"

그녀는 놀라 뒷걸음질을 쳤다.

“왜 안 된다는 거지?”

그렇게 묻는 알렉의 얼굴에는 의무보다는 욕망의 빛이 서려 있었다. 예전에 품었던 테스에 대한 애정이 되살아났다는 징조였다.

테스는 이야기가 쉽게 끝나지 않을 것임을 알았다. 할 수 없이 손님이 와서 잠깐 쉬겠다는 말을 하고 밭으로 갔다.

“왜 결혼하지 않겠다는 거지? 내가 평생 죄책감에 괴로워하는 게 보고 싶어서?”

밭고랑을 건너자 알렉이 다시 물었다.

“그런 게 아니라 내가 당신을 사랑하지 않는다는 걸 잘 아시잖아요!”

“사랑은 살아가면서 차차 느낄 수도 있지 않소.”

“절대 그런 일은 없을 거예요.”

“어떻게 그렇게 단정적으로 말하지?”

“다른 사람을 사랑하고 있으니까요!”

테스는 분명하게 말했다.

“다른 사람을 사랑한다고? 아니, 당신은 옳고 그른 것도 판단할 줄 모르오?”

“네, 몰라요!”

“그렇다면 그 남자에 대한 사랑도 올바른 정신에서 이루어진 게 아니겠군. 그렇지 않소?”

“그렇지 않아요! 아니란 말예요!”

“어째서 아니라는 거지?”

“……그분과 결혼했단 말예요.”

테스는 고개를 숙이고 낮은 소리로 말했다. 순간, 알렉은 꼼짝도 하지 못하고 그녀를 바라보았다.

“제발 더 이상은 묻지 마세요. 여기 있는 사람 중에도 내가 결혼한 걸 아는 사람은 없어요. 그러니 제발 돌아가 주세요.”

"혹시 저 사람이 당신 남편이오?"

알렉은 기계 위에 앉아 순무를 자르는 남자를 가리켰다.

"천만에요!"

"그럼 누구요?"

"제발 더 이상 묻지 마세요."

테스는 알렉을 똑바로 보며 말했다. 그 눈에는 애원하는 빛이 담겨 있었다.

"오, 하느님! 이런 말을 하는 절 용서하소서! 테스, 내가 이곳에 온 건 오로지 당신을 위해서였소. 결혼이 우리 둘 사이를 정결하게 해 주리라 생각했단 말이오. 하지만 당신을 대하는 순간, 난 사라진 줄 알았던 애욕(愛慾)의 감정이 되살아나는 걸 느꼈소. 오, 테스! 제발 그렇게 보지 마시오. 당신의 그런 눈빛에는 정말 견디기가 힘들다오."

그는 고통스러운 표정으로 땅바닥을 내려보았다.

"결혼, 결혼했다고…… 결혼했다면야."

그는 허가증을 찢어 주머니에 넣었다.

"그렇다면 테스, 난 당신과 당신 남편을 위해 한 가지라도 좋은 일을 하고 싶소. 당신 남편이 누구인지 말해 준다면 쉽게 도와줄 수도 있을 텐데. 혹 이 농장 안에 있소?"

"아녜요. 그이는 먼 곳에 있어요."

"먼 곳에 있다고? 당신을 남겨두고? 어떻게 그럴 수가 있지?"

"그이를 욕하지 마세요. 이것도 다 당신 때문이에요. 그이가 그만 내 과거를 알고는……."

"아, 그래? 하지만 아무리 그래도 그렇지, 자기 아내를 이렇게 고생하도록 내버려 두다니!"

"그런 게 아녜요. 그인 아무것도 몰라요. 내가 자진해서 이런 일을 하고 있을 뿐이라고요."

“그럼 편지는 오고 있소?”

“그건 말할 수 없어요.”

“물론 그렇겠지. 오, 테스! 당신은 버림을 받은 거요.”

그는 갑자기 격정적으로 변해 그녀의 손을 잡았다.

“왜 이래요!”

그녀는 황급하게 손을 빼내며 소리쳤다.

“제발 가 주세요! 진정으로 나를 생각한다면 돌아가 달란 말예요. 이건 당신의 하느님을 대신해서 부탁하는 거예요.”

“알았소. 가겠소. 하지만 테스, 하느님께서는 아실 거요. 오늘 내 행동은 오직 당신을 위한 진실이었다는 것을.”

알렉은 뒷걸음질치며 말했다.

그러는 사이 농장 주인인 그로비가 가까이 와 있었다. 그러나 그들은 이야기에 열중하느라 그가 바로 앞에 올 때까지 까맣게 모르고 있었다.

“지금이 몇 신데 이렇게 노닥거리고 있는 거야!”

그로비는 멀리서 테스를 발견하고 달려온 것이었다.

“이 여자에게 함부로 말하지 마시오!”

알렉은 얼굴을 심하게 붉히곤 소리쳤다.

“오, 감리교 목사께서 이 아가씨한테 무슨 볼일이 있으신가?”

그로비가 느물거리며 물었다.

“도대체 저 작자는 누구요?”

“농장 주인이에요. 그러나 날 해칠 사람은 아니에요. 탐낼 사람도 아니고요. 그러니 제발 돌아가세요. 성모 마리아의 날엔 이곳을 떠날 거예요.”

“알았소. 그럼 난 돌아가겠소.”

알렉은 마지못해 돌아섰다. 그가 사라지자 농장 주인은 다시 테스를 나무라기 시작했다. 그러나 그녀는 이런 목석 같은 남자가 주인이라는 것이 마음 편했다.

그날 밤, 그녀는 에인젤에게 편지를 썼다. 자신의 괴로운 심정은 감춘 채 사랑의 호소만을 했다. 그러나 부치지는 않고 곱게 접어 상자 속에 넣어 두었다. 언젠가 에인젤이 읽을 날이 있겠지 생각하면서.

드디어 성촉절의 장날이었다. 곧 다가올 성모 마리아의 날 다음 날부터 시작되는, 일 년간의 새로운 계약이 바로 이 장날에 맺어지는 것이었다. 계약은 장이 서는 마을에서 맺어졌다.

플린트콤 애쉬 농장의 일꾼들은 대부분 다른 곳으로 옮기고자 했다. 따라서 그들은 아침부터 10마일 이상이나 되는 산길을 향해 농장을 나섰다. 몇 사람만이 농장에 남아 있었는데 그 중에는 테스도 섞여 있었다. 물론 그녀도 3월에는 떠날 것이지만 혹시 날품팔이 말고 다른 일이 없을까 해서 그때까지만이라도 기다려 보기로 한 것이었다.

그런데 그날 알렉이 다시 찾아왔다. 테스는 그의 그림자를 본 순간 도망치려 했지만 그는 이미 문앞에 서 있었다.

"당신을 보지 않곤 견딜 수가 없을 것 같았소!"

그는 얼굴을 일그러뜨리며 말했다.

"지난 일요일에 당신을 만나기 전까진 정말 난 당신을 완전히 잊고 있었소. 하지만 요즘은 아무리 애를 써도 자꾸 생각나는 걸 어쩌겠소. 지금 당신은 날 괴롭히고 있소. 테스, 제발 날 위해 기도라도 해 주시오."

"난 신을 믿지 않는데 어떻게 당신을 위해 기도할 수가 있겠어요."

"당신은 어쩌면 그렇게 신앙심이 털끝만큼도 없소?"

"하지만 나도 믿는 게 있어요. 바로 인간의 힘이죠."

"그럼 내가 믿는 건 모두 거짓이란 말이오?"

"대개는 그렇죠. 하지만 산상수훈 정도는 믿어요. 내 남편도 그렇고."

"남편, 남편! 제발 그 남편이란 소리 좀 하지 말아요! 그럼 당신이 믿는다는 건 순전히 남편이 믿기 때문이란 말이오? 자신의 입장이나 생각 따위는 상관없이 오로지 남편이 믿으니 나도 믿는다니, 그게 얼마나 노예 같은 태도인 줄은 아시오?"

"그래요, 난 남편의 노예예요. 하지만 그이는 내 판단을 강요한 적은 없어요. 다만 내 스스로 그이는 교리를 깊이 연구한 사람이니 어떻든 나보다는 나을 거라고 생각한 거죠."

그녀는 에인젤이 혼자 중얼거리던 '삼단논법'에 대해서도 생각나는 대로 말했다. 또한 〈철학 사전〉과 헉슬리의 〈수상록〉에 대해 들은 것도 이야기했다. 즉 에인젤의 무신론적인 사상을 알렉에게 그대로 전달한 것이었다. 알렉은 생각에 잠겨 그녀가 하는 말을 유심히 듣고 있었다.

"어떻게 그런 것들을 다 외고 있지?"

"그이가 믿는 건 나도 뭐든지 믿고 싶었어요. 그래서 가르쳐 달라고 했죠. 들은 것을 전부 이해할 수는 없었지만 그것이 옳다는 건 알아요. 또 그이와 서로 다른 사상을 갖고 싶지도 않았고요."

"이해도 못하는 것을 내게 설명해 주다니!"

알렉은 테스의 기억력에 감탄했다.

"그 사람은 당신이 철저한 무신론자라는 걸 알고 있었소?"

"그인 내게 유신론자니 무신론자니 하는 말을 한 적이 없어요."

그녀는 자랑스럽게 말했다.

"그렇게 자기 철학이 분명하다니! 어쨌든 당신은 나보다 행복한 사람이오. 테스, 난 지금 심하게 양심의 가책을 받고 있다오. 그리고 무척 겁도 난다오."

"왜죠?"

"사실, 난 설교를 포기하고 당신에게 달려온 거라오. 자, 이것 좀 보시오. 여기 집회 광고가 있소. 지금쯤 교인들은 날 기다리고 있을 텐데."

알렉은 안주머니에서 포스터를 꺼내 보였다. 그곳에는 알렉이 설교할 날짜와 장소 등이 적혀 있었다.

"아니, 설교하기로 해 놓고 여기 와 있으면 어떡해요? 지금이라도 얼른 가세요."

"이미 가기는 틀렸소. 아니, 가지 않겠소. 한때는 무시하던 여자를 보기 위해서 말이오. 아냐, 무시했다는 말은 사실이 아니야. 난 당신을 한 번도 무시한 적이 없어. 당신처럼 순결한 여자를 어떻게 무시할 수가 있겠어. 또 내가 그렇게 유혹을 했어도 단호하게 떠난 여자를 어떻게 무시할 수 있겠어. 하하! 나는 산 위에서 기도를 올리고 있는 줄 알았는데, 이제 보니 아직도 숲 속에서 우상을 섬기고 있었네!"

"그게 무슨 뜻이죠? 내가 뭘 어쨌다고!"

"뭘 어쨌냐고? 당신이 고의로 한 건 아니지만 당신은 날 타락시켰어."

알렉은 그녀의 어깨에 팔을 얹었다.

"테스, 난 당신의 눈과 입술을 보기 전에는 더할 수 없이 의지가 강한 사람이었소. 당신을 다시 보지 않았더라면 난 끝까지 꿋꿋한 남자로 살았을 거요. 아, 세상에 이브의 입술처럼 남자를 미치게 하는 건 없지!"

그는 그녀를 흔들며 말했다.

"이 귀엽고도 요염한 바빌론의 요부! 당신을 다시 만나는 순간 난 당신의 노예가 되었소."

"당신을 다시 만나는 건 나도 원하지 않았어요."

테스는 뒷걸음질치며 말했다.

"그건 나도 알고 있소. 하지만 당신이 천대받는 걸 보면서도 당신을 보호할 수도, 또 가질 수도 없다고 생각하니 미치겠소!"

"그 사람을 욕하지 마세요! 그 사람은 지금 여기에 없단 말예요! 또 그 사람이 당신한테 나쁘게 한 것도 없잖아요!"

그녀는 흥분해서 소리쳤다.

"추잡한 소문이 나서 그 사람 이름이 더럽혀지기 전에 얼른 돌아가세요! 얼른요!”

“가지. 돌아가지.”

그는 악몽에서 깨어난 듯 말했다.

“난 장터의 가엾은 사람들과의 약속을 어겼소. 한 달 전만 해도 생각
지도 않았던 일인데……. 가겠소. 하지만 다시 당신을 안아 볼 수 있을
까! 오, 테스! 한 번만, 꼭 한 번만 안아 주구려!”

알렉은 테스 앞으로 바짝 다가서며 말했다.

“남편의 명예를 생각해서 도저히 그럴 수 없어요! 제발 부끄러움을
아세요!”

“알았소. 그럼 그냥 돌아가리다.”

알렉은 자신의 무력함에 입술을 깨물었다. 이제 그의 눈에 종교적인
신념은 비치지 않았다. 다만 나약한 한 인간으로서 애욕의 불길이 타오
르고 있을 뿐이었다. 돌아가면서 그는 테스의 입을 통해 들은 에인젤의
사상에 대해 곰곰이 생각해 보았다. 되씹을수록 공감이 가는 내용들이
었다. 그것은 클레어 목사의 설교만큼이나 충격적인 것이었다.

그는 허전하고 불안한 마음으로 생각했다.

어쩌면 이제까지 지켜온 신앙을 버리게 될지 모르겠다고.

47

플린트콤 애쉬 농장에서 지내는 마지막 날, 테스는 밀을 타작하고 있
었다. 농장 주인인 그로비는 하루 동안에 일을 다 끝내려고 아침 일찍부터
일꾼들을 끌어냈다. 이즈와 테스는 추위에 떨며 탈곡기 옆에 서 있었다.

남자 일꾼들이 노적가리 덮개를 벗기자 그로비는 테스를 탈곡기의
단 위로 올려 보냈다. 그리고는 이즈가 내려주는 밀단을 풀어 남자 일꾼

에게 주게 하였다. 그러면 남자 일꾼은 그것을 기계에 넣어 밀알을 알알이 털어버리는 것이었다.

짚단 위에서 노인들은 옛날 헛간 바닥에서 도리깨로 타작하던 옛 이야기를 했다. 노적가리 위에 있는 사람들도 잡담을 했다. 특히 마리안은 이따금씩 일손을 멈추고 맥주를 마시고 있었다.

그러나 그로비의 명으로 탈곡기에 매달려 있는 테스는 잡담할 여유가 없었다. 기계가 끊임없이 돌아가기 때문이었다. 테스는 플린트콤 애쉬에 온 것을 후회하였다. 가끔 마리안이 내려와 도와주지 않았다면 정말 견디기 힘들 정도였다.

"저 사람 누구지?"

이즈가 마리안에게 물었다.

"어머, 요새 테스를 따라다니는 그 돌팔이 목사 아냐? 그 사람이 언제 저런 멋쟁이가 되었지?"

"어쩜, 전도한다는 사람이 유부녀 꽁무니나 따라 다니다니! 비록 테스가 과부의 처지에 놓여 있다고 하더라도 말이야."

"하지만 아무리 그래도 테스는 못 건드릴걸. 구멍에 빠진 수레처럼 말야."

이즈가 자신있게 말했다.

점심 시간이 되어서야 테스는 비로소 기계에서 벗어날 수 있었다. 온종일 기계의 진동에 시달린 그녀는 다리가 풀려 제대로 걷지도 못했다. 그러나 정작 그녀를 주저앉힌 것은 노적가리 뒤에서 불쑥 튀어나온 알렉이었다. 그는 이제 예전의 야하고 대담한 옷차림을 그대로 하고 있었다. 수염도 말끔하게 깎아 낸 모습이었다. 테스는 그의 타고난 속물 근성이 되살아났음을 알아차렸다.

"왜 자꾸 날 괴롭히는 거예요!"

그녀는 매정하게 소리쳤다.

"내가 당신을 괴롭힌다고? 그건 내가 할 소리요. 당신이야말로 날 얼마나 괴롭히는 줄 알고나 있소? 당신의 그 눈동자가 하루 종일 따라다녀 견딜 수가 없단 말이오. 이제 내 신앙의 샘은 다 말라버렸소. 바로 당신 때문이란 말이오!"

"그럼 이제 전도를 안 하시나요?"

"캐스터브리지 장터에서 설교하기로 한 그날 오후부터 난 다시 타락하기 시작했소. 당신이 그렇게 만든 거지. 그러고 보면 당신은 참으로 멋지게 복수를 한 거요. 4년 전 순진한 당신을 속인 복수를. 하지만 당신은 잘못이 없소. 예쁜 얼굴과 날씬한 몸매를 그대로 지니고 있다는 것 외에는. 아마 사도 바울이라도 당신을 보았더라면 유혹되고 말았을 거요."

그는 연신 그녀를 훑어보며 말했다. 테스는 뭐라고 충고하고 싶었으나 말이 제대로 나오지 않았다.

"그 동안 난 지난 번에 당신이 한 이야기를 줄곧 생각해 보았소. 결론은 신학 이론은 낡아빠졌다는 것이오. 아무리 생각해도 어떻게 클레어 목사의 열성이 나에게까지 불붙었는지 모르겠소."

"하지만 신앙의 자비와 순결은 지킬 수 있잖아요."

"오, 천만에! 난 애초부터 그런 신앙과는 거리가 먼 인간이었소. 옛날에도 그랬고, 지금도 그렇소."

"그렇지 않아요. 당신은 예전과는 달라요! 결코 같을 수 없어요!"

테스는 애원하듯 말했다.

"당신이 내 신앙을 쫓아 낸 거요. 당신 남편은 당신에게 가르쳐 준 지식이 올가미가 돼서 되돌아갈 줄은 생각 못 했겠지? 하하! 테스, 난 당신이 날 변절자(變節者)로 만들어 준 것이 무척 고맙다오."

노적가리 밑에서 먹고 마시는 일꾼들의 음성을 들으며 알렉은 계속 말을 이어갔다. 언제부터인가 그는 테스 옆에 비스듬히 누워 있었다.

"그러니까 당신도 내 타락에 책임을 져야 한다는 거야. 그리고 앞으로는 남편이라고 부르는 그 미련한 작자는 영원히 단념하라고. 어쨌든 난 당신의 고생을 덜어주려고 지금 이렇게 애쓰고 있지만 그 작가는 그렇지 않잖아. 자, 이리 와 봐!"

알렉은 두 팔을 그녀의 허리에 뻗었다. 테스는 무릎에 벗어두었던 장갑으로 그의 얼굴을 후려쳤다. 투구처럼 무거운 장갑이 그의 입술에 정통으로 맞았다. 그의 입술에서 뚝뚝 피가 떨어져 내렸다.

알렉은 벌떡 일어났다.

"날 때려 주세요. 소리치거나 반항하지 않을 테니. 한 번 희생당한 인간은 언제나 그러기 마련이니까요."

테스는 고개를 숙인 채 가늘게 떨며 말했다.

"아, 아니야. 내가 어떻게 당신을 때릴 수가 있어. 하지만 테스, 지금부터 하는 말, 단단히 기억해 둬. 난 한때 당신의 주인이었듯이 지금도 당신의 주인이야. 설사 당신이 누구의 아내가 되었다 하더라도 당신은 영원히 내거란 말야!"

입으로는 부드럽게 말하고 있었지만 그의 손은 테스의 어깨를 단단히 움켜쥐고 있었다.

"지금은 이대로 가겠지만 오후에 다시 오겠어. 당신은 아직 날 잘 모르고 있어. 난 당신을 잘 알고 있는데 말야!"

알렉은 뒤돌아 서서 성큼성큼 걷기 시작했다. 테스는 그가 멀어지는 것을 망연자실 보고 있었다.

48

알렉은 오후 3시쯤에 다시 왔다. 그는 점잖게 손을 흔들어 키스를 보냈다. 테스는 얼른 고개를 돌려 땅바닥만 내려다 보았다. 그러나 그는 해가 지고 지평선에 달이 떠오를 때까지 그녀를 지켜보고 있었다.

저녁이 되자 하루 종일 기계에 올라서 있던 테스는 거의 탈진 상태가 되었다. 아주 건장한 사람들조차 두 눈이 퀭하였다. 그 동안 노적가리는 거의 어깨만큼으로 내려와 있었다.

그런데 놀랍게도 그로비가 와서 친구를 만나고 싶으면 교대시켜 주겠다고 했다. 그러나 그녀는 고개를 가로저었다. 분명히 알렉의 부탁을 받고 그런다는 것을 알기 때문이었다. 더구나 알렉을 만난 이상 이나마 일터도 잃지 않으려면 더 부지런히 몸을 움직여야 했다.

어깨 높이의 노적가리가 차츰 낮아지며 마침내 밑바닥을 드러내자 사람들은 쥐잡기를 시작했다. 이것은 타작이 끝날 무렵이면 언제나 하는 행사로서, 이때에는 타작과 관계없는 사람들까지 몰려들었다. 어떤 사람은 개를 끌고 나오는가 하면, 어떤 사람은 지팡이와 돌을 가지고 와 쥐를 쫓기도 하였다.

테스는 비로소 탈곡기 위에서 내려설 수가 있었다. 이때를 놓치지 않고 알렉이 다가섰다.

"오, 사랑스런 테스! 가엾게도 이렇게 떨고 있다니! 날 만난 순간부터는 일을 하지 않아도 되는데 왜 이토록 고집을 부리는 거지? 더구나 타작하는 일을 하다니! 내가 농장 주인한테 단단히 항의했어. 이건 불법이라고 말야. 그러니까 농장 주인도 잘 알고 있다고 하더군. 나쁜 자식!"

알렉이 안타까운 듯 말했다.

"원하신다면 함께 걸어도 좋아요. 어쩌면 당신은 내가 생각했던 것보다 좋은 사람일지도 모르겠군요."

그녀는 집으로 향하며 순순히 말했다. 지친 상태여서 그런지 마음이 약해져 있었던 것이다.

"우리가 부부 관계로 발전하지는 못한다고 할지라도 난 당신을 돕고 싶어. 그러니까 테스, 제발 날 거부하지만 말아 줘. 난 당신과 당신 부모, 그리고 동생들까지 고통에서 구할 수 있는 경제적인 여유가 있단 말야."

"우리 식구를 만났나요?"

그녀는 놓치지 않고 물었다.

"응, 하지만 당신 부모들은 당신이 어디에 사는지 가르쳐 주지 않더군. 당신을 만난 건 정말 우연이었어."

"앞으로 동생들 얘기는 꺼내지 마세요. 굳이 돕고 싶으면 나 모르게 하세요. 하지만 난 아무것도 받고 싶지 않아요."

말을 하는 사이 그들은 집 앞에 당도해 있었다. 알렉은 집 주인이 있었으므로 차마 안에까지는 들어가지 못했다.

알렉을 보내고, 테스는 방에 들어서자마자 낡은 책상 앞에 앉았다. 그리고는 조그만 등불을 의지하여 격정적으로 편지를 쓰기 시작했다.

그리운 남편에게

남편이라고 부르는 절 용서해 주세요. 아무리 당신이 노하신다고 하더라도 그렇게 부르지 않고는 못 견디겠어요. 전 지금 심한 유혹을 받고 있답니다. 하지만 도망가도 의지할 사람이 아무도 없습니다. 오, 에인젤! 그가 누구인지는 말하기 싫어요. 그러나 그는 당신이 상상조차 할 수 없을 정도로 저를 괴롭힌답니다.

그러니 에인젤, 불행이 닥치기 전에 당장 저에게 돌아오실 수 없을까요? 아무리 제가 잘못했더라도 이제는 조금 따뜻하게 대해 주실 수도 있잖아요. 돌아오시기만 한다면 저는 당신 품에서 죽어도 좋아요! 당신이 저의 잘못을 용서해 주신다면 행복하게 죽을 수가 있겠어요! 만약 돌아오시지 못한다면 저는 죽는 수밖에 없어요.

에인젤, 저는 당신만을 위해 살고 있어요. 당신을 깊이 사랑하는 까닭에 당신이 떠나신 것도 원망하지 않아요. 그러나 당신 없이는 더 이상 살아갈 수가 없답니다. 고생하는 것을 못 견뎌 이러는 것이 아니랍니다. 당신이 돌아오신다는 기약만 해 주신다면 이따위 고생쯤은 얼마든지 참고 견딜 수 있어요.

에인젤, 저는 결혼 후부터 지금까지 당신의 충실한 아내가 되겠다고 다짐해 왔답니다. 당신도 낙농장에서 지내던 일을 생각하신다면 저를 이렇게 버려두실 수 없을 거예요. 저는 그때 당신이 그토록 사랑하던 바로 그 여자예요.

저는 저의 과거가 당신을 만난 순간부터 모두 사라진 거라고 생각했어요. 당신이 주신 새로운 생명으로 다시 태어난 거라고요. 그런데 제가 어떻게 과거의 그 여자라고 하실 수 있나요? 영원히 사랑하리라 믿고 사랑해 주시리라 믿었던 제가 어리석었던 건가요?

하지만 저는 지금 지난 일 때문이 아니라 당장 닥친 일로 가슴을 태우고 있답니다. 아, 끊임없이 되풀이되는 이 고통을 당신이 조금이라도 아신다면!

사람들은 아직도 저의 아름다움에 대해 칭찬을 아끼지 않는답니다. 하지만 그들의 칭찬은 모두 당신의 것이고, 또 당신을 기쁘게 해 드리는 것이어야 합니다. 그렇지 않다면 아무 의미가 없습니다. 그런데 당신을 영원히 볼 수 없다면 제가 얼마나 가슴 아프겠어요!

혹시 당신이 오실 수 없다면 제가 갈 수 있도록 허락해 주세요. 말씀 드린 대로 저는 지금 마음에도 없는 일을 강요당하고 있는 형편이라 무척 괴롭답니다. 결코 굽힐 수 없는 일이지만, 사람의 일이란 장담할 수 없으니 저는 무척 불안한 상태랍니다. 제가 만약 무서운 덫에 걸려 다시 넘어진다면 그 결과는 첫 번째 것과는 비교할 수 없을 만큼 불행해지리란 생각이 듭니다. 오, 하느님! 그런 일은 상상도 못하겠어요. 제발 그이를 제게 보내주시든지, 저를 그이에게 보내 주시옵소서!

에인젤, 그래도 저를 당신의 아내로 받아들일 수 없다면 노예로라도 만족하겠어요. 그렇더라도 저는 참으로 기쁘게 생각하겠어요. 그리만 된 다면 항상 당신을 보면서 당신을 생각할 수 있으니까요.

당신이 없는 이곳에서는 하늘의 태양이나 들판의 새들마저 보고 싶지 않답니다. 그것들을 보고 있노라면 당신 생각이 나기 때문이죠. 저는 오직 당신을 보는 것이 소원이랍니다. 그리운 당신이여, 부디 돌아오세요. 그래서 저를 위협하는 것으로부터 구해 주세요!

슬픔에 잠긴 당신의 충실한 아내 테스 올림

49

테스의 편지는 클레어 목사를 거쳐 에인젤에게 부쳐졌다. 클레어 목사 부부는 막연하게 그녀의 편지가 아들의 귀국을 앞당기게 할지 모른다는 생각을 하였다.

그러나 이때 에인젤은 남미 대륙에서 노새를 타고 해안으로 항해하던 중이었다. 그가 그녀를 그리워하기 시작한 것은 그녀가 플린트콤 애쉬에서 일할 무렵이었다. 그 동안 그는 타관에서 많은 풍파를 겪고 이제 남은 것은 서글픔뿐이었다.

고국을 떠나 있는 동안 정신적으로는 10년쯤 나이를 먹었다. 그에 따라 인생의 가치관도 변해 있었다. 즉 인생의 가치란 눈에 보이는 아름다움이 아니라, 그 속에 숨겨진 애처로움이라는 것이다. 또한 도덕적인 인간이란 그 행실에만 달린 것이 아니라, 그 목적과 동기에도 달렸다고 생각했다. 따라서 한 인간을 판단함에 있어서는 과거에 집착할 것이 아니라, 앞으로 살아갈 마음가짐에 따라야 한다는 것도 깨달았다.

더구나 우연히 만난 그의 길벗은 테스의 과거란, 그녀의 미래에 비해 아무것도 아니라고 하였다. 그 사람은 평생 수없이 많은 곳을 돌아다닌 사람으로서 세상을 넓게 보는 눈을 갖고 있었다. 그는 우주의 질서 속에서 가정 문제쯤은 지구 전체를 놓고 볼 때 나타나지도 않는 골짜기와 산맥의 굴곡에 지나지 않는다고 했다.

그의 지적에 따라 에인젤은 자신의 문제를 곰곰이 생각해 보았다. 결혼식날 끊임없이 자신을 바라보던 테스의 눈동자가 생각났다. 순결을 지키지는 못했지만 그녀의 사랑은 무엇보다도 고귀한 것이었다. 그는 비로소 자신이 얼마나 옹졸했던가 깨달았다.

한편, 테스는 편지를 띄운 이후로 기대와 걱정으로 하루하루를 어떻게 보내는지도 모르며 지냈다. 해가 조금씩 길어진다는 것도, 성심 강림절이 코앞에 닥쳐왔다는 것도 몰랐다.

그러던 어느 날이었다. 마침 품삯을 받는 날인데 그녀를 찾아온 손님이 있었다.

"언니!"

테스를 부르는 목소리는 바로 그녀의 동생인 리자 루였다. 일 년 전 고향을 떠날 때 보고 처음 보는 것이었다.

"아니, 리자 루 아니니?"

"응."

그 동안 어른같이 키가 자란 리자 루가 고개를 끄덕였다.

"응, 나야. 엄마가 몹시 편찮으셔서 왔어. 의사 말로는 곧 돌아가실 거래. 그런데도 아버지는 귀한 집안 자손으로서 천한 일을 할 수 없다며 꼼짝도 하지 않아. 몸도 많이 쇠약해지셨지만."

리자 루는 슬퍼하는 기색도 없이 담담하게 말했다.

테스는 동생을 방으로 들어오게 하곤 따뜻한 차를 끓여주었다. 리자 루는 차를 마시며 하루 종일 쌓인 피로를 풀었다. 그녀는 성모 마리아날까지 기다릴 것 없이 당장 떠나야겠다고 생각했다. 주인에게는 이즈와 마리안에게 부탁하여 잘 말해 달라고 하면 될 것이다.

그녀는 동생에게 저녁을 먹이고 침대에 눕혔다. 그리고 자신은 고향으로 돌아갈 준비를 하였다. 버드나무 바구니에 짐을 챙긴 다음 동생에게는 아침에 날이 새면 뒤쫓아 오라고 하였다. 하루 종일 걸은 동생을 곧바로 다시 걷게 할 수는 없었기 때문이었다.

50

밤 10시에 출발한 테스는 새벽 3시가 되어서야 말로트 마을에 도착하였다. 어머니가 있는 방에서 불빛이 새어나오고 있었다. 그 불빛에 집의 윤곽이 드러나자 그녀는 예전과 다름없는 감회가 솟구쳤다.

그녀는 집안 사람들이 깨지 않게 살그머니 문을 열었다. 마침 어머니를 간호하던 이웃집 아낙이 층계 위에서 내려왔다. 그녀는 어머니의 병세가 아주 심각한 상태라고 했다. 테스는 아래층에서 조반을 준비하고 어머니를 간호하러 침실로 들어갔다.

아침이 되자 동생들이 모두 나와 그녀를 반겼다. 아버지는 여전히 의자에 앉아 있었다. 아버지는 테스를 보자 기분이 좋은 듯 생계를 이어나갈 좋은 방법이 생겼다고 하였다.

"영국 내에 있는 모든 고고학자들에게 내게 기부금을 내도록 할 작정이다. 그들은 틀림없이 내 계획에 찬성할 거다. 어떠냐, 그럴 듯하지? 그 사람들은 허물어진 고적이나 유적 따위에 돈을 쓰는 사람들이니까 내 문제에도 큰 관심을 기울일 거야. 이럴 때 트링엄 목사만 살아있었어도 틀림없이 발벗고 나섰을 텐데."

더비필드는 마치 위대한 발견이라도 한 듯 자랑스럽게 말했다.

그러나 테스는 집안 일을 처리하는 것이 더 급했다. 그녀는 당장 돈벌이가 되는 일부터 찾았다. 먼저 마을에서 2백 야드 정도 떨어진 곳에 땅을 빌어 농사를 짓기 시작했다. 그 동안 종자로 쓸 감자까지 먹어치운 까닭에 이곳저곳에서 씨감자를 얻기도 하였다.

어느 맑게 갠 날, 테스는 석양이 소작지의 말뚝에 비칠 때까지 일을 하고 있었다. 많은 사람들이 이미 집으로 돌아갔으나 그녀는 몇몇 사람들과 남은 일을 마저 하기로 하였다. 대기는 차고 맑았으며 모닥불은 타닥타닥 튀는 소리를 내며 신비한 불꽃을 튀어 올리고 있었다.

테스는 무심히 모닥불 소리를 듣고 있었다. 그때 울타리 안에서 밭을 일구는 남자가 눈에 들어왔다. 길다란 작업복을 입은 남자는 땅을 파며 점점 그녀에게로 다가왔다. 그녀는 아버지가 보낸 사람이려니 생각하였다.

얼마 후 그들 사이가 가까워지고 불빛이 활짝 피어오르는 순간, 그녀는 그의 얼굴을 보고 소스라치게 놀라고 말았다. 그는 다름아닌 알렉 더버빌이었던 것이다.

"내가 농담을 할 줄 안다면, 이곳이 바로 에덴 동산 같다고 하겠지?"

알렉은 기분 나쁘게 웃으며 말했다.

"당신이 이브라면 난 뱀의 탈을 쓰고 당신을 유혹하러 온 마귀란 말이지."

"난 당신을 마귀라고 한 적도 없고 그렇게 생각한 적도 없어요. 그런데 땅을 파다니, 나 때문인가요?"

"그렇소. 당신을 만나기 위해 이 옷도 사 입었다오. 사람들의 눈에 띄지 않으려면 어쩔 수가 없지 않소? 하지만 난 당신이 이런 일을 그만두었으면 좋겠소."

"난 이 일이 좋아요."

"이 일이 끝나면 또 어디로 가시려나? 그리운 남편을 만나러 가나?"

"아아! 제발 그만두세요. 난 남편이 없어요!"

"그건 사실이오. 하지만 친구는 한 사람 있소. 당신이 원하든 원하지 않든 당신을 편하게 해 주려는 친구 말이오. 이제 집에 가면 내 말이 무슨 말인지 알 것이오."

"집에 무얼 갖다 놓았군요. 알렉, 아무것도 받지 않겠다고 말했잖아요!"

"아무리 그래도 난 그럴 수 없소. 난 내가 아끼는 여자가 고생하는 걸 두고 볼 수만은 없단 말이오."

"내가 고생하는 건 아무렇지도 않아요. 다만 동생들 때문에 걱정이지."

"그러니까 내가 돕겠다는 거 아니오. 당신 어머니나 아버지도 편찮으시지 않소. 당신 아버지는 날 친척이라고 생각하니까 아주 만족하실 거요."

"천만에요. 당신에 대해서는 이미 내가 다 말했다구요!"

테스는 허리를 펴고 그를 똑바로 보았다. 그러자 알렉은 화가 잔뜩 나서 벌떡 일어섰다.

"당신은 참으로 어리석은 여자군!"

그는 작업복을 벗어 모닥불 속에 쑤셔 넣었다. 그리고는 뒤도 안 돌아보고 쌩하니 가 버리는 것이었다.

테스는 더 이상 일을 할 수가 없었다. 알렉이 찾아온 것 때문인지 괜시리 마음이 편치 않았다. 그녀는 할 수 없이 쇠스랑을 집어던지고 집을 향해 나섰다. 그때 테스는 자신을 향해 뛰어오고 있는 동생의 모습을 보았다.

"언니, 아버지가 돌아가셨대. 지금 집에 마을 사람들이 잔뜩 와 있어."

동생은 말똥말똥한 눈으로 보며 말했다. 말하는 투로 보아 심각한 사태를 전혀 짐작하지 못하는 모양이었다. 리자 루도 달려왔다.

"아빠가 방금 돌아가셨어. 의사가 그러는데 심장이 아주 막혀서 도저히 살아날 가망이 없대."

리자 루는 울먹이며 설명을 하였다.

테스는 눈앞이 깜깜하였다. 비록 술꾼일망정 집안과 가족의 버팀목이 되어주던 아버지가 돌아가시다니! 그녀는 온몸에서 힘이 빠져나가는 것을 느꼈다.

더비필드의 죽음은 개인의 죽음으로 끝나지 않았다. 사회적으로 말해서 그의 죽음은 3대로 한정되어 있는 토지 사용 계약이 해지되는 것을 의미하는 것이었다. 더구나 토지 임대자는 몹시 거만하여 재계약하기란 거의 불가능할 뿐만 아니라, 그의 밑에서 일하고 있는 일꾼들은 그녀의 집을 항상 탐내고 있었다.

그러한 사정으로 인해 더비필드 일가는 이제 말로트 마을을 떠나야 할 입장에 처해진 것이다.

51

드디어 성모 마리아의 날 전날이었다. 말로트 마을에는 전에 없던 소란이 벌어졌다. 이 날은 농민과 일꾼들 사이에 체결한 계약이 끝나는 날이었다. 또한 테스의 가족은 가장인 더비필드의 죽음으로 종신 임대권을 잃게 되는 날이기도 하였다.

마을 사람들은 도의적인 입장에서라도 그들이 떠나야 한다고 생각하고 있었다. 금주라든가 신앙심, 또는 정조라는 점에서 볼 때 이 가족은 모범될 만한 것이 없었다. 아버지뿐만 아니라 어머니까지 술에 취해 있기 일쑤였으며, 아이들은 교회에 나가지 않았다. 또한 테스에 관한 소문은 이미 마을에서 모르는 사람이 없을 정도였다. 마을 사람들은 어떻게 해서든지 이들을 쫓아내 마을의 기풍을 잡으려 하였다.

이리하여 테스 가족은 당장 성모 마리아 날 마을을 떠나야 했다. 그

날은 하늘조차 잔뜩 흐려 있었다. 어머니와 리자 루, 에이브러햄은 친지들과 작별 인사를 나누러 가고, 테스는 혼자서 집을 지키고 있었다.

테스는 창문에 얼굴을 바짝 대고 창가 의자에 무릎을 꿇고 앉아 있었다. 멀리서 비옷을 입은 남자가 다가오고 있었다. 바로 알렉 더버빌이었다. 그러나 그녀는 생각에 골몰하느라 그를 보지 못하고 그가 말채찍으로 창문을 두드렸을 때에야 비로소 창문을 열었다.

"아, 꿈을 꾸었나 봐요. 여러 필이 끄는 마차 소리를 들은 것 같은데……."

테스가 이마로 내려온 머리를 쓸어 올리며 말했다.

"아, 마차에 관한 더버빌 가의 전설을 들은 모양이군."

"아뇨, 누가 얘기해 주려다가 그만두었어요."

"당신이 틀림없는 더버빌 가문의 사람이라면 나도 얘기하지 않는 것이 좋겠군. 나야 가짜니까 상관없지만 말야. 유령과 같은 마차 소리가 더버빌 가문의 사람들에게만 들린다고 하는데, 그 소리를 들은 사람에게는 불행한 일이 생긴다는 이야기지. 몇백 년 전에 더버빌 가의 사람이 끔찍한 살인 사건을 저지른 이후로 말야."

"말을 꺼낸 이상 끝까지 해 보세요."

"정 듣고 싶다면 해 주지. 그 사람이 어느 아름다운 여자를 납치해서 마차로 끌고가는 도중에 여자가 도망치려 했다더군. 그래서 서로 다투다가 남자가 여자를 죽였다던가, 여자가 남자를 죽였다던가 아무튼 그래. 그런데 왜 짐은 꾸려 놓은 거요?"

"이사 가요. 내일 성모 마리아의 날이잖아요. 아버진 이 집에 살 수 있는 마지막 소유권자였거든요. 그러나 나만 아니면 일 주일쯤은 더 머무를 수가 있었을 텐데."

"당신이 뭘 어쨌는데?"

"난 부정한 여자니까요."

“빌어먹을! 그따위 사고방식은 불에 태워 재나 만들어 버리라지!”

알렉은 얼굴이 붉어져서 소리쳤다.

“그래, 어디로 갈 작정이오?”

“킹스베리요. 그곳에 방을 얻어 놓았어요. 어머니는 더버빌 가문을 믿고 어리석게도 그곳에 가고 싶어하세요.”

“하지만 식구도 많은데 그 좁은 마을에서 어떻게 셋방살이를 한단 말이오. 그러지 말고 우리 집 아래 채로 오는 게 어떻겠소? 어머니가 돌아가신 후에 닭장은 다 치워버렸지만 집과 뜰은 그대로 있소. 하루면 깨끗하게 회칠도 할 수 있소. 오기만 한다면 당신 동생들은 좋은 학교에도 보내 주겠소.”

“이미 킹스베리에 방을 얻어 놓았는 걸요. 거기서 전 남편을 기다려야 해요.”

테스는 단호하게 말했다.

“남편을 기다린다고? 흥, 그 훌륭한 남편을 기다린단 말이지! 하지만 이것 봐, 그 남자는 결코 돌아오지 않아. 당신들이 헤어진 원인을 생각하면 그는 절대로 당신을 용서하지 않는다고. 그러니까 내 말을 들어요. 내 집에 와서 양계를 하면 되잖소. 그렇게 하면 당신 어머니도 잘 돌볼 수 있을 테고, 동생들은 학교에도 보낼 수 있잖소.”

“당신이 하는 말을 어떻게 믿어요?”

“원한다면 각서라도 쓰리다.”

알렉은 간곡하게 말했다.

“난 당신에게 보상을 하지 않으면 안 된다고. 더구나 당신은 신앙에 미친 날 고쳐 주지 않았소.”

“차라리 신앙을 그대로 가지고 있었으면 좋았을 걸 그랬어요.”

“그런 얘긴 그만두고, 난 돌아가서 당신이 이삿짐 내리는 소리를 기다리고 있겠소. 그럼 우리 악수라도 하고 헤어질까?”

알렉은 창문 틈새로 손을 내밀었다. 테스는 노여움에 차서 창문을 잡아당겼다. 그 바람에 그의 팔이 창문과 돌쩌귀 사이에 끼게 되었다.

"빌어먹을! 이건 정말 너무한데!"

알렉이 얼른 팔을 빼면서 말했다.

"하지만 일부러 그런 건 아니겠지. 하여간 기다리겠소. 당신 어머니나 동생들만이라도!"

알렉은 말에 오르며 말했다.

"가지 않을 거예요."

그녀는 알렉의 뒤에 대고 부르짖었다.

테스는 한동안 그대로 서 있었다. 그러다 갑자기 손에 잡히는 대로 펜대를 움켜 쥐곤 몇 줄의 사연을 적어 나갔다.

오오, 에인젤! 당신은 어쩌면 이렇게까지 저를 학대하시나요.

저는 그런 대우를 받을 만큼 나쁜 짓을 하지 않았어요. 그런데도 당신이 제게 주는 고통은 너무 가혹하군요.

전 더 이상 견딜 힘이 없답니다. 제가 당신을 욕되게 하지 않고 있다는 걸 아시면서 어떻게 이러실 수가 있나요?

이제부터 전 당신을 잊도록 노력하겠어요. 이제 제가 당신을 용서하지 못하겠다는 말입니다.

T로부터

마침 우체부가 지나가자 테스는 얼른 달려가 편지를 전했다. 편지 내용이 어떻건 에인젤의 마음은 바뀌지 않을 것이다. 그러나 그녀는 자신의 마음이라도 붙들어 두어야 했다.

날은 어두워지고 난로의 불빛만이 방 안을 비추고 있었다. 마을 사람들에게 인사를 마치고 돌아온 테스 가족들은 난로가에 모여 들었다.

“밖에 말발굽 자국이 있던데 누가 왔다 갔니?”
어머니가 머리에 묻은 물기를 털어내며 물었다.
“말 탄 신사가 왔었어.”
“온 게 아냐. 그냥 지나가다 잠깐 이야기를 나눈 거지.”
동생의 말을 테스가 얼른 부정했다.
“네 남편이냐?”
“아니에요. 그 사람은 절대로 돌아오지 않아요.”
“그럼 누구냐?”
“내일 킹스베리로 이사한 다음에 말씀드릴게요.”
어머니의 집요한 질문에 테스는 고개를 돌리며 대꾸했다. 남편이 아
니라고 말했지만 아직까지 육체적으로는 오직 알렉만이 그의 남편이라
는 생각이 들어 그녀는 아득한 구렁텅이로 떨어지는 느낌이었다.

52

채 밝지 않은 새벽부터 리자 루, 에이브러햄은 어머니와 함께 짐을
꾸리기 시작했다. 테스는 마차에 우선 큰 가구를 실은 다음, 한 켠에 더
비필드 부인과 동생들이 쉬며 갈 수 있도록 침대와 이부자리로 둥그렇
게 자리를 마련했다.
날은 흐렸으나 비가 오지 않아 한결 마음이 놓였다. 그러나 여자들끼
리 하는 이사 준비라 마차는 오후 2시나 되어서야 출발할 수 있었다. 마
차의 굴대에 매달아 놓은 냄비가 멋대로 흔들리는 것을 신호로 테스 가
족들은 그들이 태어나 자란 곳에서 떠나는 첫 발걸음을 떼었다.
테스와 리자 루는 짐수레가 마을 어귀를 벗어날 때까지 수레와 나란
히 서서 걸었다. 4월 초엿새인 오늘, 그들은 여러 대의 마차를 만났다.

다들 성모 마리아의 날을 맞아 이사를 가는 것이었다.

마을에서 한참 벗어나 테스는 말에게 먹이를 줄 겸 쉬려고 잠깐 멈췄을 때였다. 그녀는 한 짐마차 위에서 술병을 기울이고 있는 여인들을 발견하고 반색을 하였다. 마리안과 이즈였다.

"마리안! 이즈! 너희들도 오늘 이사하니?"

"테스 아니니! 우린 주인 집이 이사하게 되어서 따라가는 거야."

그들은 플린트콤 애쉬에서의 생활이 너무 고되서 그로비에게는 알리지도 않고 왔다고 했다.

"그런데 테스, 널 쫓아다니던 그 남자 생각나니? 글쎄 그 남자가 다시 찾아와 널 찾지 뭐겠니. 하지만 네가 싫어하는 것 같아서 네 연락처는 가르쳐 주지 않았단다."

마리안이 짐 위에서 몸을 굽힌 채 속삭였다.

"하지만 벌써 알고 찾아왔단다."

"그럼 네가 지금 가는 곳도 알고 있니?"

"알고 있을 거야."

"네 남편은 돌아왔니?"

"아니."

테스는 힘없이 대답했다. 마리안과 이즈는 테스만큼 실망스러웠다. 비록 그들이 에인젤을 사랑하고 있을망정 친구의 불행을 원할 만큼 모질지 못하기 때문이었다.

마부가 주막에서 나오자 그들은 다시 작별을 고했다. 두 짐마차는 각기 반대 방향으로 길을 떠났다.

테스 가족은 느즈막한 오후에 킹스베리 마을 어귀에 도착하였다. 그런데 마을에 도착하자 한 남자가 그들을 향해 빠른 걸음으로 다가왔다.

"더비필드 부인이신가요?"

남자는 더비필드 부인에게 말을 건넸다. 마침 그녀는 얼마 남지 않은 길을 걷고자 마차에서 막 내려서고 있었다.

"네, 제가 귀족 존 더버빌 경의 미망인입니다. 저희는 지금 조상의 영지로 돌아가는 길입니다만."

"아, 그렇습니까? 하지만 전 그런 것에 대해서는 전혀 모릅니다. 다만 댁에 빌려 드리기로 한 방에 딴 사람이 들었다는 사실을 알리고자 기다리고 있었습니다. 오늘 아침에야 편지를 받고 이곳으로 오신다는 사실을 알았습니다. 하지만 어디든지 빈 방은 있을 겁니다."

남자의 이야기를 듣는 동안 테스의 얼굴은 하얗게 질려버렸다.

"이것이 조상들의 땅에서 받는 대접이구나! 하여간 다른 곳을 찾아보자."

어머니는 리자 루를 데리고 마을 쪽으로 갔다. 그 동안 테스는 동생들과 함께 마차에 남아 있었다.

"얼른 돌아오세요. 저도 오늘 중으로는 돌아가야 하니까요."

마부가 더비필드 부인의 뒤에 대고 소리쳤다. 그러나 더비필드 부인은 허탕만 치고 한 시간쯤 후에 돌아왔다.

할 수 없이 그들은 교회당 묘지의 담장 밑에 짐을 내렸다. 봄날 해질 무렵의 차가운 햇살이 짐더미를 비추었다. 어머니는 이삿짐에서 침대를 꺼내 교회의 남쪽 벽에 세웠다. 그리곤 침대 둘레에는 커튼을 쳐서 천막을 만들어 놓았다.

"여기서 하룻밤 지내야겠구나. 테스야, 난 가서 먹을 것이라도 구해올 테니 동생들 좀 보고 있어라. 이렇게 아무 도움이 되지 않을 바엔 신사 따위와 결혼하는 게 무슨 소용 있담!"

어머니는 에인젤에 대해 불평을 하곤 리자 루와 에이브러햄을 데리고 마을을 향해 갔다. 마을에 들어서는 좁은 길에서 그녀는 알렉을 만났다.

"아, 마침 찾고 있던 중입니다. 이건 정말 역사적인 가족 모임인 셈이군요! 그런데 테스는 지금 어디에 있습니까?"

알렉이 말을 멈추며 반갑게 말했다. 그러나 더비필드 부인은 그를 좋아하지 않았으므로 아무 말도 하지 않았다. 다만 무뚝뚝하게 교회 쪽을 가리키곤 다시 걸어갔다.

그 동안 테스는 교회 묘지 근처를 거닐고 있었다. 마침 교회 묘지 문이 열려 있어 태어난 후 처음으로 안으로 들어가 보았다. 동생들이 있는 침대 위쪽에는 몇백 년에 걸친 조상들의 무덤이 있었다. 그녀는 묘지의 문 쪽으로 걸어갔다.

"당신이 들어오는 걸 보고 있었소."

테스는 갑자기 눈 앞에 나타난 알렉을 보고 기절할 듯이 놀랐다. 그러자 알렉은 싱긋 웃으며 다가왔다.

"당신의 명상을 방해하지 않으려고 저 위에 있었소. 조상들과는 처음으로 만난 것인가? 하지만 테스, 이렇게 수없이 많은 당신 조상들보다는 이 가짜 더버빌이 당신을 더 위할 수 있다는 사실을 알고 있소?"

"가 주세요!"

그녀는 조그만 소리로 부르짖었다.

"그래, 가지. 가서 당신 어머니를 만나보겠소. 하지만 당신도 머지않아 내게 친절해질 거요."

알렉은 그녀 옆을 지나면서 속삭였다. 그녀는 놀라움과 서글픔에 그만 그 자리에 주저앉고 말았다.

한편 마리안과 이즈는 이삿짐을 실은 마차 위에서 테스에 관한 이야기를 나누고 있었다. 그들은 테스를 쫓아다니는 남자가 그녀의 과거와 관계가 있을 것이라고 막연하게 추측을 했다.

"만약 그 남자가 옛날에 테스를 손에 넣은 일이 있다면 이대로 두어서는 안 돼! 그야말로 돌이킬 수 없는 일이 벌어진단 말야. 이봐 이즈, 우리 그이한테 편지하자. 테스가 지금 처한 상황을 알게 되면 그 사람도 가만 있지는 않을 거야."

그러나 그들이 막상 편지를 한 것은 짐을 풀고 한 달쯤 지나서였다. 그때는 이미 테스의 소식은 끊긴 상태였지만 머지않아 에인젤이 돌아온다는 소식은 들려왔다. 그때서야 그들은 서둘러 잉크병 뚜껑을 열었다.

존경하는 선생님.

선생님의 부인이 선생님을 사랑하는 만큼 선생님도 부인을 사랑하신다면 부디 부인을 돌봐 주세요.

부인은 지금 친구라는 탈을 쓴 자에 의해 심한 괴로움을 겪고 있답니다.

돌이라도 쉴새없이 떨어지는 물방울에 구멍이 뚫리는데 하물며 약한 여자가 어찌 그런 시련을 견디겠습니까.

에인젤 부인의 행복을 비는 두 친구 올림

그들은 에민스터 목사관에 편지를 부치고는 자신들의 행동을 무척 대견해 했다. 그러나 한편으로는 말못할 아쉬움에 서로 부둥켜안고 눈물을 흘리기도 하였다.

53

짙은 황혼이 깃드는 봄날, 에인젤은 조그만 망아지가 이끄는 마차를 타고 에민스터 목사관에 나타났다. 내내 아들을 기다리고 섰던 클레어 목사 부부는 마차 소리에 한걸음에 달려 나왔다.

"오오, 내 아들! 돌아와 주었구나!"

목사 부인이 감격에 겨운 목소리로 외쳤다. 부인은 아들의 옷에 묻은 먼지도 개의치 않은 듯 힘주어 아들을 안았다.

에인젤은 한 손으로 어머니를 안은 채 방으로 들어갔다. 촛불이 밝혀져 있는 방 안에서 그의 모습이 그대로 드러났다.

"오오, 에인젤! 네가 정말 내 아들이냐?"

부인은 아들의 얼굴을 자세히 들여다보고는 소리쳤다. 그의 아버지도 아들의 모습을 보고 깜짝 놀랐다. 몸은 마치 해골같이 말라 있었고, 눈은 움푹 패어 병자의 빛을 띠었다. 또한 얼굴은 주름살투성이로 나이보다 20년은 더 늙게 보였다.

"좀 앓았어요. 하지만 이제는 괜찮아요. 그런데 제게 온 편지는 없나요?"

그는 힘이 드는지 의자에 주저앉으며 물었다.

"지난 번의 것은 제가 여행 중이어서 상당히 늦게 받았어요. 그것도 하마터면 못 받을 뻔했어요. 그렇지 않았더라면 조금 더 일찍 돌아왔을 텐데요."

"네 아내한테 온 거 말이냐? 그거 말고 또 한 통 온 게 있는데."

에인젤의 어머니는 그녀가 마지막으로 쓴 편지를 찾아 건네 주었다. 그것은 그녀가 알렉으로부터 심한 유혹을 받고 소식이 없는 남편에게 마지막으로 쓴 편지였다.

"날 잊도록 노력하겠대요!"

편지를 읽고 난 에인젤은 크게 낙담하여 중얼거렸다.

"애야, 기껏 흙에서 태어난 여자 때문에 근심할 건 없단다."

에인젤의 어머니는 아들의 등을 어루만지며 위로했다.

"흙에서 태어난 여자라고요! 하지만 어머니, 우리들도 모두 흙에서 태어났답니다. 아, 그녀가 어머니가 말씀하신 뜻과 같은 여자라면 얼마나 좋을까요. 이제 와서 말씀드리지만 사실 그녀는 가장 오래된 노르만 가문의 직계 후손이랍니다."

그는 자리에서 벌떡 일어나 자기 방으로 갔다. 그리곤 이튿날 아침까지 밖으로 나오지 않았다.

그는 침대에 누워 곰곰이 생각해 보았다. 적도의 남쪽에서 사랑이 듬뿍 담긴 아내의 편지를 받고 서둘러 고향으로 돌아왔건만, 그 동안 그녀의 애정은 혐오로 변해 있었다. 이런 상황에서 어떻게 처신을 해야할지 그는 참으로 난감했다.

우선 에인젤은 말로트 마을에 편지를 보내 자기가 돌아온 사실을 알렸다. 불쑥 찾아가기 전에 미리 테스와 그녀 가족에게 마음의 준비를 시키는 것이 좋을 것이라는 판단 때문이었다.

답장은 일 주일도 되지 않아 도착했다. 그러나 그것은 더비필드 부인이 보낸 것으로서 겉봉투에는 주소조차 쓰여 있지 않았다.

지금 테스는 집에 없다네. 언제 돌아올지 확실한 날짜도 모르네. 하지만 그애가 돌아오면 즉시 알려주겠네. 그리고 나와 가족들은 말로트 마을을 떠난 지 꽤 오래되었다네.

J. 더비필드

에인젤은 더비필드 부인의 편지를 읽고 테스뿐 아니라 그 가족들까지 자신을 원망한다는 사실을 알았다. 어쨌든 테스가 무사하다는 사실을 알았으니 다행이라는 생각이 들었다.

에인젤은 클레어 목사로부터 그 동안 테스가 돈을 청구한 사실이 없다는 것을 알게 되었다. 그는 비로소 그녀가 퍽이나 궁핍한 생활을 했겠다는 사실을 깨달았다. 그는 당장 그녀를 찾아 나서기로 하였다.

서둘러 여행 준비를 하는 동안 그는 마리안과 이즈가 보낸 편지 한 통을 받았다. 그것은 '선생님의 부인이 선생님을 사랑하는 만큼 선생님도 부인을 사랑하신다면 부디 부인을 돌봐 주세요…….'로 시작되는 편지였다.

편지를 읽고 난 에인젤은 그들의 우정에 깊은 감동을 받았다.

54

에인젤은 플린트콤 애쉬를 향해 말을 달렸다. 언젠가 테스가 보낸 편지에 적혀 있던 주소였다. 더비필드 부인은 테스가 어디에 있는지 모르겠다고 했지만 혹시 그곳에 있을지 모른다는 생각에서였다.

물론 에인젤은 그곳에서 그녀를 찾지 못했다. 농장주의 말에 의하면 그녀는 아무 말도 없이 블랙무어로 돌아갔다고 했다. 테스에게는 거칠게 굴던 농장주도 에인젤에게만큼은 친절하게 대했다. 그는 말로트까지 타고 가라며 말과 마부까지 내어 주었다.

마침 에인젤이 타고온 마차는 하루 기한으로 빌린 것이었으므로 그는 농장주가 내준 말을 탔다. 그는 먼저 말로트 마을에 가서 더비필드 부인의 행방부터 찾기로 하였다.

테스가 살던 집에는 그녀를 알지 못하는 사람들이 살고 있었다. 그들은 먼저 살던 사람의 이름조차 잘 기억하지 못했다. 에인젤은 이것저것 물어 간신히 테스의 아버지가 죽었다는 사실을 알아냈다. 그리고 그 부인과 아이들은 킹스베리로 가다가 중간에 사정이 생겨 다른 곳에서 살고 있다는 사실도 알아냈다.

에인젤은 당장 더비필드 부인이 있는 곳을 향해 길을 떠났다. 걷기에는 먼 거리였지만 혼자 생각할 것이 있어 마차를 돌려 보냈다. 그러나 샤스톤에서는 길이 너무 나빠 다시 마차를 이용했다. 그곳에서 쉬지 않고 달려 더비필드 부인이 사는 곳에 도착하니 저녁 7시경이었다.

더비필드 부인이 사는 셋집은 쉽게 찾을 수 있었다. 부인은 셋집의 다 낡아빠진 세간 사이에 있다가 에인젤을 발견하곤 대문 밖으로 나왔다. 그녀의 얼굴에 저녁 햇살이 쏟아졌다.

에인젤은 먼저 자신이 테스의 남편이라는 것을 밝혔다. 그리고 하루 바삐 테스를 만나고 싶다고 했다.

"그애는 다시 돌아오지 않을지도 모른다우."

더비필드 부인은 시큰둥하게 대답했다.

"그럼 그녀가 어떻게 지내는지도 모르십니까?"

"모른다우. 하지만 나보다는 당신이 그애 소식을 잘 알아야 되는 거 아니유?"

부인이 쏘아붙였다.

"죄송합니다."

에인젤은 당황하여 얼굴이 붉어졌다. 그때 테스의 막내 동생이 나왔다.

"이분이 테스 누나와 결혼할 거야?"

"벌써 결혼한 사람이란다. 얼른 들어가 있어!"

부인은 에인젤의 눈치를 보며 조그맣게 말했다. 그 모습에 에인젤은 그녀가 무엇인가 숨기고 있다는 느낌이 들었다.

"그앤 당신을 잊었을 거유."

아이가 들어가자 부인은 다시 무뚝뚝하게 말했다.

"테스가 그러던가요?"

"그런 건 아니지만 아마 틀림없이 그럴 거유."

"그렇지 않을 겁니다. 이 순간에도 테스는 분명히 절 기다리고 있을 겁니다. 그건 제가 부인보다 더 잘 압니다!"

에인젤은 그녀의 편지를 떠올리며 소리쳤다.

"그럴지도 모르지. 난 아직 그애 속을 모르니까. 그앤 지금 샌드본에 있다우."

"샌드본이요? 샌드본 어디쯤에요? 그곳은 큰 도시로 변했다던데."

"자세한 건 모르겠수. 나도 가 본 일이 없으니까."

부인은 솔직하게 털어놓았다. 에인젤은 더 이상 물을 말이 없었다.

"혹시 뭐 필요하신 건 없으신가요?"

그는 떠나기 전에 얼른 집을 둘러보고 물어 보았다.

"없수."

그러나 부인은 냉랭하게 돌아섰다.

55

　에인젤은 밤 11시가 지나서야 샌드본에 도착했다. 가까운 곳에서 파도 소리가 들려왔다. 샌드본은 영국 해협에 면한 지중해식 유원지로서 이곳 저곳에 흩어져 있는 별장으로 이루어진 도시였다. 모든 사치와 유행이 판치는 곳에서 더없이 순수한 아내가 살고 있다고 생각하니 그는 가슴이 아팠다.

　그는 먼저 여관에 숙소를 정하고 곧바로 클레어 목사에게 전보를 쳤다. 너무 늦은 시간이라 테스를 찾는 일은 다음 날 아침으로 미룰 수밖에 없었다.

　다음 날 아침, 그는 중앙 우체국으로 갔다. 마침 우편 집배원이 아침 우편물을 배달하러 나오고 있었다. 에인젤은 그에게 다가갔다.

　"실례합니다. 혹시 클레어 부인이나 더비필드 양의 주소를 아십니까?"

　그는 정중하게 물어보았다. 그러자 집배원은 고개를 저었다.

　"아시다시피 이곳은 수많은 사람이 드나드는 곳이라 주소가 없으면 사람을 찾기가 힘듭니다."

　집배원은 전혀 알 수 없다는 표정이었다.

　"더비필드 양은 모르겠지만 백로정에 더버빌이라는 사람은 있습니다."

　그때 다른 집배원이 나오며 말했다.

　"바로 그 사람입니다! 그런데 그 백로정이란 곳이 어딥니까?"

　"여기서 좀 떨어진 곳에 있는 아주 멋진 하숙집이죠."

　집배원이 기분 좋게 웃으며 말했다.

그는 집배원이 적어 준 주소를 들고 걸음을 재촉했다. 벌써부터 심장이 고동쳤다. 아, 테스를 만나면 먼저 무슨 말부터 해야하나……. 그는 우유 배달원과 거의 동시에 백로정에 도착했다.

작은 숲으로 둘러싸인 백로정은 고즈넉한 분위기가 하숙집이라기보다는 마치 어느 귀족의 별장 같았다. 만약 에인젤의 추측대로 그녀가 이곳에서 하녀로 일하고 있다면 우유를 받으러 나올 것이라 생각했다.

그러나 우유는 그 집 안주인인 듯한 여자가 직접 나와서 받았다. 에인젤은 그녀에게 다가가 테레사 더버빌이나 더비필드라는 여자가 있냐고 물었다.

"더버빌 부인 말씀인가요?"

"네, 그렇습니다."

에인젤은 테스가 클레어 부인이라는 이름을 쓰지 않는 것이 서운했지만 그래도 그녀의 이름을 듣는 순간 가슴이 뭉클하도록 기뻤다.

"죄송하지만 친척되는 사람이 찾아왔다고 전해주시겠습니까. 이름은 에인젤이라고 합니다만."

"글쎄요. 너무 일러서……. 아무튼 일어나셨나 보고 오겠어요."

그는 하숙집 안주인에 의해 현관 앞의 식당으로 안내되었다. 식당에서는 바깥의 정원이 한눈에 내다보였다. 정원에는 관상목들이 보기 좋게 가꾸어져 있었다.

정원을 내다보면서도 그의 머리 속에는 온통 테스 생각뿐이었다. 그 동안 어떻게 변했을까. 고생이 심했을 텐데 몸이 상하지는 않았을까. 서로 알아보기나 할 수 있을까……이런 저런 생각으로 그는 가만히 앉아 있을 수가 없었다.

얼마 후, 에인젤은 계단을 밟는 발자국 소리를 들었다. 그와 동시에 그의 심장이 심하게 요동을 치기 시작했다.

식당의 문이 열리고 테스가 모습을 드러냈다. 에인젤은 의자에서 벌떡 일어났다. 그녀는 상상했던 것과는 완전하게 다른 모습이었다. 그녀의 아름다움은 그대로였으나 상(喪) 중임을 표시하는 까만 색의 고급 캐시미어 화장복을 느슨하게 걸치고 있었으며, 같은 색의 슬리퍼를 신고 있었다.

"테스!"

그는 두 팔을 크게 벌리고 겨우 그녀의 이름을 불렀다. 입안의 침이 바짝 마르는 느낌이었다. 그러나 그녀는 문턱에 우두커니 선 채 그대로 있었다.

"나를 용서해 주겠소? 당신을 두고 간 이 옹졸한 남편을."

"너무 늦었어요."

그녀는 고개를 돌리며 차갑게 말했다.

"내가 잘못했소. 난 그 동안 너무 어리석어 당신의 참된 모습을 보지 못했소. 물론 늦었다는 건 나도 알고 있소. 하지만 아, 그립고도 사랑스런 테스!"

에인젤은 가까이 다가가며 안타깝게 말했다.

"가까이 오지 마세요. 너무 늦었단 말예요!"

"혹시 내가 이렇게 되어서 그러는 거 아니오? 사실 난 브라질에서 아주 심하게 앓았다오. 그렇다고 변할 당신이 아닌데…… 난 돌아온 즉시 당신을 애타게 찾았소. 이제 어머니와 아버지도 당신을 환영할 거요."

"그런가요? 하지만 늦었어요. 모든 게 너무 늦었단 말예요. 당신은 아무것도 모르면서 하고 싶은 말만 하면 되나요? 도대체 이곳에는 어떻게 찾아 오신 거죠?"

"여기저기 수소문해서 찾아왔소."

"그 동안 저는 당신을 기다리고 또 기다렸어요. 하지만 당신은 돌아오지 않았어요. 저는 당신한테 애원하는 편지도 썼어요. 그래도 당신은 끝내 돌아오지 않았어요. 그 사람은 당신이 영영 돌아오지 않을 거라고 했어요. 또 저보고 바보 같은 여자라고도 했어요. 그 사람은 아버지가 돌아가신 후에 저와 어머니에게 무척 고맙게 했어요. 그 사람은……"

"도대체 무슨 말을 하고 있는 거요?"

"……그 사람이 다시 돌아왔단 말예요."

그녀는 마치 무슨 선고라도 내리듯 말했다. 에인젤은 비로소 그녀의 말뜻을 알아차리곤 고개를 떨구었다.

"그 사람은 지금 2층에 있어요. 어떻게 된 일이냐고요? 당신이 결코 돌아오지 않을 거라고 했으니까요. 이 옷도 그 사람이 해준 거예요. 그러니 에인젤, 제발 떠나 주세요. 그리고 다시는 찾아 오지 마세요."

"아아, 내 잘못이었소!"

에인젤이 고통스럽게 부르짖었다. 그 이상은 아무 말도 할 수가 없었다. 얼마 후, 정신을 차린 에인젤은 테스가 사라진 것을 알았다. 그는 비참한 심정이 되어 밖으로 뛰쳐 나왔다. 그리곤 정처없이 거리를 걷기 시작했다. 새벽의 찬 바람이 가슴 속으로 파고 들었다.

56

백로정의 여주인인 브룩스 부인은 호기심이 강한 여자는 아니었으나, 이른 새벽에 찾아온 에인젤에게는 자꾸만 관심이 갔다. 더구나 문턱에서 테스와 에인젤이 주고 받는 말을 단편적으로 엿듣고는 궁금증을 견딜 수가 없었다.

결국 부인은 하던 바느질을 내던지고 이층으로 올라갔다. 그리고는 더버빌 부부가 매주 세를 내고 들어 있는 침실 바로 앞의 응접실 문 앞에 섰다. 그곳에서는 방 안에서 나는 모든 소리를 들을 수가 있었다.

맨 처음에 그녀가 들은 소리는 나지막한 신음 소리였다.

"오오, 오오! 오오!"

한숨 소리와 뒤섞여 들려오는 신음 소리에 안주인은 열쇠 구멍으로 안을 들여다 보았다. 이미 조반이 차려진 식탁 옆의 의자에 테스가 무릎을 꿇은 채 엎드려 있었다. 그때 옆방 침실에서 부스럭거리는 소리가 들렸다.

"왜 그래?"

아직 잠에서 덜 깬 남자 목소리였다.

"내 그리운 남편이 돌아왔어요. 그런데 난 이 모양이 되었으니! 동생들과 어머니가 가여워서 이렇게 무너지고 말았으니! 당신이 진절머리 나도록 악착스럽게 쫓아다니지만 않았어도……당신은 내 남편이 결코 돌아오지 않는다고 했죠? 그러니까 그 사람을 기다리는 건 바보 같은 짓이라고 했죠! 그런데 그 사람은 돌아왔어요. 그리고 또 다시 가버렸단 말예요. 아, 이제 난 영원히 그 사람을 잃어버렸어요!"

테스는 오열을 했다. 그녀의 얼굴은 고통으로 일그러져 있었고 깨물었던 입술에서는 피가 흘렀다. 그런 테스의 모습이 브룩스 부인에게 고스란히 보였다.

"그이는 곧 죽을 것만 같았어요. 마치 죽어가는 사람 같았다고요! 내가, 내가 그렇게 만들었어요. 아, 당신은 내 인생을 두 번이나 망쳐 놓았어! 제발 그러지 말라고 애원했는데!"

그녀는 의자에 엎드린 채 몸부림을 쳤다. 그 뒤에 날카로운 남자 음성이 이어졌다. 그러자 엎드려 있던 테스가 벌떡 일어섰다.

브룩스 부인은 테스가 달려 나오는 줄 알고 황급히 밑으로 내려갔다. 만약 손님들의 대화 내용을 엿들었다는 소문이라도 난다면 큰 망신을 하게 될 것이기 때문이었다.

그러나 테스는 브룩스 부인이 내려오고 한참 만에 나왔다. 그녀는 검은 깃털이 달린 모자와 베일을 드리우고 있었다. 그것은 부유하고 젊은 귀부인다운 화려한 차림이었다.

거리로 나가는 테스의 모습을 보며 브룩스 부인은 혼자만 쓰는 뒷방으로 들어갔다. 그곳에서 그녀는 바느질을 했다. 한참이 지나도 테스는 돌아오지 않았고 그 남편 또한 아내를 찾지 않았다. 브룩스 부인은 그들 부부의 관계가 몹시 궁금해서 계속 천장 쪽으로 신경을 곤두세우고 있었다.

그러다 우연히 천장을 올려다 보는 순간, 그녀는 여태까지 보지 못했던 얼룩을 발견하였다. 처음에는 무심히 지나쳤으나 얼룩은 시간이 갈수록 커져 갔다. 그리고 그 얼룩이 손바닥만해졌을 때 그녀는 그것이 붉은 핏자국임을 알아차렸다.

그녀는 황급히 현관문을 열고 거리로 뛰쳐 나갔다. 마침 이웃 별장에 고용되어 있는 남자가 지나가고 있었다. 그녀는 그를 불러 세워 이층을 한번 봐 달라고 부탁했다.

남자는 부인을 따라 이층으로 올라갔다. 부인은 문을 열고 비켜서서 남자만 안으로 들여보냈다. 그러나 남자는 두어 걸음 안으로 들어가다가 금방 굳어진 얼굴로 되돌아 나왔다.

"세상에 맙소사! 사람이 죽어 있어요! 칼에 찔린 채 말예요!"

남자의 얼굴은 완전히 사색이 되어 있었다.

사건은 즉시 경찰에 알려지고, 조금 전까지 고요하던 백로정은 발칵 뒤집어졌다. 경찰을 따라온 외과 의사에 의하면 상처는 작았지만 칼 끝이 심장을 찔렀다고 했다.

시체는 창백한 얼굴로 침대에 반듯하게 눕혀져 있었지만 소문은 채 몇 분도 지나지 않아 온 거리와 별장에 퍼져 나갔다.

57

에인젤은 여관에 돌아온 후 숙박비를 치른 다음 간단한 소지품들을 정리하였다. 그때 어머니로부터 전보가 배달되었다. 주소를 알려주어 고맙다는 내용과 형 카드버트가 머시 찬트에게 청혼하여 허락을 받았다는 내용이었다.

에인젤은 전보를 구겨버리고 정거장을 향해 걸어갔다. 그러나 기차는 한 시간 이후에나 출발한다고 하였다. 할 수 없이 그때까지 기다리기로 하였다. 쓰라린 상처를 받은 이 고장에서 한시바삐 떠나고 싶었으나 어쩔 수가 없었다. 그러나 가만히 앉아 있자니 더욱 가슴이 미어져 왔다. 그는 다음 정거장까지 걸어가 그곳에서 기차를 타기로 하였다.

다음 정거장까지는 골짜기를 가로질러 비탈길을 올라가야 했다. 넓게 트인 길은 얼마 지나지 않아 낮은 분지로 변하였다. 그 끝에서 끝까지 길이 뻗어 있었다. 그는 언덕에서 잠시 쉬고자 걸음을 멈추었다. 그러다 무심코 뒤를 돌아보곤 까마득한 곳에서 이쪽을 향해 오는 작은 점을 발견하였다.

그 점은 자신을 향해 달려오고 있었다. 그는 누군가 자신을 쫓아오는 것이려니 생각하고 조용히 기다렸다. 그러나 그 점이 가까이 다가올 때까지 테스라는 생각은 꿈에도 하지 못하였다.

"제가 정거장에 거의 다다랐을 때 당신이 나오는 걸 봤어요. 그래서 줄곧 뒤따라 온 거예요."

그녀는 온몸을 떨며 숨을 몰아쉬고 있었다. 그는 아무 말도 묻지 않고 그녀의 손을 따뜻하게 감싸 쥐었다.

"무엇 때문에 당신을 따라온 줄 아세요? 그 남자를 죽였어요. 그 사실을 알리러 온 거예요."

테스는 서둘러 말했다.

"무슨 얘기요?"

심상치 않은 그녀의 태도에 에인젤은 당황했다.

"전 기어이 일을 저질렀어요. 왜 그랬는지는 모르겠어요. 하지만 당신을 위해서나 절 위해서나 그렇게 할 수밖에 없었어요. 철 없는 절 유혹했고 또 그로 인해 당신까지 고통 받는다는 걸 생각하면 그럴 수밖에 없었어요. 그는 우리 두 사람 사이에 끼어 들어서 우릴 파멸시켰지만 이제 더 이상은 그럴 수 없을 거예요. 에인젤, 당신이 어떻게 생각하시는지 모르겠지만 난 그를 결코 사랑하지 않았어요. 당신이 돌아오지 않았기 때문에 그에게 갔던 것뿐이에요. 그토록 당신을 사랑했는데 당신은 떠나버리고 소식조차 없으니……. 하지만 당신을 원망하는 건 아녜요. 이제 그 사람을 죽여버렸으니 제 잘못을 용서하시겠죠? 줄곧 달려오면서 생각했는데 이번에는 틀림없이 용서해 주시리라 생각했어요. 오, 에인젤! 이제 전 당신 없이는 잠시도 살지 못해요. 당신의 사랑을 받지 못한다는 게 얼마나 고통스러운 일인지 당신은 아세요? 그러니 얼른 말해 주세요. 절 사랑한다고 말예요. 이제 그 사람을 죽였으니까 말할 수 있잖아요!"

"사랑해, 테스! 사랑하고말고!"

에인젤은 그녀를 힘차게 끌어안으며 말했다.

"그런데 그 남자를 죽였다는 게 무슨 말이지?"

"죽여버렸다고요……."

그녀는 혼잣소리로 중얼거렸다.

"뭐요? 정말 그 사람을 죽였단 말이오?"

"네, 그 사람은 당신 때문에 울고 있는 저에게 욕을 퍼부었어요. 또 당신한테도 욕을 하고요. 그래서 죽여 버렸어요. 도저히 참을 수가 없었어요. 그를 죽이고 우리의 새로운 출발을 위해 이렇게 달려온 거예요.”

테스는 자랑스레 말했다. 에인젤은 그녀의 말을 전부 믿을 수 없었지만 우선 그녀를 안정시키 위해 애썼다. 그는 새삼 그녀의 사랑에 놀랐다. 또한 그 사랑을 위해 모든 것을 던질 수 있는 그녀에게 놀랐다.

그는 테스에게 끝없이 키스를 퍼부었다.

“난 결코 당신을 버리지 않겠소! 여보, 내 힘으로 할 수 있는 모든 것을 동원해 당신을 지켜 주겠소!”

그들은 손을 꼭 잡고 걷기 시작했다. 이따금씩 에인젤을 쳐다보는 그녀는 이제 모든 구속에서 해방된 표정을 짓고 있었다.

에인젤은 혹시 무슨 일이 있을지 모른다는 생각으로 근방 몇 마일에 걸쳐 들어서 있는 전나무 숲으로 들어갔다.

“곧 해가 질 테니 그때 쉴 곳을 찾아 보도록 하지. 그러자면 앞으로도 몇 마일은 더 가야 하는데 괜찮겠어?”

“그럼요! 당신과 함께라면 어디라도 갈 수 있어요.”

힘차게 대답하며 테스는 에인젤의 허리에 두른 팔에 힘을 주었다.

점심 때가 되어 그들은 길가의 한 여관을 발견하곤 그곳으로 갔다. 에인젤은 먹을 것을 얻기 위해 안으로 들어가고 테스는 근처의 덩굴 사이에서 기다리도록 하였다.

얼마 지나지 않아 에인젤은 너덧 명분의 음식과 포도주를 가지고 돌아왔다. 그는 테스 앞에 음식을 펼쳐 놓았다. 그리곤 나뭇가지 위에 나란히 걸터앉아 음식을 먹기 시작했다.

“내 생각에는 외진 시골 구석으로 숨어드는 게 좋을 것 같아. 그곳에서 얼마간 지내다가 보면 항구 쪽으로 빠져 나갈 기회를 얻을 수도 있거든.”

남은 음식을 싸들며 에인젤이 말했다. 그러나 그녀는 에인젤의 어깨에 머리를 기댈 뿐 아무런 대답도 하지 않았다.

저녁 무렵 그들은 브람셔스트 영주관이라는 저택 앞에 도착하였다. 저택 앞 개천에 걸린 다리에는 커다란 게시판이 있었다. 그 게시판에는 '가구가 갖추어진 아담한 셋집'이라고 씌어 있었다. 대문을 들어서니 곧 널찍한 건물이 보였다.

"방이 많이 있는 것 같은데 우리가 누울 자리는 없군요."

집을 둘러보며 테스가 말했다.

"피곤한 모양이군. 잠깐 기다려 봐요."

에인젤은 테스에게 키스를 하곤 집 안으로 들어갔다. 그 동안 그녀는 대문의 덩굴 속에서 쭈그리고 앉아 기다리고 있었다. 노숙을 하기에는 아직 철이 일렀고 근처의 여관으로 들어가기에는 용기가 나지 않았다.

불안한 마음으로 얼마를 기다리니 에인젤이 돌아왔다. 그는 이 집에는 노파 한 사람이 있는데, 그 노파는 근처에 있는 마을에 살면서 날씨 좋은 날에만 한번씩 와서 집 안 공기를 갈아 놓고 간다는 사실을 어느 소녀에게서 알아냈다고 했다.

"자, 저 아래쪽 창문으로 들어가서 쉬도록 합시다."

에인젤은 그녀의 어깨를 감싸 안으며 말했다.

그들은 이층으로 올라갔다. 모든 방에는 덧문이 쳐져 있어 현관을 제외하곤 어느 방에도 불빛이라곤 없었다. 에인젤은 그 중 어느 한 방의 문을 열었다. 문이 열리자 그들과 함께 한 줄기 햇살이 방 안으로 쏟아져 들어갔다.

"여기서 쉽시다."

가방과 음식 꾸러미를 내려 놓으며 에인젤이 말했다. 그러나 언제 노파가 들어올지 몰라 그들은 꼼짝도 하지 않고 조용히 앉아 있었다.

7시가 되자 노파가 나타났으나 그들이 있는 방에는 들어오지 않았다. 그들은 그대로 앉아 노파가 현관문을 잠그고 돌아가는 소리를 들었다.

노파가 돌아간 다음 에인젤은 다시 창문을 열어 햇살이 들어오게 했다. 그리고는 다시 음식 꾸러미를 펼쳐 식사를 하였다. 곧 어둠이 덮쳐 왔지만 초 한 자루 없는 그들로서는 어둠을 고스란히 맞을 수밖에 없었 다.

58

엄숙하고 조용한 밤이 지나고, 테스는 새벽녘에 첫날 밤에 에인젤이 자신을 안고 프롬 강을 건넌 이야기를 하였다.

"왜 그런 얘기를 이제야 하는 거요? 좀더 일찍 말했더라면 우리가 이 제까지 헤어져 있지 않을 수도 있었는데."

"지난 일은 생각하지 마세요. 어쨌든 우린 지금 함께 있잖아요. 다른 문제는 생각하지 말기로 해요. 내일 또 우리에게 어떤 일이 생길지 누가 알아요?"

밖에는 비가 내리고 있었다. 노파는 날씨가 좋은 날만 온다고 했으므 로 그들은 마음놓고 쉴 수가 있었다.

테스가 다시 잠든 사이에 에인젤은 2마일이나 떨어진 마을로 가서 차 와 빵, 버터, 그리고 연기를 내지 않고 불을 피울 수 있는 알코올 램프 를 사왔다. 그가 돌아왔을 때 마침 그녀는 잠에서 깨어났다. 그들은 아 주 행복해 하며 아침 식사를 했다.

그들은 밖에 나가지 않고 안에서만 지냈다. 해가 지면 밤이 오고 다 시 새 날이 밝았다. 그렇게 닷새를 보냈다. 그러다 에인젤이 사우덤톤이 나 런던으로 가자고 했을 때 테스는 반대를 했다.

"밖은 어둠과 고통뿐이에요. 그런데 꼭 나가서 이렇게 즐겁고 정겨운 생활을 끝맺어야 하나요?"

그녀의 말은 사실이었다. 지금 이 두 사람만의 공간에는 사랑과 이해가 있었지만 밖에는 냉랭한 바람이 휘몰아치고 있었다.

"그리고 저는 당신의 마음이 변할까봐 두려워요. 전 당신의 사랑이 식을 때까지 살고 싶지 않아요. 차라리 그 전에 죽는 게 나아요."

"어떤 일이 있어도 난 당신을 미워할 수 없을 거요."

"저도 그러길 바래요. 하지만 제 과거나 제가 저지른 죄를 생각하면 어떤 남자도 미워하지 않을 수 없을 거예요. 아, 옛날에 난 개미 새끼 한 마리 죽이지 못했었는데……."

그녀는 지금도 자신의 행동을 믿지 못하겠다는 표정이었다.

이튿날 아침, 유난히 좋은 날씨에 할머니는 여느 때보다 일찍 저택에 도착했다. 오늘 같은 날이야말로 집 안의 모든 창문을 열어 깨끗한 공기로 갈아야겠다는 생각이 들어서였다.

아랫층의 창문을 모두 열어 놓은 다음 할머니는 이층으로 올라갔다. 덧신을 신은 덕분에 전혀 발소리가 나지 않았다. 이층에 올라간 순간, 할머니는 어느 한 방에서 사람의 숨소리가 들리는 듯싶었다. 할머니는 조심스럽게 방문 손잡이를 돌려 보았다. 덧문 사이로 흘러든 햇살이 테스와 에인젤의 얼굴을 비추고 있었다. 그리고 옆 의자 위에는 그들이 벗어놓은 옷이 걸쳐져 있었으며, 바닥에는 양말과 예쁜 양산이 흩어져 있었다.

할머니는 다시 살짝 문을 닫았다. 점잖은 남녀의 애정의 도피 행각쯤으로 생각한 할머니는 이웃과 의논할 양으로 발소리를 죽여가며 밖으로 나갔다.

할머니가 나간 지 얼마 되지 않아 테스와 에인젤이 동시에 눈을 떴다. 눈을 뜨는 순간, 무엇인지 모를 불안감이 엄습해 왔다.

"당장 떠나기로 하지. 부근에 누군가가 숨어 있다는 생각이 들어."

에인젤이 서둘러 일어나며 말했다. 테스도 순순히 그의 말에 따랐다.

그들은 방을 정돈하고 밖으로 나왔다. 그리곤 곧장 숲으로 들어갔다.

"아, 행복했던 집이여!"

테스가 걸음을 멈춘 채 돌아서며 저택을 보았다.

"그런 말 하지 마! 우린 이제 이곳을 떠나야 해. 자, 이제부터 곧장 북쪽으로 가서 어느 항구에서든 외국으로 갑시다. 만약 수사를 한다면 웨섹스 항구쯤에서나 시작할 거야."

에인젤의 말대로 그들은 북쪽으로 걸어갔다. 저택 주위의 숲에서 벗어나자 금방 멜체스터 시가 나타났다. 그곳에서 에인젤은 그녀를 푹 쉬게 하고, 어둠을 타서 다시 걷기로 하였다. 하늘은 온통 구름으로 덮여 있었다.

구름 사이로 저녁 놀이 깃들 무렵, 그들은 계획대로 다시 길을 떠났다. 평소에 자주 산길을 걸은 탓에 테스의 걸음걸이는 민첩했다. 그러나 발소리를 내지 않으려고 될 수 있는 한 풀밭 위를 걸었다. 자정이 넘었을 때, 그들은 풀밭에 거대한 구조물이 우뚝 서 있는 것을 보았다. 정신없이 걷다 하마터면 그 구조물과 부딪칠 뻔하였다.

"이건 정말 괴상한데!"

"이 근처에서 웅웅 소리가 나요! 들어 보세요!"

테스의 소리에 에인젤은 귀를 기울여 보았다. 그것은 바람이 구조물에 부딪쳐 내는 소리였다. 구조물은 거창한 장방형의 돌기둥이었다. 그러나 이음새가 없는 것으로 보아 단단한 천연석으로 만든 것 같았다. 옆에도 똑같은 돌기둥이 있었다. 그리고 두 기둥을 잇는 거대한 대들보가 아주 높이 설치되어 있었다.

그들은 돌기둥 사이로 들어갔다.

"대체 이게 뭘까?"

에인젤은 조심스럽게 옆으로 손을 뻗어 보았다. 그러자 그 옆에 또 다른 돌기둥이 있었다. 그런 식으로 돌기둥들이 죽 연결되어 있었다. 저쪽에는 쓰러진 것도 있었다. 그리고 보니 평원이 온통 돌기둥으로 숲을 이루고 있었다.

"이건 스토운헨지야!"

에인젤이 갑자기 소리쳤다.

"이교도의 신전 말인가요?"

"그래. 여러 세기 전의 유물 말이야. 어떡할까? 조금만 더 가면 쉴 곳이 있을 것 같은데."

"전 더 이상 못 걷겠어요."

테스는 길쭉한 석판 위에 주저앉으며 말했다.

"여기 있으면 안 될 것 같은데. 이제 날이 새면 몇 마일 떨어진 곳에서도 이곳이 보일 거야."

"하지만 전 이곳에 있는 게 좋아요. 이곳은 참 조용하군요. 머리 위엔 널따란 하늘이 보이고, 마치 세상에 우리만 있는 것 같군요. 아, 정말 아무도 없었으면 좋겠어요. 리자 루만 빼놓고……."

"아무 말 말고 그대로 누워 있어요."

에인젤은 그녀에게 외투를 덮어 주었다.

"에인젤, 만약 제게 무슨 일이 생기면 리자 루를 돌봐 주세요. 그애는 정말 착하고 순진해요. 그리고 순결해요. 아, 에인젤! 만약 제가 없어진다면 제발 그애와 결혼해 주세요."

"당신을 잃는다는 건 모든 것을 잃는 것이오. 그리고 그녀는 처제가 아니오."

"그건 문제가 안 돼요. 리자 루는 정말 착하고 귀여워요. 우리가 모두 죽어 영혼이 된다면 저는 기꺼이 그애와 함께 당신을 나누어 가질 수 있을 거예요. 아, 그애가 당신의 아내가 된다면 전 죽음이 우리를 갈라 놓는다고 생각하지 않을 거예요."

그녀는 더 이상 아무 말도 하지 않았다. 멀리 북동쪽 하늘에 언뜻 빛이 나타났다. 얼마 후 그녀의 숨결은 고르게 새근거렸고, 그의 손을 잡았던 그녀의 손은 힘없이 아래로 떨어졌다. 에인젤은 계속 가지 않고 주저앉은 것을 후회했지만 이제는 어쩔 수 없었다.

골고루 덮였던 검은 구름이 서서히 밀려나고 있었다. 먼동을 등지고 높게 솟은 돌기둥이 하나 둘씩 모습을 드러내기 시작했다. 에이젤은 꼼짝도 하지 않고 그녀를 지키고 있었다.

동쪽의 경사진 언덕에 무엇인가 움직이는 것이 보였다. 에인젤은 긴장하여 그 움직임을 주시하였다. 그러나 뒤쪽에서도 무슨 소리가 들렸다. 돌아보니 옆으로 쓰러진 저쪽 기둥에서도 다른 모습이 보였다. 그리고 왼편에도 한 사람이 있었다. 그들은 모두 명확한 지점을 향해 다가오고 있었다. 에인젤은 벌떡 일어나 도망갈 방법을 생각했다. 우선 무기로 삼을 만한 것을 찾아 주위를 두리번거렸다. 그러나 이미 가까이 다가와 있는 한 남자가 그를 잡았다.

"소용없습니다. 주위에 우리 동료들이 열여섯 명이나 있으니까요."

남자는 딱딱한 어투로 말했다.

"그럼 잠이 깰 때까지만 기다려 주십시오."

에인젤은 애원했다. 그리곤 그녀가 누워 있는 돌쪽으로 가서 무릎을 꿇었다. 남자들이 따라와 그들의 주위를 에워쌌다.

주변의 돌이 짙은 녹색으로 빛나고, 햇살이 강해졌다. 그 햇살은 가냘프게 호흡하고 있는 그녀의 얼굴을 활짝 비추었다. 광선이 눈꺼풀 아래로 스며들자 테스는 비로소 눈을 떴다.

"웬일이에요, 에인젤!"

눈을 뜨자마자 그녀는 벌떡 일어나 앉으며 물었다.

"저를 잡으러 온 건가요?"

"……그렇소."

에인젤은 그녀를 끌어당겨 깊이 안았다.

"저는 정말 기뻐요. 이렇게 행복한 상태에서 죽을 수 있다는 사실이요!"

그녀는 천천히 일어났다. 그리곤 몸을 털고 앞으로 나아갔다.

"가요."

그녀는 나직하지만 분명하게 말했다. 남자들이 하나 둘씩 움직이기 시작했다.

59

7월의 어느 아침, 아름다운 옛도시 윈톤스터의 거리는 상쾌하고 따뜻한 공기에 감싸인 채 벽돌집과 기와집들이 산뜻한 모습을 하고 있었다.

그곳의 서쪽 문에서 시작되는 큰길 언덕배기에는 아침부터 급히 올라가는 두 사람의 모습이 보였다. 그들은 마치 사람들의 눈에 띄지 않으려는 듯 고개를 푹 숙인 채 걷고 있었다. 한 사람은 바로 에인젤 클레어였고, 또 한 사람은 이제 막 피어오르는 꽃봉오리와 같은 아가씨 리자루였다. 그들은 창백한 얼굴로 손을 꼭 잡은 채 묵묵히 걸었다.

그들이 서쪽 언덕에 다다랐을 때 거리의 시계가 8시를 알리기 시작했다. 두 사람은 깜짝 놀라 얼른 푸른 초원의 가장자리에 있는 첫 번째 이정표 쪽으로 달려갔다. 그러더니 그곳에서 갑자기 걸음을 멈추었다.

꼭대기에서 내려다보니 이제 막 떠나온 도시가 눈 아래에 펼쳐졌다. 그 중에서도 성 토머스 사원의 뾰족탑과 바람받이 지붕이 가장 먼저 눈에 들어왔다. 도시의 뒤쪽에는 둥그런 성 캐더린 언덕이 펼쳐져 있었다. 그 가운데 빨간 벽돌 건물이 있었다. 그것은 회색 지붕과 창문에 창살이 달린 건물로서 주위의 고풍스럽고 우아한 건물들과는 대조를 이루었다. 두 사람은 조금 전에 그 건물의 담에 뚫린 샛문으로 나온 것이었다.

건물 중앙에는 꼭대기가 평평한 보기 흉한 팔각탑이 동쪽 지평선을 배경으로 서 있었다. 그들이 서 있는 곳에서 보면 그것은 마치 태양을 등지고 서서 도시의 미관을 해치는 오점과도 같았다.

그 탑의 돌출부 위에는 길다랗고 높은 깃대가 있었다. 그들은 그 깃대를 보고 있었다. 8시를 알리는 종소리가 나고 이삼 분쯤 지났을까? 무엇인가 깃대를 타고 서서히 올라오는 것이 있었다. 바로 검은 깃발이었다.

'정의의 심판'은 이루어졌다. 그리스의 비극작가 아이스킬로스의 말대로 '불멸의 수호신'은 테스를 희롱하기를 멈춘 것이었다. 그리고 더버빌 가문의 기사와 귀부인들은 아무것도 모르고 그들의 무덤 속에서 잠들어 있었다.

두 사람은 오랫동안 그 깃발을 바라보았다. 그러다 마치 기도라도 올리듯 땅에 꿇어앉았다. 깃발이 바람에 펄럭이고 있었다.

이윽고 기운을 되찾은 그들은 일어나 손을 마주잡고서 언덕을 내려갔다. *World Best*

《테스 *Tess of the D'Urbervilles*》 바로 읽기

비관적 세계관에서 타오른 불멸의 예술혼

토머스 하디(Thomas Hardy, 1840~1928)는 영국 문학사상 빅토리아 조(朝) 후기의 최고 작가로서, 디킨스(Charles Dickens)와 쌍벽을 이루는 19세기 영국 문학사의 거목(巨木)이다. 하디는 디킨스를 비롯한 선대 작가들이 일구어 놓은 영국 문학의 전통을 이어받아 그것을 발전시키고 혁신시키면서 20세기 영국 문학의 새로운 길을 열어 놓았던 선도적 작가이기도 하다.

그는 88세를 일기로 세상을 뜰 때까지 무려 60여 년을 작품 창작에 열중하면서 그 중 전반 30년은 소설에, 후반 30년은 시에 전념하며, 장편 소설 14편, 단편 소설집 4편, 9백 편이 넘는 시를 수록한 시집 8편, 그리고 거대한 장편 서사 시극 1편 등 수많은 예술 작품을 남긴 영문학의 대작가이자 위대한 시인이다. 그는 이처럼 다채로운 예술적 소양과 왕성한 창작력을 바탕으로 그의 정신적 영역을 문학의 세계뿐만 아니라 철학과 사상의 세계에까지 확장시켰으며 누구도 넘볼 수 없는 독특하고 광대한 업적을 이루어 냈다.

그러나 그러한 업적에도 불구하고 하디는 그의 작품에 대한 영광이나 찬사보다는 오히려 비난과 혹평 속에서 그의 생애를 마감한 불운의 작가였다. 그는 당대의 여러 비평가로부터 비관주의적 운명론자, 염세주의자, 또는 무신론자(無神論者) 등의 불명예스런 평가를 들으며 오해와 외로움 속에서 문학 활동을 했으며, 그의 문학에 대한 제대로 된 평가는 그의 사후(死後)에나 완전히 이루어졌던 것이다.

이처럼 하디가 긍정적인 평가보다는 비난의 대상이 되었던 까닭은 그의 비관주의적 세계관 때문이었다. 그의 반(反)기독교적이며 무신론적인 사상에 근거한 비관주의(悲觀主義)가 당시 영국 사회의 도덕 기준과 엄격한 분위기에 상반되었던 것이다. 특히 그의 소설들, 그 중에서도 《테스 Tess of the D'Urbervilles》를 둘러싸고 일어났던 사회적 물의와 비난적 여론은 하디를 반사회적 염세주의자, 통속 작가로 몰아세웠고, 진정한 예술로서의 하디 문학에 대한 올바른 평가를 유보시켰다.

이러한 사회의 많은 비난과 반박을 받아 가면서도 하디는 자신의 철학을 굽히지 않았으며, 문학 세계를 포기하지 않았다. 자신의 소설들이 냉대를 받자 1895년 《비운의 주드 Jude the Obscure》를 마지막으로 소설 창작을 그만둔 하디는 그의 문학에 대한 열정을 시로 옮겨가 죽을 때까지 30여 년 동안 시인으로서도 위대한 업적을 남겼다. 하디는 평생을 주위의 비난에 흔들리지 않고 꿋꿋이 자신의 문학 정신을 지키고 실현하고자 했으며, 그런 그의 끊임없는 정열이 결국 그에게 씌워진 오명을 벗기고 그의 이름을 세계 문학사에 뚜렷이 새겨 넣었던 것이다.

이처럼 하디는 그의 비관적인 운명론으로 인해 고난을 당하고 오해를 받았지만, 아이러니컬하게도 그 음울한 문학 세계로 인해 작가로서의 확고한 위치를 차지할 수도 있었다. 사실 그의 비관주의적 세계관에 내재하는 인간 구원의 사랑이야말로 오늘날에도 그의 문학이 사랑받고 존재하는 이유인 것이다.

하디는 자신이 염세주의자(厭世主義者)가 아니라고 주장했지만, 그러한 주장에도 불구하고, 그의 문학 세계에 흐르고 있는 사상은 매우 어둡

고 비관적이다. 그의 소설의 대부분의 주제는 보이지 않는 운명의 힘 때
문에 좌절된 인간 세계의 비극과 불행이다. 하디의 이러한 비극관은 '내
재 의지(Immanent Will)'라는 독특한 사상을 낳았다. 이 사상은 "인간은
인간의 의지 여하에 관계없이 우주와 자연이 지배하는 맹목적 내재 의
지(內在意志)에 의하여 인간의 행·불행의 운명이 좌우된다"는 것이다.
이 내재 의지에 인간이 역행할 때 인간은 파멸당하게 된다는 것이 하디
의 비극적인 문학 주제였다. 이러한 하디의 비관주의적인 사상은 현실
폭로적인 창작적 태도를 낳았고 빅토리아 조(朝)의 보수적이고 전통적
인 인습과 관습에서 오는 일반의 과격한 비난과 반발을 야기시켰던 것
이다.

　하디가 이러한 비관주의적 세계관을 갖게 된 연유는 그의 어린 시절
의 성장과정과 자연환경, 사회적 변화, 그리고 사상적 조류와 깊은 연관
이 있다. 허약한 신체적 조건으로 어린 시절을 우울하게 보냈던 하디는
그의 고향인 웨섹스 지방의 쓸쓸한 환경 속에서 사물을 비관적으로 바
라보는 눈을 가지게 되었다. 당시의 영국은 과학문명의 발달, 산업혁명
등으로 물질주의가 득세하고 농촌이 붕괴하는 전환의 시대였는데, 웨섹
스는 바로 그 단적인 예를 보여 주는 곳이었다. 거기서 농민들의 가난과
지배층의 위선으로 대변되는 사회적 변동을 경험했던 하디는 인간의 비
극적 운명을 믿게 되었다.

　그리고 문학 청년 시절 다윈의 '적자생존의 법칙'에 영향을 받게 됨
으로써 생존경쟁의 세계에 대한 비극적 의식이 강해질 수밖에 없었다.
또한 쇼펜하우어의 염세철학에 심취됨으로써 하디의 비극관은 '내재 의
지'라는 독특한 사상을 낳았던 것이다. 이러한 어린 시절의 환경과 사회
변동, 시대 조류의 영향을 하디는 '웨섹스 소설'이라는 특유의 비관주의
적인 문학 세계를 창출해 내었던 것이다.

　따라서 하디의 비관주의는 단순한 삶의 거부나 부정이 아니라 물질

주의에 함몰(陷沒)해 가고 있던 19세기의 시대 상황에 대한 경고이며, 권위를 상실해 버린 위선적인 기독교 사상과 당시 인습과 사회 도덕 관념에 대한 신랄한 비판이었던 것이다. 그리고 그 비판과 경고의 문학을 통해 참다운 인간 구현의 문제를 모색하고자 했던 것이다.

이처럼 비관주의적 세계관 속에 흐르고 있는 사회비판적, 인간중심적 경향이야말로 하디 문학의 본령(本領)이요, 정수이며, 14편의 장편 소설을 비롯한 그의 전 작품을 세계의 고전으로 만든 주요 요인이라 할 수 있다. 특히 그의 최고 걸작이자, 그의 소설 중에서 가장 혹독한 비난을 받았던 《테스》는 바로 그러한 하디 문학의 사상적 깊이와 예술적 완성도가 완벽한 조화를 이루었던 작품이다. 비록 소설의 분위기가 매우 어둡고 절망적이지만, 웨섹스 지방의 순박한 인간과 자연을 배경으로 하디가 보여 준 진실한 사랑찾기는 이 소설을 단순한 비극의 사랑이야기로서가 아닌 그야말로 비극 없는 참다운 인간 세계의 구현을 제시한 걸작으로 승화시켰던 것이다.

비관주의적 세계관, 그 속에 내재해 있는 긍정적인 인본주의적(人本主義的) 사상, 이러한 하디 특유의 문학 정신이 시적 향기와 짜임새 있는 사실주의, 낭만적인 자연 묘사와 상징적인 인물 묘사의 도움을 받으며, 쇠퇴해 가는 전원(田園)을, 그곳 사람들의 소박한 생활을 그리고 그들의 간절한 사랑을 그려 애절한 정을 일깨워 주었다는 점에서 하디의 작품들은 실로 뛰어난 것들이라 하겠다.

비극적 사상의 발아(發芽)

토머스 하디는 1840년 영국 남부의 도세트 주(州), 도체스터 근교 스틴즈 퍼드 교구의 삼림지와 황야 사이에 자리한 하이어 복햄튼에서 태어났다. 아버지 토머스 하디 2세는 건축 석공 청부업자로 음악을 즐겼으며, 어머니 지마이안 핸드는 왕성한 독서가였다. 먼 조상은 영불(英佛)

해협 저지 섬 출신으로 성(姓)을 프랑스 식으로 '르하디'라 불렀다고 하며, 조상 중에는 넬슨 제독의 기함(旗艦) 빅토리아 호(號)의 함장이었던 하디 대령도 있다.

하디는 출생된 순간 사산(死産)인 줄 알고 한구석에 내버려졌다가 그렇지 않다는 것이 밝혀져 간신히 생명을 구했고, 그로 인해 어릴 때부터 허약한 체질을 가지게 되었다. 이러한 출생의 비극과 신체적 조건은 하디의 비관주의적 사상을 형성하는 원초적(原初的)인 요인이 되었다.

하디는 가정적으로 행복하고 평화롭고 다소 여유있는 환경 속에서 자라났지만, 신체적 허약함 때문인지 다른 아이들에 비해 우울한 편이었다. 그러나 병약한 육체적 조건과는 달리 하디는 보통사람보다 민감한 감수성을 지녔으며, 그 중에서도 음악과 시에 대한 감수성이 특히 예민한 소년이었다. 이 시절 하디는 뒤마의 소설과 셰익스피어의 비극을 즐겨 읽으며, 문학에 대한 열정을 키워나갔다. 하지만 그는 작가가 아닌 건축사로서 인생의 첫발을 내딛게 되었다.

16세 때 하디는 아버지의 직업을 이어받기 위해 도체스터——하디는 이 옛 도시를 '캐스터브리지'라고 이름지어 작품에 자주 그리고 있다——교회 건축사인 존 힉스(John Hicks)의 제자로 들어갔다. 하디는 그에게서 건축의 기초 및 라틴 어와 희랍어를 배웠다. 이 무렵의 하디는 책벌레라 불릴 정도로 독서에 열중했으며 특히 로마의 시인들을 좋아했다. 때마침 이웃에 살고 있던 향토 시인이며 언어 학자이기도 한 윌리엄 반스(William Barnes) 목사에게서 많은 영향을 받았다. 또한 하디는 도체스터에 머물며 두 번의 교수형을 목격하게 되는데, 이 야릇한 체험은 그의 소설 《테스》에서 테스가 사형 당하는 장면으로 재현될 정도로 강한 충격을 주었다.

20세 때에 하디는 그보다 8세 연상인 옥스퍼드 대학 출신의 모울(Horace Moule)을 알게 되어 그에게서 학문적으로나 사상적으로나 상당한 영향을 받는데, 이때를 전후로 그의 정신 세계에는 비관주의적 색채가 짙게 배어들기 시작했다. 하디는 모울과 교우하며 상당량의 독서를 했는데, 특히 《아가멤논》, 《외디푸스》 등의 그리스 비극에 심취했다. 강대한 신들에 의해 고난을 당하는 나약한 인간의 모습들이 그려져 있는 이 고전에로의 여행은 젊은 하디의 가슴에 인간의 비극적 운명을 각인(刻印)시키기에 충분했다. 그러나 무엇보다도 이 시기에 청년 하디를 사로잡은 것은 다윈(Charles Darwin)의 진화론(進化論)과 쇼펜하우어(Arthur Schopenhauer)의 염세적인 철학사상이었다.

하디가 살았던 19세기는 세계 역사상 전환의 시기로써 실로 여러 가지 변화가 일어난 시대였다. 산업혁명이 농촌 위주의 영국을 도시 중심의 산업국가로 개편하는 과정에 있었고 자유경쟁과 그에 따른 부의 증가 및 불평등을 야기시키고 있었다. 미증유(未曾有)의 격동과 전국적인 혼란 속에서 영국사회를 유지해 온 종래의 전통과 인습이 무너져가고 있었다. 그리고 과학중심적 사고방식이 팽배함으로 인해 낡은 사회조직 및 경제구조가 붕괴되고 이와 더불어 사상의 변화가 초래되었다. 18세기의 이성주의(理性主義)는 인습에 반대하는 새로운 낭만 정신과 결합하여 옛 영국 전래의 종교적·사회적·정치적 신조의 근본을 뒤흔들었다. 이러한 변화 속에서 19세기 중엽부터 대두되기 시작한 다윈의 진화론은 영국 사회를 지배하고 있는 기독교적 사상을 그 뿌리에서부터 흔들어 놓았다. 특히 다윈의 《종의 기원 *The Origin of Species*》은 창조주로서의 신의 완전부정이나 다름이 없었고, 따라서 영국의 사상계에 커다란 충격과 변화를 안겨 주었다.

이 책은 하디가 19세 때에 출판되었는데, 당시 기독교적 신념에 젖어 있었던 하디에게도 큰 충격이 아닐 수 없었다. 우주를 지배하는 맹목적인 힘을 기독교의 신으로 믿었던 과거와는 달리 진화론과 당시의 과학적 사고방식을 접한 하디에게 이제 기독교의 신은 더 이상 만족스런 대답을 주지 못했다. 그는 인간행위의 통제자로서 신이 아닌 다른 어떤 존재가 있다고 믿었으며, 그러한 생각은 쇼펜하우어의 철학과 결합되어 '내재 의지'라는 새로운 사상을 낳게 되었다. 그리고 이에 따라 인간은 자신의 의지 여하에 관계없이 우주와 자연이 지배하는 맹목적인 내재 의지에 의하여 행·불행의 운명이 좌우된다는 하디의 비관주의적 운명관이 확립되기에 이르렀으며, 그의 문학세계의 사상적 핵심으로 작용하게 되었다.

숙명의 문학, 웨섹스 소설

새로운 시대의 도래와 함께 밀려온 진취적인 학문과 사상의 조류에 정신세계를 흠뻑 적신 하디는 자신의 직업인 건축과 문학 사이에서 갈등을 느끼게 되나, 일단 건축을 택하여 1862년에 런던으로 가 교회 건축가로 유명한 블룸필드의 설계 사무소에서 조수로 근무하게 되었다. 그는 이곳에서 시를 공부하고 디킨스, 새커리(Thackeray) 등의 소설을 탐독하였으며,《근대 건축에 있어서의 색연와(色燃瓦) 및 테라코타의 적용에 관해서》라는 건축 논문을 발표해 상을 타기도 했다. 또한 그는 건축과 문학을 양립시키려고 미술 평론가가 되어 보려고도 하나, 결국은 문학에만 전념하기로 결심한다. 그리고 1865년에는 건강을 해쳐 고향으로 돌아가 전에 있던 힉스 사무소에 다니면서 소설을 쓰기 시작했다.

1868년 하디는 사회주의적인 기개를 담은 최초의 소설 《가난한 사나이와 귀부인 *The Poor Man and the Lady*》을 완성하여 맥밀란 출판사에 보냈지만 거절을 당했다. 이어서 채프먼 앤드 홀 출판사에 보냈는데, 때마침 출판사의 출판 고문으로 있던 조지 매러디스의 유익한 충고로 출판을 단념하고 말았다. 그 원고의 일부분은 그 후 다른 작품에 흡수되었으나 대부분은 없어져 버렸다. 이어서 완성된 《궁여지책 *Desperate Remedies*》(1871)이 맥밀란 사에서 또 한 번 거절당한 뒤에 1871년 틴슬리 사에서 출판되었다. 당시 그의 나이는 31살이었고, 이 소설이 사실상 그의 처녀작이었다. 이듬해에 《푸른 숲의 나무그늘 밑에서 *Under the Greenwood Tree*》(1872)가 역시 틴슬리 사에서 출판되어 호평을 받게 되는데, 이 소설은 웨섹스 소설의 첫 작품이면서도 대단히 명랑한 전원 소설이다. 그리고 이 해에는 「콘힐 매거진」지에 《한 쌍의 푸른 눈동자 *A Pair of Blue Eyes*》(1873)의 연재 의뢰를 받을 정도로 하디는 작가로서 인정을 받는다. 이 작품은 로맨틱한 환상을 다룬 소설이며 하디의 웨섹스 소설과는 그 성격이 다르기는 하나 그의 역작임에는 틀림이 없다. 그러나 하디가 영국 문단에 소설가로서의 확고한 지위를 갖게 되는 건 1874년에 《광란의 무리를 떠나서 *Far from the Madding Crowd*》를 발표한 이후부터였다. 이 작품은 하디의 이른바 '웨섹스 소설'의 첫 작품으로써, 자연과 인간 감정이 초래하는 비극적 결과들을 목가적 풍경 속에서 열정적으로 그려 내었다.

이 소설로 호평을 얻게 되자 하디는 건축을 떠나 문필 생활에 전념하였다. 그리고 에마 라비니어 기포드(Emma Lavinia Gifford) 양과 결혼하여 전원의 조그마한 도시에 살림을 차렸다. 그 뒤 프랑스와 스코틀랜드 등 여러 곳을 여행한 끝에 1883년에는 고향에 저택 '맥스 게이트'를 짓고 은둔해 살며 웨섹스의 농사와 목축과 임업의 습속(習俗)과 지방 사람의 생활과 심리를 익히며 그의 위대한 소설들을 창조해 내었다.

하디는 모두 14편의 장편 소설을 남겼는데, 그 소설 세계는 내용에 따라서 크게 세 종류로 분류되어진다.

먼저 로맨틱하고 풍자적인 작품들로 《한 쌍의 푸른 눈동자》, 《탑 위의 두 사람 *Two on a Tower*》(1882), 《사랑스러운 영혼 *The Pursuit of the Well-Loved*》(1892)이 여기에 속하는데 달콤하고 쌉쌀하고 새콤한, 환상의 맛을 풍겨 주고 있다.

다음은 꼼꼼하게 짜여진 플롯의 묘미와 사회 풍자를 뒤섞은 거의 희극적인 작품으로, 하디의 걸작들에 비하면 약간 떨어지는 《궁여지책》, 《에델버터의 손 *The Hand of Ethelberta*》(1876), 《무관심한 사람 *A Laodicean*》(1881) 등이 이에 속한다.

그리고 마지막으로 무게 있고 숭고한 비극을 창출한 하디의 걸작들이자, 이른바 '웨섹스(Wessex) 소설'이라 일컫는 《테스(원제：더버빌 집안의 테스 *Tess of the D'Urbervilles*)》(1891), 《비운의 주드 *Jude the Obscure*》(1895), 《귀향 *The Return of the Native*》(1878), 《캐스터브리지의 시장(市長) *The Mayor of Casterbridge*》(1886), 《숲 속의 사람들 *The Woodlanders*》(1887), 《광란의 무리를 떠나서》, 《푸른 숲의 나무그늘 밑에서》, 《나팔 대장 *The Trumpet-Major*》(1880) 등이다.

이 소설들을 웨섹스 소설이라 부르는 것은 하디의 고향인 웨섹스 지방, 특히 도세트의 지리적 배경을 무대로 하고 있기 때문이다. 이 웨섹스란 현대의 지명이 아니라 옛 앵글로색슨 시대의 서부 색슨 왕국, 웨스트 섹슨이란 말이 줄어 웨섹스가 된 것의 이름이다.

이 고장에 태어난 하디는 웨섹스에서 사라져 가는 전통과 관습을 애석히 여기어 이 지방의 자연과 농촌의 모습, 사람들의 생활방식을 자기의 기질에 맞는 주제와 스타일로 형상화했다. 그는 평화롭고 순박한 자연을 배경으로 하여 어렵게 살아나가는 인간의 그늘진 역사를 담담하고 초연하게 묘사하였는데, 이러한 소설에서는 지리적인 요인이 단순한 배경이 아니라 소설의 흐름과 주제를 결정하는 요인으로 작용한다. 이것은 하나의 지방이 갖는 자연과 풍토가 그 지방에 사는 인간에게 영향을 미치거나 위력을 행사한다는 하디의 독특한 숙명관에서 연유했다. 따라서 하디 소설에 나오는 웨섹스는 그 지방에 사는 사람들에게 단지 자연의 경관을 제시할 뿐만 아니라, 그 풍토의 이면에 인간의 삶을 조정하고 제어하는 어떤 준엄한 위력을 가지고 있다. 그 위력은 인간의 행·불행을 좌우하는 운명적인 힘인 것이다. 그러므로 하디의 웨섹스 소설에 등장하는 인물들은 그 운명적인 힘에 의해 비극적 종말로 내몰리는 것이다.

이처럼 웨섹스 소설은 단순한 지리적 특성의 소산물이 아니라, 하디의 비관주의적 숙명론과 예술적 완전주의가 종합적으로 반영되어 있는 그의 총체적 문학 결정체인 것이다. 하디 문학의 주제와 특성이 집약되어 있는 웨섹스 소설 중에서도 특히 뛰어난 작품이 《테스》와 《비운의 주드》이다.

하디의 웨섹스 소설의 예술적 정점(頂點)이라 할 수 있는 《테스》는 그의 진지한 양심 세계와 심오한 도덕성이 예술적으로 완벽하게 조화를 이룬 작품으로 하디를 세계적인 작가로 만들었다. 하지만 1891년 처음 출판되었을 때는 하나의 통속 소설에 불과하다는 혹평과 더불어 비도덕적이고 반기독교적이라는 비난을 받았다. 또한 그의 마지막 장편 소설인 《비운의 주드》는 매우 비범한 작품으로서 하디의 천재성이 유감없이 드러난 소설이지만, 그 암담한 결말과 비극적 스토리로 인해 《테스》보다 더 심한 혹평을 받았다. 사상적 깊이와 예술적 완성도가 뛰어났음에도 사회의 기존 가치관과 윤리의식으로 인해 온전한 평가를 받지 못했던 것이다. 결국 하디는 《비운의 주드》에 퍼부어진 혹평을 계기로 소설의 세계를 단념하고, 못다한 문학에의 열정을 시의 세계에서 실현하게 되었다.

평화를 부르는 시의 세계

하디가 소설에서 시로 전환하게 된 것은 자신의 소설에 대한 사회의 냉대와 비난에도 그 이유가 있었지만, 보다 근원적인 원인은 시에 대한 하디의 선천적인 애정 때문이었다. 하디는 평소에도 자신의 소설보다는 시를 훨씬 높이 평가했으며, '모든 상상력과 감정의 문학적 정수(精髓)는 시에 응축되어 있다'고 생각할 정도였다. 하디는 소설의 세계에 심취해 있을 때에도 시의 세계를 잊지 않았다. 특히 하디는 일찍부터 활기에 찬 향촌의 구비문화(口碑文化)에 관심과 애정을 가져 1870년대에는 전통 발라드와 민요의 채록을 시도하기도 하였다. 이러한 영향이 그의 시와 소설에 두루 반영되었다. 1898년에 출간된 그의 첫 시집 《웨섹스 시집 *Wessex Poems*》과 1902년의 두 번째 시집 《과거와 현재의 시 *Poems of the Past and the Present*》에는 하디가 막 소설을 쓰기 시작하던 초창기의 시편들이 많이 실려 있다.

하디가 시(詩)로 문학적 전향을 한 뒤, 그의 필생의 대야심작은 나폴레옹과 그의 시대를 그린 철학적 대하 서사시인 《제왕(帝王)들 *The Dynasts*》이다. 이 작품은 19막 130장으로 꾸며진 엄청난 양의 극시형식 3부작으로 1904년부터 1908년까지 세 차례에 걸쳐 출간되었으나, 작품 구상은 이보다 30년을 앞선다. 1875년에 하디는 '1789년에서 1815년에 이르는 유럽의 일리아드'를 구상하고 런던의 첼시 병원에서 아직도 목숨을 부지하고 있던 모든 워털루 전투 참가자들과 면담하는 한편, 대영박물관에 정기적으로 드나들며 당대의 역사적 자료를 점검하였다. 《제왕들》에는 장대한 인간사의 기록이 역동적으로 그려져 있는데, 이 야심찬 역작은 소설가 하디에 앞서는 '시인 하디'의 열정을 잘 드러내 주고 있다. 이때 그는 이미 60이 훨씬 넘은 고령이었다.

《제왕들》 이후에 나온 시집은 모두 6권이나 된다. 《시간의 노리개들 *Time's Laughingstocks*》(1909), 《상황의 풍자 *Satires of Circumstances*》(1914), 《통찰의 순간 *Moments of Vision*》(1917), 《후기 서정시와 그 이전》(1922), 《인간의 모습들》(1925), 《겨울의 말》(1928) 등이다. 그 중 마지막 시집은 사후 출판이긴 하지만, 《제왕들》을 제외하고도 거의 천여 편에 달하는 방대한 양의 시작품이 50대 후반의 고령의 나이로 시작한 결과라는 사실은 매우 놀랍다.

하디의 염세적 숙명론은 그의 시세계에도 나타나 있지만, 소설과는 달리 격정적이지 않고 차분하고 잔잔하게 스며들어 있다. 또한 삶의 여유와 애정, 진보적 희망, 도덕적 자기 질책, 그리고 반전(反戰) 등의 주제가 원숙하게 용해되어 있다. 특히 《제왕들》을 비롯한 그의 많은 시작품에는 전쟁의 자제와 삶의 온전함을 바라는 평화주의가 호소력 있게 배어 있는데, 이러한 연유로 말년의 하디는 생존한 영국 작가 중 최고로 널리 칭송되었다.

1928년 1월 11일 하디는 두 번째 부인인 플로렌스 더그딜이 지켜보는 가운데 심장마비로 그 비관적 생애를 마쳤는데, 뒤늦게 그의 문학을 인정한 많은 사람들이 그의 죽음을 애도하였다. 그의 명성은 오히려 죽은 뒤에 드높아져 토머스 하디는 19세기의 3분의 1을 차지하는 시기를 영국 제일급 소설가로, 20세기에 들어와서는 특이한 사상의 선구적인 새 시인으로, 그리고 필생의 작품인 서사 시극 《제왕들》의 완성으로 영국을 위한 국민 서사시를 만든 국민 작가로 칭송되기에 이르렀다.

삶의 비극적 비전과 휴머니즘

하디의 문학 세계는 생을 제공하는 한편 부정하는 인간의 숙명적 부조리와 대결하는 비극의 문학으로써 그에게 인생은 인간들의 진실된 욕망이 도외시당한 채 파멸되는 과정에 불과하다. 선(善)에는 상을, 악에는 벌을 주는 기독교적인 신을 단연코 부정하고 있으며, 인생이란 실의와 고난의 실체이며, 인간의 행복이란 인간비극에서 하나의 우연한 에피소드에 불과한 것이라고 하디는 생각했다.

따라서 그의 비관주의적 사상은 허무주의적인 통념상의 비관주의가 아니라 인생을 깊고 뜨겁게 공감하고 절망 속에서 괴로워하며 인생의 진실과 고뇌와 비탄에서 구제의 방법을 찾아내려는 적극적인 태도인 것이다. 다시 말해서 비극을 통한 인간의 구원, 비극을 통한 그 초극에의 관심의 반영인 것이다. 그러므로 삶에 대한 하디의 비극적 비전은 긍정적인 미래와 희망을 위한 적극적인 인생관이었다.

하디 자신은 자기가 염세주의자라기보다는 사회개선론자로 불려지기를 원했다. 그러한 그의 열망은 고통과 좌절의 체험을 통해 사회의 모순됨을 인식하고 보다 나은 미래를 건설하고자 개선의 의지를 갖는 소설 속의 주인공들을 통해 잘 반영되어 있다. 이처럼 사회의 변화와 발전을 추구하는 개선론자로서의 하디의 모습은 인간을 문학의 중심에 두는 휴머니즘과도 일맥 상통하는 것이다.

하디가 그리는 운명관은 인간사회의 갈등과 인간성격의 불균등에서 발생하는 잔악하고 냉혹하여 무의식적인 성격을 띤 점에서는 염세주의자로 볼 수 있으나, 끝없이 닥쳐오는 불운의 회오리 속에서 괴로워하고 고통스러워하는 주인공들의 아픔을 공감하고 그것을 같이 애석해하고 동정으로써 바라본 점과 불운한 운명을 이겨내기 위해 끝까지 싸우는 인간의 모습을 그려 놓았다는 점에서 그를 진정한 의미의 휴머니스트라고도 부를 수 있는 것이다.

《테스》

《테스》는 하디의 비관주의가 품고 있는 긍정적인 사회 비판 정신과 목가적 휴머니즘이 완벽한 예술성과 어우러져 이루어진 소설사상 공전(空前)의 작품이다. 하디의 선천적인 순수한 양심 세계와 심오한 도덕적 진지성이 짙게 배어 있는 이 소설은 선량함을 잃어가는 상류 계급 및 도덕적 잠재력을 잃은 기독교에 대한 비난, 이러한 사회의 위선과 계급적 편견에 대해 신랄한 비판을 가한 하디 문학의 정수인 것이다.

《테스》는 주인공 테스의 순진무구한 사랑이 그녀를 둘러싼 환경과 그녀와 관계를 맺은 위선적 사랑의 추구자 알렉, 그리고 이상적 사랑의 추구자 에인젤 클레어 사이에서 비극적인 사랑으로 변화되어 가는 과정과 또 이 변화된 사랑이 차원 높은 사랑으로 승화(昇華)되는 과정을 매우 감동적으로 그리고 있다. 《테스》는 한 순진한 여자의 불행한 이야기이다. 웨섹스 출신의 청순한 처녀 테스는 하디의 비관적인 숙명관(宿命觀)의 비장한 상징이라 할 수 있다.

비극은 우연한 데서 일어난다. 테스의 아버지가 우연히 그들이 한때는 귀족이었던 집안의 자손이라는 것을 알게 되고, 테스를 타락한 친척에게 보내서 도움을 청하게 된다. 이곳에서 열예닐곱의 청순한 처녀 테스는 바람둥이 청년 알렉에게 농락당하여 사생아를 낳고 인생 최초의 슬픔을 맛보지만, 성숙해가는 여자로서 움트기 시작한 환희에의 본능으로 인해 삶의 집착을 버리지 못하고 농경지의 풍성하고 평화로운 환경 안에서 젖 짜는 여자로 새 삶을 시작한다. 그 뒤 진실한 사랑을 쏟아 준다고 굳게 믿는 클레어와 사랑에 빠져 어두운 과거에도 불구하고 그와 결혼한다. 그러나 과거를 고백하자 처녀성을 중시하는 남편의 태도는 일변하여 다시 버려진 몸이 된다. 그리고 그녀는 가족들의 생계를 위해서 생애의 반을 짓밟은 사나이 알렉이 내미는 손에 또다시 매달리지 않을 수 없게 된다. 테스를 버렸던 클레어가 쇠약한 몸으로 돌아왔을 때 테스는 재회의 희망마저 빼앗은 악의 인간 알렉을 찔러 죽이고, 교수형을 당하게 된다.

이 이야기는 순정의 여인이 위선적인 두 남자로 인해 파멸하는 비극이다. 그러나 단순한 애정 소설은 아니다. 이 작품 안에는 산업의 발달로 인한 농촌 사회의 붕괴와 그 처참한 환경 속에서 사회의 위선적인 관습과 편견으로 인해 자신의 모든 것 —— 순결, 사랑, 생명 등 —— 을 빼앗기고만 한 순박한 여인의 인생 역정이 담겨져 있는 것이다.

테스의 비극은 과거 및 현재에 일어난 부정(不正), 부도덕한 인간들에 의해서 저질러진 행위의 소산이다. 테스를 성적인 욕망을 채우기 위해 유혹한 알렉과 테스를 아내로 맞이했으면서도 인습에 얽매여 그 진정을 분별할 줄 모르는, 선의(善意)를 품었으나 위선적인 이상주의자인 클레어의 비열함이 만들어낸 결과인 것이다. 그러나 무엇보다도 테스의 비극은 포악한 자연적, 사회적 환경과 운명적인 힘 때문에 일어난 것이다.

하디 소설에서의 자연과 지리적 요인은 소설의 흐름을 결정하고, 그 이야기 속의 주인공들의 운명을 좌우한다. 테스가 클레어와 함께 연애하던 푸른 목장에서의 자연은 평화롭고 행복한 생활을 할 수 있도록 도와주는 중개 역할을 하지만 테스가 클레어에게 버림받고 가난과 추위와 중노동에 시달리던 농장에서의 자연은 잔인하리만큼 테스에게 냉정한 모습을 보이고 있다. 이처럼 테스의 일자리가 옮겨지는 데 따라 바뀌는 숲과 목장과 시냇물과 골짜기 등의 웨섹스 풍경과 그 목가적인 분위기는 테스의 불운의 파토스(pathos)를 한결 짙게 하고 그 비극적인 개성미를 더할 나위 없이 강조하고 있다.

또한 사회의 신분과 교양의 차이에서 오는 편견과 불안은 테스를 기만하고 상처입히며, 그녀를 비극으로 몰아세운다. 게다가 당시 영국 농촌의 해체 과정에서 오는 불합리는 그녀를 연속적으로 경제적 곤경에 빠뜨린다. 이러한 음울한 환경 속에서 테스는 미약하나마 저항하고 그 속에서 벗어나려고 애쓰지만 결국은 비극적인 운명의 포로가 되어 죽음의 길을 가게 된 것이다.

이처럼 테스에게 밀어닥치는 불행의 하나 하나를 하디는 보이지 않으나 우주의 통제자인 운명의 장난이라 보고 개인에게는 결단코 호의를 베풀지 않는 우연의 집합체로써 그려내었다. 개인의 노력이 아무리 반항을 할지라도 자연적, 사회적 환경이라는 것은 개인에게는 은혜를 베풀지 않게끔 짜여져 있다는 하디의 숙명론이 순박한 처녀 테스의 삶을 그토록 비극적으로 만들었던 것이다. 특히 테스가 처형되는 마지막 장면을 묘사한 "정의는 행사되었다. 그리고 불멸의 신의 주재자는 테스를 희롱하기를 멈추었다."라는 인상적인 글귀는 하디의 비극적인 인생관을 함축하고 있는 의미 심장한 종언(終言)이라 하겠다.

하디는 작품 《테스》의 비극적인 사랑을 묘사함에 있어 테스와 클레어, 알렉을 통해서 서로 대조되는 정신적·육체적 생활의 부정적인 힘을 가지고 어떻게 인간을 비극으로 몰고 갈 수 있는가를 보여 주고 있으며, 당시 사회의 도덕 관념에 반항하는 모습을 드러내 보여 주었던 것이다. 또한 《테스》는 남녀간에 있어서 사랑의 가치가 얼마나 지고(至高)한 것이며 인간존재에 진실한 사랑이 얼마나 필요한 것인가를 가르쳐 주고 있으며, 순수한 사랑을 왜곡하고 일회성 유희물로 삼아 자기만의 이익과 향락을 추구할 때 얼마나 큰 비극을 맞이하는가를 테스와 알렉, 그리고 클레어를 통해서 적나라하게 보여 주었던 것이다. 그리고 나아가 하디는 이 소설을 빅토리아 조의 권위를 상실한 상류계급과 도덕적 위력을 잃은 기독교에 대한 항의의 표현으로 삼아 겉만 번지르르한 영국 사회의 뒷면에 불합리한 비정(非情)이 새겨져 있다는 것을 파헤쳐 내고 비판을 촉구하려 한 것이라 하겠다.

따라서 《테스》는 한 개인의 단순한 비극이나 한 여인의 처참한 운명에 대한 언급이라기보다는, 사회적 및 자연적인 환경을 배경으로 19세기의 영국 사회의 변화, 발전해 가는 상황을 구체적 현실 속에서 형상화시킨 작품이며, 비극적인 현실과 삶의 보편적인 질곡을 인간에 대한 깊은 연민과 동정으로 극복하려 했다는 점에서 훌륭한 문학적인 감동을 주는 것이다.

하디 연보

1840년　6월 2일, 영국 남부 도세트 주 도체스터 근교인 하이어 복햄튼에서 출생. 석공인 아버지는 토머스 하디 2세, 어머니는 지마이안 핸드. 형제로는 남동생 헨리와 여동생 메리, 케이트가 있음.

1848년(8세) 장원 지주(莊園地主)인 마르틴 부인이 경영하는 마을의 학교에 입학함. 독서를 좋아한 어머니는 어린 하디에게 베르길리우스의 《아에네이스》, 존슨의 《라셀라스》, 피에르의 《폴과 비르지니아》를 자주 읽어 줌.

1849년(9세) 도체스터의 학교로 전학, 라틴 어를 배우고 셰익스피어 등을 읽음. 소년 시절에는 마을 처녀들의 러브레터를 대필하기도 한 듯함.

1852년(12세) 라틴 어 공부에 열중. 아버지를 따라 결혼식 무도회에서 바이올린 연주. 음악 취미는 아버지에게서 물려받음.

1853년(13세) 아이작 라스트가 따로 아카데미를 개설하자 그곳으로 옮김. 프랑스 어를 배우고 독일어 공부도 시작함.

1856년(16세) 아버지의 직업을 이어받기 위해 도체스터의 교회 건축사 존 힉스의 제자로 들어감. 그에게서 건축의 기초 및 라틴 어와 희랍어를 배움.

1860년(20세) 8세 연상인 옥스퍼드 대학 출신 호리스 모울을 알게 되어
학문적으로나 사상적으로 많은 영향을 받음. 희랍어로 《구약
성서》를 읽고, 다윈의 《종의 기원》을 읽음. 또 《아가멤논》, 《외
디푸스》 등의 그리스 비극을 읽기 시작함. 시(詩)를 쓰려고 결
심함.

1862년(22세) 4월, 런던으로 진출하여 교회당 설계사로서 유명한 아더
블롬필드 설계 사무소에서 조수로 근무함. 여가를 이용하여 문
학, 사상, 그림 공부를 꾸준히 계속함. 디킨스, 새커리(Thackeray)
의 소설을 탐독하고 연극, 오페라도 관람함.

1863년(23세) 봄, 《근대 건축에 있어서의 색연와(色燃瓦) 및 테라코타의
적용에 관해서》라는 논문이 영국 건축협회의 현상 모집에 당
선됨. 이 무렵 건축과 문학을 양립시키기 위해 미술 평론가가
되려고 함.

1865년(25세) 《자신이 집을 지은 이야기》를 「쳄버즈 저널」 지 3월 18일
호에 발표, 시를 잡지에 투고하였으나 모두 낙선됨. 건강이 나
빠짐.

1867년(27세) 여름, 요양차 고향으로 돌아옴. 존 힉스의 건축 사무소에서
다시 근무함. 이 무렵 트라피나 스파크스 양과 교제함.

1868년(28세) 소설을 쓰기 시작하여 《가난한 사나이와 귀부인》이라는
장편의 창작을 반 년에 걸쳐 완성함. 맥밀란 출판사에 보냈으
나 거절당함. 이어서 채프먼 앤드 홀 출판사에 보냈으나 조지
메러디스 등의 충고에 따라 출판을 단념함.

1869년(29세) 존 힉스가 죽자 그의 인계자 클릭메이의 건축 사무를 돕
기 위하여 웨이머드에 거주함. 클릭메이의 의뢰로 성(聖) 줄리
어트 교회에 갔다가 에마 라비니어 기포드와 알게 되어 교제

를 시작함.

1870년(30세) 3월, 《궁여지책》의 탈고된 부분을 맥밀란 사에 보냈지만 간행을 거절당함. 틴슬리 사와 출판 계약이 된 처녀작을 12월에 탈고, 이 무렵 칸트 및 쇼펜하우어의 철학에도 탐닉함.

1871년(31세) 3월, 《궁여지책》을 전 3권으로 익명으로 간행. 비교적 호평을 받음. 여름, 전원 소설에 새로운 바람을 불어넣은 《푸른 숲의 나무 그늘 밑에서》를 탈고, 맥밀란 사에 보냈지만 여전히 거절당하자 자신을 잃고, 글쓰기를 단념할 생각까지 함. 그러나 에마의 격려를 받고 분발함.

1872년(32세) 《푸른 숲의 나무그늘 밑에서》를 전 2권으로 하여 5월에 틴슬리 사에서 익명으로 출판. 9월 「틴슬리」 지에 《한 쌍의 푸른 눈동자》 연재를 시작함. 이 소설의 무대 콘월을 두 번이나 방문함. 「콘힐 매거진」 지에서 연재 의뢰를 받음. 이것은 하디가 작가로서의 상당한 대접을 받은 것임.

1873년(33세) 《한 쌍의 푸른 눈동자》를 전 3권으로 5월에 간행. 처음으로 하디의 이름을 붙임. 9월, 친구 모울의 자살로 큰 충격을 받음.

1874년(34세) 레슬리 스티븐이 주재하는 「콘힐 매거진」에 1월부터 《광란의 무리를 떠나서》의 연재를 시작함. 9월 17일 에마와 런던의 퍼딩턴에서 결혼. 프랑스로 신혼 여행 후 서비튼에 정주. 11월 《광란의 무리를 떠나서》를 전 2권으로 출판. 작가로서의 명성이 오름. 단편으로서는 처녀작이 되는 《운명과 푸른 외투》를 발표함.

1875년(35세) 시로서의 대작 《제왕들》의 최초의 착상이 떠오름.

1876년(36세) 《에델버터의 손》을 출판. 요빌로 이사. 에마와 함께 네덜란드, 라인 강 협곡으로 여행. 돌아오는 길에 브뤼셀에 들러 워털루의 전적을 방문함. 스타민스터뉴튼에 이사. 크리스마스를 에마와 함께 하이어 복햄튼의 부모님 댁에서 보냄.

1877년(37세) 나폴레옹 전쟁에서 취재한 서사시를 구상함. 9월,《귀향》을 집필함.

1878년(38세) 3월에 런던으로 감. 하디의 생활이 갑자기 바빠짐.「벨그레비」지 1월호부터 12월호까지《귀향》을 연재함. 11월에 전 3권으로 출판. 4월,《여상속인의 일생의 실책》을「신계간(新季刊)」지에 발표. 이것은《가난한 사나이와 귀부인》을 줄여 쓴 작품임. 수필《소설에 있어서의 방언》을 씀.

1879년(39세) 도체스터를 중심으로 하여 영국 해협에 가까운 지역을 방문함. 8월, 에마와 함께 도세트, 웨이머스 포틀랜드 등지를 방문. 월터 베선트 경이 설립한 라블레 클럽에 가입함. 조지 3세 치하의 이야기를 소설로 구상함.《젊은 목사》를 씀.

1880년(40세)《나팔 대장》을「굿 워즈」지에 1월부터 12월까지 연재. 10월에 출판. 6월, 에마와 프랑스의 노르망디 지방 여행. 서사시를 시작했다가 중단. 단편《마을 사람들》을 씀. 아놀드, 헨리 제임스 등과 사귀고, 테니슨을 찾아감. 10월, 런던에서 병으로 쓰러짐.

1881년(41세) 1880년 말경부터「하퍼」지에 연재 중이던《무관심한 사람》을 구술에 의해 5월에 완결하여 출판. 4월에 건강을 회복하자 도세트의 윔본에 집을 빌려 이사함. 8월에 스코틀랜드 지방 여행. 미국 잡지「애틀랜틱 먼슬리」를 위해《탑 위의 두 사람》을 집필. 그리니치 천문대 등을 찾아가 자료를 모음. 단편《양치기가 본 딜》을 씀.

1882년(42세) 4월, 웨스트민스터 사원에서 거행된 찰스 다윈 장례식에 참석. 가을《탑 위의 두 사람》을 전 3권으로 출판. 단편《1804년의 전설》발표. 컨민즈 카 각색의《광란의 무리를 떠나서》가

런던에서 상연됨.

1883년(43세) 이때부터 매년 시즌에 런던으로 나들이를 함. 도시에 대한 반감에서 전원 생활로 돌아가고자 고향에 땅을 사고 스스로 설계한 저택의 건축에 착수, 집의 이름을 '맥스 게이트'라고 지음(10월). 브라우닝, 비평가 고스와 친교를 맺음. 소론(小論) 《도세트 주의 농업 노동자》, 중편 《젖 짜는 처녀의 로맨틱한 모험》을 씀.

1884년(44세) 《시간은 두 사람에게 냉혹하다》를 3월부터 쓰기 시작했으나 중단, 후에 이것을 《사랑스러운 사람》에 이용하게 됨. 《캐스터브리지의 시장(市長)》을 쓰기 시작함. 또한 「맥밀란」 지에는 다른 장편 《숲 속의 사람들》을 연재할 것을 약속함.

1885년(45세) 6월, 영원히 살 거처로서 새로 지은 맥스 게이트로 이사함. R·L 스티븐슨 찾아옴. 단편 《고성(古城)에서의 모임》, 중편 《막간 한화(幕間閑話)》를 씀.

1886년(46세) 《캐스터브리지의 시장》을 「그래픽」 지와 미국의 「하퍼스 위클리」 지에 동시에 연재(1~5월). 5월, 《숲 속의 사람들》을 「맥밀란」 지에 연재함(다음해 4월까지). 윌리엄 반스의 죽음에 추도문을 씀.

1887년(47세) 3월, 에마와 함께 런던으로 나가 거기서 이탈리아 여행 출발, 제노아, 피렌체, 로마, 베네치아, 밀라노를 돌아 4월, 런던에 돌아와 시즌을 보내고 맥스 게이트로 돌아옴. 《제왕들》의 구상을 계속함. 《숲 속의 사람들》을 간행함. 단편 《주인 없는 만찬》, 중편 《아리사의 일기》를 씀.

1888년(48세) 5월, 아내와 함께 파리 방문, 첫 단편 소설집 《웨섹스 이야기》 간행. 소론 《소설 읽는 법》, 단편 《두 야심가의 비극》, 《저주 받은 팔》을 씀.

1889년(49세) 8월, 《테스》를 쓰기 시작함. 가을에는 서사 시극 《제왕들》
　　　　　　의 구상을 가다듬음. 단편 《우울한 경기병(輕騎兵)》, 《웨섹스
　　　　　　백작 부인》을 씀.
1890년(50세) 《고귀한 부인들》의 원고를 「그래픽」 지에 보냄. 소론 《영국
　　　　　　소설에 있어서의 솔직함》, 《한 작가를 논한다는 것》, 《맥스 게
　　　　　　이트 출토(出土) 로마 점령 시대의 유물》, 단편 《변해 버린 사
　　　　　　나이》, 《페넬로프 부인》 씀.
1891년(51세) 1월, 단편집 《고귀한 부인들》 출간. 6월부터 「그래픽」 지에
　　　　　　연재되던 《더버빌 집안의 테스》를 11월에 간행. 호평을 받아
　　　　　　각국어로 번역되고 톨스토이로부터도 크게 격찬을 받았으나,
　　　　　　도덕상의 문제로 하여 지방에 따라서는 발간을 금지당함. 단편
　　　　　　《아들의 거부권》, 《서부 순회 재판에서》, 《포장마차》 등을 씀.
1892년(52세) 여름, 아버지 사망. 라이오넬 조운즈가 최초의 하디 연구서
　　　　　　를 씀. 《비운의 주드》에 착수함. 「일러스트레이티드 런던 뉴스」
　　　　　　지에 《사랑스러운 영혼》을 연재함.
1893년(53세) 5월, 아내와 함께 아일랜드 여행. 《환상을 쫓는 여인》, 《릴
　　　　　　무곡(舞曲)의 바이올린 켜는 사람》, 《기사(騎士) 존 헉슬리》를
　　　　　　씀. 수필 《캐스터브리지의 고적》을 씀. 그 밖에 많은 시를 씀.
1894년(54세) 단편집 《삶의 사소한 풍자》 간행. 소론 《지혜의 나무》를
　　　　　　「신평론」 지에 실어 성교육의 필요를 역설함. 「하퍼스 먼슬리」
　　　　　　지에 삭제한 《비운의 주드》를 12월부터 일 년간 예정으로 연
　　　　　　재를 시작함. 《비운의 주드》를 에워싸고 하디 부부간에 불화.
1895년(55세) 11월, 삭제 안 된 《비운의 주드》 간행. 빈곤한 여성의 정조
　　　　　　와 남자의 향학심(向學心)에 미치는 파괴적인 결과를 《테스》와
　　　　　　《주드》에 분석, 통렬한 비판을 빅토리아 왕조에 던졌기 때문에
　　　　　　위크필드의 감독이 분서(焚書)하는 등 독서계로부터 비상식적

인 비난과 중상을 받아 장편 창작을 단념하고 젊은 시절부터 좋아하던 시작(詩作)으로 되돌아감.

1896년(56세) 아내와 함께 유럽 여행. 워털루의 전적을 다시 방문하여 《제왕들》의 중심 테마를 결정함.

1897년(57세) 《사랑스러운 영혼》 간행. 《비운의 주드》가 각국어로 번역됨. 《제왕들》 쓰기 시작함. 단편 《도표 곁의 무덤》을 씀. 희곡 《테스》가 미국에서 상연되어 크게 히트함. 스위스 여행. 키플링과 사귐.

1898년(58세) 1865년 이래의 시를 모아 《웨섹스 시집》이라 이름지어 12월에 출판(처녀 시집). 필딩이 서문을 청해 왔으나 농민을 경멸하는 작가라는 이유로 거절함.

1899년(59세) 종교와 과학의 상극(相剋)에 괴로워 함. 가을에 보어 전쟁이 일어나자 출정, 군인에게 바치는 시, 소설을 씀. 단편 《용기병 등장》을 씀.

1900년(60세) 세기의 전환을 고하는 시 〈어둠 속의 개똥지빠귀〉를 씀.

1901년(61세) 제2시집 《과거와 현재의 시》를 11월에 간행.

1903년(63세) 12월, 장대한 서사시극 《제왕들》 제1부를 간행함.

1904년(64세) 4월, 어머니 사망. 《삶의 사소한 풍자》 독일어 판, 《사랑스러운 영혼》의 프랑스 어 판 나옴.

1905년(65세) 애버딘 대학의 명예 박사 학위를 받음. 시인 조지 크래브 탄생 1백 50년 제(祭)에서 강연함.

1906년(66세) 《제왕들》 제2부 2월에 간행함. 동생과 함께 자전거로 링컨, 케임브리지, 캔터베리 등지의 사원을 순방함. 수필 《교회 복원(復元)의 회상》을 씀.

1907년(67세) 6월, 에드워드 왕의 초대를 받고 부부 동반으로 윈저 궁전을 예방함. 9월 25일 《제왕들》 제3부 탈고함. 버나드 쇼 및

H·G 웰즈와 알게 됨. 런던에 사는 도세트 주민 회장에 추천 됨.

1908년(68세) 1월, 《제왕들》의 마지막 권인 제3부 출간. 착상한 지 33년 만의 완결을 봄. 4월, 도체스터 극단에 의해 《제왕들》 초연됨. 윌리엄 반스의 시집을 펴냄.

1909년(69세) 7월, 런던에서 이탈리아 가극단이 《테스》를 공연함. 이 무렵 플로렌스 에밀리 더그딜과 비밀 관계를 맺음. 12월, 시집 《시간의 노리개들》 간행.

1910년(70세) 6월, 메리트 훈장을 받음. 11월 도체스터의 자유 시민권을 받음.

1911년(71세) 동생과 함께 호수 지방과 사원 등지를 방문.

1912년(72세) 전집판 《웨섹스 에디션》을 위해 각 작품을 정리 개정함. 하디의 72세 탄생 기념으로 왕립 문예가 협회에서 뉴볼트와 예이츠가 메달 전달차 내방함. 7월, 하디 부인의 최후의 가든 파티가 맥스 게이트에서 개최됨. 11월 27일 아내 에마 사망함. 아내를 그리는 많은 시를 씀.

1913년(73세) 단편집 《변해버린 사나이》를 간행. 《캐스터브리지의 시장》 이 독일어로 번역됨. 6월, 케임브리지 대학에서 명예 문학 박사 학위를 수여받고 또한 동 대학 모우드렌 칼리지의 명예 평의 원에 추대됨. 《숲 속의 사람들》 도체스터에서 상연됨. 소론 《아 나톨 프랑스에 관해서》를 씀.

1914년(74세) 시집 《상황의 풍자》를 출판. 아동 문학자이며 그의 비서로 서 곁에 있던 더그딜과 2월에 재혼. 제1차 세계대전이 일어나 자 여러 편의 전쟁시를 씀. 그랜빌 버커의 연출로 《제왕들》이 킹즈웨이 극장에서 상연됨.

1916년(76세) 《선시집(選詩集)》 출판. 《콘월 여왕의 비극》 구상. 《제왕들》

웨이머스 및 도체스터에서 상연됨.

1917년(77세) 11월, 시집 《통찰의 순간》을 발간. 시를 잡지, 신문에 발표함.

1918년(78세) 적십자 자금을 위해 《광란의 무리를 떠나서》의 원고를 미국에 팜.

1919년(79세) 8월, 《시 전집》을 간행. 12월, 생가가 있는 하이어 복햄튼 마을에 집회소를 기증하고 마을 사람들에게 직접 인사함.

1920년(80세) 2월, 옥스퍼드 대학에서 명예 문학 박사 학위를 받음. 지난 해부터 맥밀란 사에서 간행되고 있던 《토머스 하디 전집 멜스톡 판 전 37권》이 완성됨.

1922년(82세) 5월, 《고금 서정시집》을 간행. 옥스퍼드 대학 퀸즈 칼리지의 명예 평의원에 추대됨.

1923년(83세) 시극 《콘월 여왕의 비극》을 출간. 곧 도체스터 극단에 의해 상연됨.

1925년(85세) 시집 《인간의 모습들》을 간행. 브리스틀 대학에서 명예 박사 학위를 수여받음. 하디 자신이 각색한 《테스》가 반스 극장과 갤릭 극장에서 상연되어 백 일간의 장기 공연 기록을 세움. 후에 맥스 게이트에서 상연됨.

1928년(88세) 1월 11일 아침 9시 심장 마비로 맥스 게이트에서 세상을 떠남. 16일, 웨스트민스터 사원에서 국장(國葬), '시인의 묘지'에 묻힘. 그러나 심장은 고향 스틴즈 퍼드 교회의 죽은 아내 에마의 무덤에 묻힘. 유고 시집 《겨울의 말》 및 미망인 편저의 《하디 전(傳) 전반 1840~1891》이 간행됨.

◀ 수려한 자연 속에서
하디가 태어난 집

◀ 진취적인 학문과 사상
의 조류에 흠뻑 빠졌던
젊은 시절의 하디

▲ 도세트셔 박물관에 소장된
하디의 청동상

▲ 스틴즈 퍼드 교회의 하디의 심장만이 묻힌
무덤의 묘비